SOBREVIVA À NOITE

TAMBÉM POR RILEY SAGER

AS SOBREVIVENTES
A ÚLTIMA MENTIRA QUE CONTEI
THE HOUSE ACROSS THE LAKE

E se essa carona fosse a sua última?

SOBREVIVA À NOITE

RILEY SAGER

Tradução de: João Rodrigues

Rio de Janeiro, 2023

Sobreviva à Noite

Copyright © 2023 da Starlin Alta Editora e Consultoria Eireli.
ISBN: 978-65-5520-813-9

Translated from original Survive the Night. Copyright © 2021 by Todd Ritter. ISBN 978-0-59-318316-8. This translation is published and sold by permission of Dutton, an imprint of Penguin Random House LLC, the owner of all rights to publish and sell the same. PORTUGUESE language edition published by Starlin Alta Editora e Consultoria Eireli, Copyright © 2023 by Starlin Alta Editora e Consultoria Eireli.

Impresso no Brasil — 1a Edição, 2023 — Edição revisada conforme o Acordo Ortográfico da Língua Portuguesa de 2009.

Dados Internacionais de Catalogação na Publicação (CIP) de acordo com ISBD

S129s   Sager, Riley
        Sobreviva à Noite / Riley Sager ; traduzido por João Rodrigues. - Rio de Janeiro : Alta Books, 2023.
        336 p. ; 16cm x 23cm.

        Tradução de: Survive The Night
        Inclui bibliografia.
        ISBN: 978-65-5520-813-9

        1. Literatura americana. 2. Romance. I. Rodrigues, João. II. Título.

2022-1664   CDD 833
                 CDU 821.112.2-3

Elaborado por Vagner Rodolfo da Silva - CRB-8/9410

Índice para catálogo sistemático:
1. Literatura americana : Romance 833
2. Literatura americana : Romance 821.112.2-3

Todos os direitos estão reservados e protegidos por Lei. Nenhuma parte deste livro, sem autorização prévia por escrito da editora, poderá ser reproduzida ou transmitida. A violação dos Direitos Autorais é crime estabelecido na Lei nº 9.610/98 e com punição de acordo com o artigo 184 do Código Penal.

A editora não se responsabiliza pelo conteúdo da obra, formulada exclusivamente pelo(s) autor(es).

Marcas Registradas: Todos os termos mencionados e reconhecidos como Marca Registrada e/ou Comercial são de responsabilidade de seus proprietários. A editora informa não estar associada a nenhum produto e/ou fornecedor apresentado no livro.

Erratas e arquivos de apoio: No site da editora relatamos, com a devida correção, qualquer erro encontrado em nossos livros, bem como disponibilizamos arquivos de apoio se aplicáveis à obra em questão.

Acesse o site www.altabooks.com.br e procure pelo título do livro desejado para ter acesso às erratas, aos arquivos de apoio e/ou a outros conteúdos aplicáveis à obra.

Suporte Técnico: A obra é comercializada na forma em que está, sem direito a suporte técnico ou orientação pessoal/exclusiva ao leitor.

A editora não se responsabiliza pela manutenção, atualização e idioma dos sites referidos pelos autores nesta obra.

Produção Editorial
Editora Alta Books

Diretor Editorial
Anderson Vieira
anderson.vieira@altabooks.com.br

Editor
José Ruggeri
j.ruggeri@altabooks.com.br

Gerência Comercial
Claudio Lima
claudio@altabooks.com.br

Gerência Marketing
Andrea Guatiello
andrea@altabooks.com.br

Coordenação Comercial
Thiago Biaggi

Coordenação de Eventos
Viviane Paiva
comercial@gtabooks.com.br

Coordenação ADM/Finc.
Solange Souza

Coordenação Logística
Waldir Rodrigues
logistica@altabooks.com.br

Direitos Autorais
Raquel Porto
rights@altabooks.com.br

Produtoras da Obra
Illysabelle Trajano
Maria de Lourdes Borges

Assistente Editorial da Obra
Henrique Waldez

Produtores Editoriais
Paulo Gomes
Thales Silva
Thiê Alves

Equipe Comercial
Adriana Baricelli
Ana Carolina Marinho
Daiana Costa
Fillipe Amorim
Heber Garcia
Kaique Luiz
Maira Conceição

Equipe Editorial
Beatriz de Assis
Betânia Santos
Brenda Rodrigues
Caroline David
Gabriela Paiva
Kelry Oliveira
Marcelli Ferreira
Mariana Portugal
Matheus Mello

Marketing Editorial
Livia Carvalho
Marcelo Santos
Pedro Guimarães
Thiago Brito

Atuaram na edição desta obra:

Tradução
João Rodrigues

Copidesque
Natália Pacheco

Revisão Gramatical
Ana Omuro
Kamila Wozniak

Diagramação
Natalia Curupana

Capa
Marcelli Ferreira

Editora afiliada à:

ASSOCIADO

Rua Viúva Cláudio, 291 — Bairro Industrial do Jacaré
CEP: 20.970-031 — Rio de Janeiro (RJ)
Tels.: (21) 3278-8069 / 3278-8419
www.altabooks.com.br — altabooks@altabooks.com.br
Ouvidoria: ouvidoria@altabooks.com.br

A todas as pessoas maravilhosas que estão por aí na escuridão.

Apertem os cintos. Vai ser uma noite bem agitada.
— *A Malvada*

Cena de abertura.

Estacionamento.

Meio da noite.

Meio do nada.

Começando pelo final, como em um bom filme noir. Bill Holden morto na piscina. Fred MacMurray prestando seu último depoimento.

Fazendo um círculo completo. Como um nó de forca.

Há um carro, uma lanchonete e uma placa neon no estacionamento desbotando em faixas pelo espelho retrovisor conforme o carro se afasta. Dentro há duas pessoas — uma jovem no banco do passageiro e um homem ao volante. Os dois olham, pelo para-brisa, para a estrada à frente, incertos.

Acerca de quem são.

Acerca de aonde estão indo.

Acerca de como foram parar ali, naquele exato momento. Um pouco antes da meia-noite. Nos últimos minutos da terça-feira, 19 de novembro de 1991.

Mas Charlie sabe o que os trouxe à beira deste novo dia nada certo. Conforme a situação se desenrola quadro a quadro, como um filme em um projetor, ela sabe exatamente como tudo aconteceu.

Ela sabe porque isto não é um filme.

É o aqui e o agora.

Ela é a garota no carro.

O homem ao volante é um assassino.

E, com a certeza de alguém que viu esses filmes um milhão de vezes antes, Charlie entende que apenas um deles viverá para ver o amanhecer.

NOVE DA NOITE

```
CENA INTERNA
DORMITÓRIO — DIA
```

Ficar não é uma opção.

É por isso que Charlie concordou em entrar no carro com um completo estranho.

Ela prometeu a Robbie — e também a si mesma — que pularia fora caso alguma coisa naquilo tudo parecesse esquisita. Nunca se é cuidadoso demais. Não nos dias de hoje.

Não depois do que aconteceu com Maddy.

Charlie já se preparou para a viagem, listando mentalmente todos os cenários dos quais deveria sair correndo. Se o carro parecer estar caindo aos pedaços e/ou as janelas forem escurecidas. Se tiver mais alguém dentro do carro, independentemente do motivo. Se ele parecer muito ansioso para partir ou, por outro lado, não ansioso o suficiente. Ela prometeu — a Robbie, a si mesma, a Maddy, com quem às vezes ainda conversa mesmo que agora ela esteja há dois meses enterrada — que um único calafrio de apreensão vai mandá-la correndo de volta ao dormitório.

Ela duvida que chegue a esse ponto. Porque ele parece legal. Amigável. Definitivamente não era o tipo de cara que faria as coisas que fizeram com Maddy e as outras.

Além disso, ele não é um estranho. Não completamente. Tinham se encontrado uma vez antes, em frente ao painel de caronas nos arredores do campus, engolidos por aquela parede de anúncios de alunos desesperados para voltar para casa e aqueles ansiosos para dar caronas em troca do valor da gasolina. Charlie tinha acabado de pendurar o próprio panfleto — cuidadosamente impresso, o número de telefone colocado em cada aba bem cortada — quando ele apareceu ao seu lado.

— Você está indo para Youngstown? — perguntou, seu olhar passando dela para o panfleto e para ela de novo.

Charlie hesitou antes de responder. Um hábito pós-Maddy. Por vontade própria, nunca conversava com pessoas que não conhecia. Não antes de saber quais eram as intenções delas. Ele podia estar de papinho. Ou tentando ficar com ela. Pouco provável, mas não totalmente fora das várias possibilidades. Afinal, foi assim que ela conheceu Robbie. Antigamente, Charlie era bonita, antes de ser capturada pelas garras da culpa e do luto.

— Aham — respondeu ela, por fim, depois de ele voltar a olhar o painel de caronas, o que a fez acreditar que eles estavam ali pelo mesmo motivo. — É para lá que você está indo?

— Akron — disse ele.

Ouvir aquilo fez Charlie prestar atenção. Não é Youngstown, mas perto o bastante. Uma rápida parada no caminho do destino final dele.

— Carona ou motorista? — perguntou ela.

— Motorista. Esperava encontrar alguém que queira rachar o valor do combustível.

— Eu poderia ser esse alguém — respondeu ela, deixando-o estudá-la, ver se era o tipo de pessoa com quem queria passar horas trancado num carro. Charlie sabia qual era o tipo de vibe que passava: uma pessoa severa e brava que teria feito caras como ele lhe dizerem para sorrir mais se não parecesse que ela os esmurraria por isso. Desgraça e melancolia pairavam sobre ela como uma nuvem de chuva.

Devolveu na mesma moeda, estudando-o. Parecia um pouco mais velho que um típico estudante, mas talvez fosse por causa do seu tamanho. Ele era *grande*. Alto, peito largo, maxilar quadrado. Vestindo jeans e um moletom da Olyphant University, ele parecia, pensou Charlie, o herói de uma comédia universitária dos anos 1940. Ou o vilão, se fosse ambientada nos anos 1980.

Pressupôs que fosse um aluno de pós-graduação, como Robbie. Uma dessas pessoas que tinha gostado da faculdade e decidido nunca mais sair. Mas ele tinha um cabelo bonito, algo em que Charlie ainda prestava atenção mesmo depois de ter deixado o próprio perder força e ficar desgrenhado. Tinha um belo sorriso também, que deixou transparecer quando disse:

— Pode ser. Quando você estava pensando em partir?

Charlie apontou para o seu panfleto e para a frase de três palavras em caixa-alta bem no meio.

O QUANTO ANTES

Ele puxou uma das abas da parte de baixo do panfleto, deixando uma abertura que fez Charlie pensar em um dente perdido. Ela tremeu com o pensamento.

O homem colocou a aba dentro da carteira.

— Vou ver o que posso fazer.

Charlie não estava esperando uma resposta. Era o meio da semana no meio do mês de novembro, e ainda faltavam dez dias para o Dia de Ação de Graças. Ninguém queria sair do campus. Ninguém além dela.

Mas, naquela noite, seu telefone tocou, e uma voz vagamente familiar disse do outro lado da linha:

— Ei, é o Josh. Do painel de caronas.

Charlie, que estava sentada em seu quarto encarando a metade do cômodo que antes estava repleta das coisas de Maddy, agora vazia e sem vida, se divertiu ao responder:

— Olá, Josh do painel de caronas.

— Olá... — Josh pausou, sem dúvida checando a aba do panfleto que segurava na mão, à procura do nome da garota para quem estava ligando. — Charlie. Eu só queria dizer que posso sair amanhã, mas não antes do fim do dia. Nove da noite. Se você quiser, tem um espaço com o seu nome no banco do carona.

— Eu fico com ele.

E foi isso.

Agora o amanhã na verdade é hoje, e Charlie está dando uma última olhada no dormitório para o qual provavelmente nunca mais voltará. Seu olhar lentamente passa pelo quarto, garantindo que prestará atenção em cada centímetro do lugar que ela chamou de casa pelos últimos três anos. As escrivaninhas bagunçadas. As camas cheias de travesseiros. O pisca-pisca que Maddy tinha colocado no primeiro Natal delas ali e nunca mais se dado ao trabalho de tirar, agora em pleno brilho.

A luz dourada do sol de outono entra pela janela, conferindo a tudo um brilho sépia e fazendo Charlie sentir tanto alegria quanto tristeza. Nostalgia. Uma bela dor.

Alguém entra no cômodo, às suas costas.

Maddy.

Charlie sente o perfume dela. Chanel nº 5.

— Que espelunca — diz Maddy.

Um sorriso cheio de melancolia se forma nos lábios de Charlie.

— Eu acho que eu...

— *Charlie.*

— — — — —

CENA INTERNA
DORMITÓRIO — NOITE

A voz de Robbie vindo pela porta aberta quebra o feitiço como um estalar de dedos. Em um piscar de olhos, o quarto perdeu toda a mágica. As escrivaninhas estão vazias. As camas também. O pisca-pisca permanece, mas está fora da tomada, como tem sido há alguns meses. Pela janela, Charlie vê não uma luz do sol calorosa, mas um retângulo cheio de escuridão.

Quanto a Maddy, faz tempo que ela não está aqui. Nem mesmo o mais fraco resquício do seu perfume continua.

— Já são nove horas — diz Robbie. — É melhor a gente ir.

Charlie permanece no centro do quarto, ainda perdida por um tempo. Como é estranho — como é chocante — ir de uma imagem na sua cabeça para a triste realidade. Não restou felicidade alguma aqui. Ela consegue ver isso agora. Não passa de uma caixa de paredes brancas que têm apenas memórias, agora azedas pela tragédia.

Robbie a observa da porta. Ele sabe o que acabou de acontecer.

Passou um filme na cabeça dela.

O fato de que Robbie nunca se sentiu incomodado por eles é uma das coisas que Charlie ama. Ele conhece a história dela, as obsessões, e entende todo o resto.

— Você tomou seu remédio hoje?

Charlie desconversa e concorda com a cabeça.

— Aham.

— E empacotou tudo? — pergunta Robbie, como se ela fosse partir apenas durante o final de semana, e não, como tudo indica, para sempre.

— Acho que sim. Não foi nada fácil.

Tinha passado a maior parte do dia dividindo seus pertences em duas categorias: levar consigo ou deixar para trás. Terminou levando pouca coisa. Apenas duas malas com todas as roupas enfiadas lá dentro e uma caixa cheia de recordações e suas amadas fitas VHS. O resto das coisas foi para caixas colocadas intencionalmente no meio do cômodo, facilitando a vida do zelador que for responsável por jogá-las fora quando perceberem que ela não voltará mais.

— Pode ficar aí mais um pouco, se precisar — ofereceu Robbie. — Você não precisa ir hoje à noite. Se quiser esperar até o fim de semana, ainda posso levar você.

Charlie entende. Mas, para ela, esperar — mesmo que apenas alguns dias — está tão fora de cogitação quanto ficar.

— Acho que é tarde demais para desistir.

Ela pega seu casaco. Bem, o casaco de Maddy. Um de segunda mão que era da avó dela, que foi acidentalmente deixado para trás quando levaram o resto de suas coisas. Charlie o encontrou embaixo da cama de Maddy e o chamou de seu. É vintage — da década de 1950 — e atipicamente dramático para Charlie, que normalmente escolhe roupas que a misturam à multidão. É feito de lã vermelha brilhante, com um colarinho enorme no formato de asas de borboleta que se unem conforme Charlie o abotoa até o queixo.

Robbie pega as malas, deixando para Charlie a caixa e a mochila da JanSport que ela usa em vez de uma bolsa. Ela não tranca a porta. Para que se dar ao trabalho? Seu último ato antes de sair é apagar os nomes escritos em caneta apagável no quadro branco preso na porta.

Charlie + Maddy

As palavras deixam uma mancha de tinta na palma da sua mão.

Eles partem rápida e silenciosamente, passando despercebidos pelas outras garotas daquele andar, a maioria reunida na sala de TV no fim do corredor. Charlie escuta o zumbido da voz de Roseanne Barr, seguido de risadas forçadas. Embora nunca tenha entendido a obsessão das colegas por TV — por que ver TV quando filmes são muito melhores? —, esta noite Charlie acha que a distração é bem-vinda. Seu plano é pular as despedidas. Apesar de ter tido boas amigas no andar em que morava, tudo acabou quando Maddy morreu. Agora é melhor só desaparecer. Aqui em um momento, já não mais no seguinte. Assim como a própria Maddy.

— Isso vai ser muito bom para você — diz Robbie enquanto descem de elevador até o primeiro andar. Charlie percebe o vazio na voz, o que deixa claro que ele pensa o contrário. — Um tempinho longe é tudo de que você precisa.

Nos três dias desde que Charlie tinha anunciado a vontade de largar a faculdade, Robbie permaneceu em negação quanto ao que aquilo significava para o relacionamento deles. Apesar das promessas feitas sobre permanecerem fiéis um ao outro e dos planos precipitados de Robbie para visitá-la nas férias de Natal, Charlie sabia a verdade da situação.

O relacionamento deles está acabando.

Não no estilo "os dois estão seguindo caminhos diferentes". Definitivamente não no estilo Rhett Butler: "Francamente, minha querida, não dou a mínima". Mas Charlie entende que alguma forma de término será o resultado inevitável. Ela vai estar a dois estados e a 640 quilômetros de distância. Ele ainda ficará em Olyphant, permanecendo, para usar a frase de Maddy depois de tê-lo conhecido, um partidão. Robbie Wilson, o nerd de matemática do campus e técnico-assistente de natação, com seu queixo à la Richard Gere e abdômen à la Brad Pitt. Desde já, as garotas estão rodeando, ansiosas para assumir a posição de Charlie. A ela resta apenas presumir que alguém terá sucesso em algum momento.

Se é esse o preço que ela deve pagar para dar o fora dali, então que seja. Sua única esperança é que não venha a se arrepender algum dia.

CENA EXTERNA
PRÉDIO DO DORMITÓRIO — NOITE

O saguão do dormitório está vazio quando eles saem do elevador, assim como o caminho coberto de neve que atravessam até o estacionamento. Apesar da chegada do inverno, janelas estão abertas em alguns dormitórios dos andares de cima, deixando vazar o então familiar som da vida universitária. Risadas. O barulhinho de um dos nada confiáveis micro-ondas da Olyphant. Música mais alta do que o permitido. Charlie a reconhece. Siouxsie and the Banshees. *Kiss Them for Me*.

Maddy amava aquela música.

Chegando à calçada, Robbie coloca as malas de Charlie perto de um poste de luz — o ponto de encontro combinado.

— Acho que é isso — diz ele.

Charlie se prepara para mais uma variação da conversa que eles tiveram uma dezena de vezes. Ela tem certeza de que precisa ir? Há alguma possibilidade de ficar até o fim do semestre?

Mas suas respostas nunca mudam. Sim, precisa ir. Não, não tem como ficar até as provas finais. Houve um tempo, pouco depois da morte de Maddy, em que ela pensou que tal cenário fosse possível.

Isso mudou.

Agora Charlie entende, com a certeza do fundo de sua alma, que precisa dar o fora de Dodge.

Passou a faltar às aulas, parou de conversar com os amigos, deixou de fazer quase tudo que costumava fazer antes. Um constante frear de sua existência. Agora é hora de voltar à ativa, mesmo que esse movimento seja apenas fugir.

Em defesa de Robbie, ele não faz mais nenhuma tentativa falha de tentar convencê-la a ficar. Charlie suspeita que o venceu pelo cansaço. Agora, tudo que resta aos dois é se despedirem.

Robbie se inclina para beijá-la e lhe dar um abraço apertado. Presa pelos braços dele, Charlie sente uma pontada de culpa quanto à decisão de ir embora, que foi causada por um outro, e bem diferente, sentimento de culpa. É uma boneca russa de remorso. Culpa dentro de culpa por estar arruinando a única coisa que ainda restou para ser destruída.

— Desculpe — diz Charlie, surpresa pelo nó na garganta que se forçou a engolir. — Sei que não é fácil.

— Tem sido pior para você — responde Robbie. — Entendo por que você precisa fazer isso. Eu deveria ter entendido antes. E o que espero que aconteça é que esse tempo afastada seja exatamente o que você precisa e que, quando o próximo semestre chegar, você esteja pronta para voltar para mim.

Uma nova onda de culpa assola Charlie enquanto Robbie a olha de cima com aqueles olhos castanhos gigantes. Como os do Bambi, Maddy costumava descrevê-los. Tão redondos e cheios de vida que Charlie não conseguiu deixar de ficar hipnotizada quando os viu pela primeira vez.

Embora suspeite que aquele primeiro encontro provavelmente tenha sido mundano, a lembrança que tem dele é de algo tirado de uma clássica comédia romântica. Foi na biblioteca, ela era uma aluna do segundo ano presa a uma dieta de Coca-Cola Diet e estressada com as provas de meio de semestre, e Robbie, um aluno do primeiro ano da pós-graduação absurdamente lindo que só estava à procura de um lugar para se sentar. Ele escolheu a mesa dela, uma em que cabiam perfeitamente quatro pessoas, mas da qual Charlie e seus livros espalhados tinham tomado conta.

— Tem espaço para mais um? — perguntou ele.

Charlie tirou o olhar do livro de Pauline Kael que estava lendo, viu aqueles olhos e congelou de imediato.

—Ah... Claro.

Ela não abriu espaço para ele. Na verdade, nem ao menos se moveu. Apenas o encarou. E fez isso por tanto tempo que Robbie passou a mão pela bochecha e perguntou:

— Tem alguma coisa na minha cara?

Ela deu risada. Ele se sentou. Os dois começaram a conversar. Sobre as provas. Sobre a vida universitária. Sobre a vida em geral. Ela descobriu que Robbie tinha se formado na Olyphant e escolhido continuar lá na pós-graduação, trilhando seu caminho para se tornar professor de matemática. Robbie descobriu que os pais de Charlie a levaram ao cinema três vezes para ver *E.T., o Extraterrestre* e que, depois de cada sessão, ela voltou para casa esperneando.

Acabou que ficaram conversando até a biblioteca fechar. E continuaram depois, em uma lanchonete 24 horas, fora do campus. Ainda conversavam quando chegaram ao dormitório de Charlie às duas da manhã. Robbie disse:

— Só para você saber, eu não estava procurando um lugar para sentar. Só precisava de um motivo para conversar com você.

— Por quê?

— Porque você é especial — disse ele. — Percebi no momento em que te vi.

Simples assim, Charlie estava encantada. Ela gostou da aparência de Robbie, é claro, e de como ele parecia não ligar para aquilo. Gostou do seu senso de humor. E de como ele não dava a mínima para filmes, o que parecia tão novo e agradável para ela. Era algo muito distante dos homens infantis e obcecados por *O Poderoso Chefão* que frequentavam a maioria das suas aulas de cinema.

Durante um tempo, tudo estava bem entre os dois. Ótimo, até. Então, Maddy morreu, e Charlie mudou, e agora não há como voltar a ser a garota daquela noite na biblioteca.

Robbie olha para o relógio e anuncia as horas. 21h05. Josh está atrasado. Charlie se pergunta onde isso se encaixa no leque de preocupação.

— Você não precisa esperar comigo — diz ela.

— Mas eu quero — responde ele.

Charlie sabe que também deveria querer isso. Seria normal querer passar o máximo de tempo possível com ele antes de se separarem. Mas, para ela, normal é querer evitar uma despedida apressada na frente de um quase completo estranho. Normal é querer uma despedida triste e silenciosa que não seja presenciada por mais ninguém. Bogart se despedindo de Bergman no avião ao final de *Casablanca*. Streisand passando a mão pelo cabelo de Redford em *Nosso Amor de Ontem*.

— Está frio — diz ela. — Volte para o seu apartamento. Sei que você tem aula amanhã cedo.

— Tem certeza?

Charlie concorda, fazendo que sim com a cabeça.

— Vou ficar bem. Juro.

— Ligue para mim quando chegar em casa — pede Robbie. — Não importa se estiver tarde. E me ligue durante a viagem, se você vir um telefone público. Avise que está segura.

— Vamos dirigir de Nova Jersey a Ohio. O único perigo é morrer de tédio.

— Não foi isso que eu quis dizer.

Charlie sabe disso, porque está pensando na mesma coisa que ele. O assunto no qual nenhum dos dois quer tocar porque vai arruinar essa despedida.

Maddy foi assassinada.

Por um estranho.

Um que continua à solta. Em algum lugar. Provavelmente esperando para fazer isso de novo.

— Vou tentar ligar — diz Charlie — Prometo.

— Finja que é um daqueles filmes que você sempre me fazia ver — diz Robbie. — Aqueles que parecem franceses.

— Filme *noir*? — Charlie balança a cabeça. Depois de um ano de namoro, ela não tinha lhe ensinado nada?

— Isso, um desses. Você está em cativeiro contra a sua vontade, e a única forma de conseguir ajuda é falando em código com o seu namorado aflito.

— Qual é o código? — pergunta Charlie, entrando na brincadeira, grata pela forma como Robbie está conduzindo sua despedida.

Não é triste.

É cinematográfica.

— "Houve uma curva do destino."

O jeito com que Robbie diz isso faz Charlie achar que ele está tentando imitar Bogart, embora mais pareça Jimmy Stewart para os ouvidos dela.

— E se estiver tudo bem?

— "Está um mar de rosas, querida."

Dessa vez ele realmente parece Bogart, e ouvir isso aumenta a rachadura no coração de Charlie.

— Amo você — diz ela.

— Eu sei.

Charlie não sabe dizer se a resposta de Robbie é uma referência intencional a *Star Wars* ou apenas uma feliz coincidência. De qualquer forma, ela não se importa, porque agora ele a beija e abraça uma última vez e se despede de verdade, de um jeito que é ainda mais triste que qualquer filme. O sofrimento em seu peito aumenta — uma dor aguda que Charlie espera que permaneça durante todo o trajeto para casa.

— Você ainda é especial, Charlie — diz Robbie. — Preciso que saiba disso.

Então ele vai embora, e resta apenas ela. Na beira da calçada, com sua caixa e as duas malas, a situação finalmente parece real.

Ela vai fazer isso.

Realmente está indo embora.

Em algumas horas, vai estar em casa, provavelmente vendo algum filme com a vovó Norma, talvez a caminho de voltar a ser a pessoa que foi um dia.

Charlie abre a mochila e pega o frasco laranja de comprimidos que desde setembro tem ido de um lado para o outro lá no fundo. Dentro do frasco há mais laranja — pequenos comprimidos que, quando os tomava, sempre a lembravam M&M's. Isso quando os tomava *mesmo*.

Ela mentiu para Robbie sobre isso. Faz três dias desde que tomou um, apesar de a psiquiatra que os prescreveu ter prometido que os filmes em sua cabeça não retornariam. E não retornaram. Mas também a deixavam sonolenta *e* inquieta, seu corpo constantemente indo de um extremo para o outro. O resultado foram semanas sem dormir e dias perdidos. Uma vampira. Era nisso que os compridos laranja a transformavam.

Para neutralizar aqueles efeitos, a psiquiatra também prescreveu a Charlie pequenos comprimidos brancos para ajudá-la a dormir.

Esses foram piores.

Tão piores que ela já até tinha se livrado deles.

Agora é hora de se livrar dos alaranjados. Ela não aguenta mais nenhum comprimido, independentemente da cor.

Charlie sai da calçada e caminha até o bueiro mais próximo, uma abertura no asfalto. Joga os comprimidos ali, aproveitando a pontinha de satisfação ao assisti-los quicar na grade de metal antes de mergulharem na escuridão abaixo. O frasco vai direto para uma lata de lixo ali perto.

Voltando para a caixa e as malas, Charlie prende com mais força o casaco vermelho ao redor do corpo. A noite de novembro está exatamente entre o outono e o inverno. Não há nuvem alguma no céu, e as estrelas brilham, mas um vento cortante a faz tremer. Ou talvez isso venha do fato de ela estar sozinha na rua enquanto há um assassino à solta.

Mesmo se não percebesse o perigo por conta própria, o folheto da Take Back the Night[1] colado no poste ao lado de Charlie a lembraria. Os folhetos são uma resposta direta ao assassinato de Maddy. Assim como as vigílias. E os palestrantes convidados. E os terapeutas de luto, que caminharam pelo campus munidos de panfletos e boas intenções.

Charlie evitou tudo aquilo, preferindo viver o luto sozinha. Como resultado, também perdeu esse senso de medo que tem assolado o campus pelos últimos dois meses. Passou a maior parte do tempo trancada no quarto, por isso não tinha motivos para estar com medo.

---

[1] Take Back the Night é uma organização que combate a violência sexual. (N. da R.).

Entretanto, agora ela sente um arrepio gelado na nuca. O que não ajuda é a lista de regras do folheto, que Charlie está majoritariamente desobedecendo neste momento.

Nunca saia sozinha à noite.

Sempre ande em duplas.

Sempre conte a alguém aonde está indo.

Nunca confie em um estranho.

Essa última faz Charlie pausar. Porque, por mais que goste de pensar o contrário, Josh *é, sim*, um estranho. Ou será, se ele aparecer. Por não usar relógio, Charlie não faz ideia de que horas sejam. Mas supõe que sejam 21h15. Se ele não aparecer logo, ela não terá escolha a não ser voltar ao dormitório, o que provavelmente já deveria ter feito. Que saco. De acordo com o panfleto da Take Back the Night, ela nem deveria estar aqui, sozinha na calçada, com malas e uma caixa, sem dúvida parecendo uma pessoa prestes a partir e de quem ninguém daria falta por alguns dias.

Porque a sua necessidade de ir embora pesa mais que o medo que sente, Charlie permanece onde está, observando a entrada do estacionamento. Em pouco tempo, dois clarões aparecem no horizonte.

Faróis.

Eles clareiam ainda mais o estacionamento antes de fazerem uma curva aberta e mirarem bem na direção de Charlie. Por causa da claridade, ela tem dificuldade de enxergar, então olha para o chão, onde sua sombra se estica como um fantasma até a grama coberta de neve às suas costas. Segundos depois, um carro está parado na beira da calçada. A porta do motorista se abre, e Josh salta para fora.

— Charlie, oi — diz ele, pronunciando as palavras com um sorriso tímido, como se isso fosse um primeiro encontro.

— Olá.

— Desculpe pela viagem noturna — pede ele. — Não tinha outro jeito.

— Sem problema.

Nos últimos dois meses, Charlie ficou bem familiarizada com a escuridão. Na maioria das noites, ficava totalmente desperta até o amanhecer, em parte graças aos comprimidos, ao quarto iluminado pela claridade da TV e qualquer filme que ela estivesse vendo.

— Bem, sua carruagem a aguarda — diz Josh enquanto passa a mão pelo teto do carro. — Não é uma limusine, mas vai nos levar aonde precisamos ir.

Charlie passa um tempo observando o carro. O Pontiac Grand Am cinza-cimento — aos olhos dela, pelo menos — estava longe de ser uma lata-velha. A parte exterior lavada recentemente. Nenhum amassado ou riscado aparente. Com certeza sem janelas escurecidas. Charlie consegue ver claramente o banco do passageiro, que felizmente está vazio. É o tipo de carro que o pai dela dirigiria, caso ainda estivesse aqui. Prático. Torcia para ser confiável. Um carro feito para se misturar à multidão.

Josh olha a caixa e as malas aos pés dela.

— Não achei que você levaria tanta coisa assim. Pretende ficar fora por um tempo?

— Espero que não muito — responde Charlie, o que não é verdade, mas ao mesmo tempo ela se pergunta se no fundo não quer que seja. E por que iria querer isso? Ela não deve a Robbie ao menos tentar voltar para o semestre de primavera? Não deve isso a si mesma?

Embora Maddy seja o motivo de estar fazendo tudo isso, Charlie sabe que ela não aprovaria.

Você está sendo idiota, querida. É o que Maddy teria dito sobre os planos de dar o fora do campus.

— Vai caber tudo isso? — pergunta Charlie.

— Com certeza — responde Josh, rapidamente caminhando até a parte de trás do carro e abrindo o porta-malas.

Charlie pega a caixa de papelão e começa a carregá-la para o porta-malas. Antes que ela consiga chegar perto, Josh pega a caixa e a deixa apenas com a mochila.

— Deixe que eu cuido disso para você — diz ele.

Sem pesos para carregar, Charlie passa os segundos seguintes assistindo a Josh carregar as coisas dela. Nesse breve período de tempo, ela percebe algo estranho no jeito como ele se move. Em vez de carregar tudo direto para a parte de trás do carro, Josh permanece em um ângulo, suas costas bloqueando qualquer visão que Charlie possa ter do porta-malas aberto. Quase como se tivesse algo lá dentro. Algo que ele não quer que ela veja.

Charlie acha que não é nada.

Ela *sabe* que não é nada.

As pessoas às vezes agem de forma estranha. Ela é a garota que vê filmes na cabeça, e Josh, o cara que coloca as coisas no porta-malas de um jeito estranho. Fim da história.

Então, Josh se vira após ter fechado o bagageiro, e Charlie nota uma outra coisa sobre ele. Algo que, para ela, é mais estranho do que a forma como ele colocou as coisas no porta-malas.

Josh está usando as mesmas roupas que usava no painel de caronas.

Exatamente as mesmas.

Mesmo jeans. Mesma camiseta. Mesmo cabelo bonito. Sim, eles estão na faculdade, e todo mundo se veste assim; é o uniforme não oficial da Olyphant. Mas Josh veste essas roupas desconfortavelmente, quase como se não fossem dele. Charlie percebe que há um quê de agência de figurantes na forma como ele se veste, como se tivesse sido contratado para uma ponta. Universitário genérico #2.

Josh sorri de novo, e Charlie percebe que ele é absolutamente perfeito. O sorriso de um ídolo de matinê, intimidador em toda a sua glória. Talvez seja sedutor. Talvez seja sinistro. Charlie não consegue decidir.

— Estamos prontos — diz ele. — Pronta para zarpar?

Charlie não responde de imediato. Está distraída pela ideia de que essas coisas todas possam ser sinais de aviso. O porta-malas. As roupas. São exatamente o tipo de coisa que ela jurou que a fariam dar meia-volta e ir direto para o dormitório.

Não é tarde demais para isso. Ela poderia facilmente dizer a Josh que mudou de ideia e que ele deveria tirar as coisas dela do porta-malas. Em vez disso, diz a si mesma para parar de ser desconfiada. Isso não é sobre Josh. Ou sobre o que ele está vestindo. Ou sobre como ele coloca as coisas no porta-malas. Isso é sobre Charlie e o fato de que, agora que está prestes a partir, ela está, de repente, arrumando motivos para ficar.

E *há* motivos. Ela deveria se formar. Ama a graduação. E o simples fato de que Robbie ficaria feliz.

Mas ela ficaria feliz?

Charlie acha que não.

Poderia fingir estar, pelo bem de Robbie. Poderia empurrar as coisas com a barriga, assim como tem feito desde setembro. E talvez — só talvez — em algum momento a nuvem de tempestade sob a qual ela tem vivido vá embora, e ela poderá voltar a ser uma universitária comum. Bem, semicomum. Charlie tem autoconhecimento suficiente para saber que nunca será exatamente como todo mundo. Sempre teve e sempre vai ter uma aura de excentricidade. E está tudo bem.

O que não está bem, pelo menos para Charlie, é permanecer num lugar onde se sente muito infeliz. Onde diariamente se lembra de uma perda profunda e dolorosa. Onde lembranças alfinetam e a culpa permanece, e não há uma semana, um dia nem uma hora que se passem sem que ela pense: *eu não deveria tê-la deixado. Eu deveria tê-lo impedido. Eu deveria tê-la salvado.*

Ela olha para Josh, que ainda está pacientemente aguardando uma resposta.

— Mais pronta do que nunca — responde.

— — — — —

CENA INTERNA
PONTIAC GRAND AM — NOITE

Charlie aprendeu a dirigir no carro em que mais tarde seus pais morreriam.

Foi o pai quem a ensinou, a paciência dele se esgotando a cada guinada que ela dava ao redor do estacionamento da escola. Ele insistiu que Charlie aprendesse a dirigir num carro manual, pois, em suas próprias palavras:

— Assim você será capaz de dirigir qualquer coisa.

Mas toda a parte manual a assustava. Três pedais em vez de dois, como era no carro da mãe, sem falar de cada etapa que ela precisava seguir. Uma dança que não conhecia, a qual Charlie pensava que nunca, nunquinha mesmo, seria capaz de dominar.

Pé esquerdo na embreagem.

Pé direito no freio.

Ponto-morto. Dar partida. Acelerar.

Foi necessária uma tarde toda de treinamento antes que Charlie pudesse dar uma única volta no quarteirão sem ficar parando ou rangendo as engrenagens de um jeito que fazia seu pai suar frio. E ainda mais duas semanas até que se sentisse confortável ao volante daquele Chevrolet Citation marrom. Mas, uma vez que isso aconteceu, o resto foi fácil para ela. A curva de três pontos, a baliza e os zigue-zagues entre os cones que seu pai tinha pegado emprestado de um colega que trabalhava na construção civil.

Charlie tirou de letra a prova de direção na primeira tentativa, diferente de sua melhor amiga, Jamie, que precisou de três antes de ser aprovada. Depois disso, Charlie e o pai foram comemorar numa sorveteria, ela ao volante e ele continuando as aulas, dando dicas do banco do passageiro.

— Nunca ultrapasse mais que dez quilômetros por hora do limite de velocidade — disse ele. — Assim os policiais não vão incomodá-la. Ao menos não pela velocidade.

— E se eu passar disso? — perguntou Charlie, provocando-o com a ideia de que ela planejava ser o demônio da velocidade.

Seu pai lhe deu um daqueles olhares que significam *Como é que é?*, que haviam se tornado comuns durante a adolescência dela.

— Você tem *certeza* de que quer usar essa carteira de motorista novinha em folha?

— Tenho.

— Então respeite o limite de velocidade.

Enquanto Charlie mudava para a segunda marcha, seu pai parecia fazer o mesmo. Recostou-se no banco e deixou que os olhos passassem do para-brisa para o retrovisor do lado do passageiro.

— Sua mãe ficaria possessa se descobrisse que falei isso para você — confidenciou ele. — Mas, às vezes, na vida real, não dá para evitar uma acelerada. Às vezes a única escolha é dirigir como o diabo fugindo da cruz.

Embora Josh não dirija assim e mantenha a velocidade no limite de sessenta quilômetros por hora conforme saem do campus, é bom o suficiente para Charlie. Depois de dois meses estagnada, ela finalmente está em movimento. Não, isso não mudará o que aconteceu. Com certeza não mudará o papel dela no incidente. Mas Charlie espera que isso seja seu primeiro passo nessa longa estrada de aceitação e perdão. E, quando passam pela placa bem iluminada da Olyphant University na saída, ela se permite aproveitar a sensação de alívio que toma conta dela como um abraço caloroso.

Ou talvez isso seja apenas o aquecedor do carro passando pelas aberturas no painel. Depois de ficar tanto tempo no frio, Charlie se sente tranquilizada pelo ar quente e pelo carro ser tão limpo por dentro quanto é por fora. Nenhuma sujeira no assoalho nem nenhuma embalagem de McDonald's no banco da frente, como é típico do carro de Robbie. Até o cheiro é refrescante, o que a faz pensar que Josh saiu direto de uma geral completa no lava a jato. Ela sente traços de cheiro de xampu subirem do estofamento do banco onde está sentada. Misturado a isso, há o cheiro forte, e não tão agradável, de pinho, cortesia de um purificador de ar em formato de pinheiro que balança no para-brisa. Ele sacoleja conforme eles viram para entrar na estrada principal paralela à universidade, mandando uma onda de fedor de pinheiro direto para o nariz de Charlie. Ela o torce, por causa do cheiro.

Josh percebe. É claro que percebe. Embora esteja longe de ser um carro apertado, o banco da frente do Grand Am os deixa bem próximos. Tudo que os separa é o console central, do qual vem o barulho de moedas e de plástico batendo em plástico. Josh conduz com o braço esquerdo e muda de marcha com o direito, seu antebraço ficando a centímetros do de Charlie.

— Desculpe pelo purificador de ar — pede ele. — Ele é, hum, potente. Mas posso tirá-lo, se quiser.

— Está tudo bem — responde Charlie, mesmo não tendo certeza disso. Ela costuma gostar do cheiro de pinho. Quando criança, grudava o rosto nas árvores de Natal recém-cortadas e inalava o cheiro até encher os pulmões. Mas isso é diferente. Elementos químicos imitando a natureza. Fazem com que Charlie queira abrir a janela. — Tenho certeza de que vou acabar me acostumando.

É uma resposta boa o suficiente para Josh, que acena com a cabeça enquanto olha pelo para-brisa.

— Pelas minhas contas, acho que a viagem vai durar umas seis horas, sem contar as paradas.

Charlie já sabe disso, graças a viagens parecidas. Leva meia hora até chegar à Interestadual 80, tudo isso em uma estrada local cercada de sebos, consultórios dentistas e agências de viagem. Uma vez na rodovia, são necessários mais trinta minutos até atravessarem o distrito de Delaware Water Gap, na Pensilvânia. Depois, vem a região de Poconos, seguida de horas de um grande nada. Apenas campos e florestas e monotonia até chegarem a Ohio e, pouco depois, à saída para Youngstown. Quando Josh lhe contou que não poderiam sair até as nove, ela se conformou com o fato de que não chegaria em casa antes das três da manhã, ou ainda mais tarde que isso. Não tinha lhe sobrado muita escolha.

— Fique à vontade para dormir durante todo o trajeto, se quiser — diz Josh.

Dormir durante a viagem não é uma opção. Josh pode parecer amigável e legal, mas Charlie pretende estar de olhos bem abertos durante a viagem inteira.

Sempre permaneça alerta. Outro conselho que estava no folheto da Take Back the Night.

— Vou ficar bem — rebate ela. — Não ligo de lhe fazer companhia.

— Então vou garantir que façamos uma parada para tomar um café antes de pegarmos a rodovia.

— Por mim tudo bem — diz Charlie.

— Beleza — responde Josh.

E, simples assim, eles ficam sem ter sobre o que conversar. Foram necessários apenas dois minutos. Sentada de forma desconfortável no recém-chegado silêncio, Charlie pensa se deve dizer alguma coisa — qualquer coisa — para manter a conversa rolando. É algo que a preocupou desde que Josh concordou em dar carona para ela — a etiqueta de estar num carro com um quase completo estranho.

Ela sabe que não é como nos filmes, nos quais dois estranhos confinados em um carro encontram assuntos infinitos sobre os quais conversar, normalmente conduzindo-os ou para um romance ou um assassinato. Mas, na vida real, se você fala demais, é irritante. E, se não fala o suficiente, é mal-educada.

Esses mesmos padrões se aplicam a Josh. Enquanto fazia as malas, Charlie estava tanto preocupada com a possibilidade de que ele falaria pelos cotovelos quanto com a de que não falaria nadinha de nada. O silêncio entre desconhecidos é diferente daqueles longos períodos silenciosos que ela tinha vivido com Maddy e Robbie. Com alguém conhecido e em quem se confia, o silêncio não tem a menor importância. Com um desconhecido, pode significar qualquer coisa.

Um desconhecido é um amigo que você ainda não conheceu, Maddy costumava dizer. O que é irônico, considerando que era ela a que mais julgava entre as duas. Charlie era meramente desajeitada e tímida. Foi necessária uma insistência tenaz para coagi-la a sair da zona de conforto. Já Maddy era o completo oposto. Desinibida e teatral, o que fazia com que ela se cansasse facilmente daqueles que ou não compartilhavam do seu gosto por dramaticidade ou falhavam em apreciá-lo. É por isso que as duas eram o combo perfeito: Maddy performava, e Charlie lhe assistia com adoração.

— Você não é amiga dela — comentou Robbie numa bufada após Maddy furar com eles para poder ir encher a cara com os amigos da graduação. — Você é a plateia.

O que Robbie não entendia — o que não *conseguia* entender — era que Charlie sabia e não ligava. Por vontade própria, era a plateia das palhaçadas da Maddy. A amiga dava à sua vida pacata o drama que, do contrário, teria faltado, e Charlie a amava por isso.

Mas isso acabou. Maddy está morta. Charlie se retirou do mundo. E, como nunca mais colocará os olhos em Josh de novo assim que chegarem a Youngstown, não vê motivo algum para fazer amizade com ele.

No instante em que ela aceita passar as próximas seis horas num silêncio constrangedor que cheira a pinho, Josh de repente fica tagarela ao volante:

— Então, o que tem em Youngstown para você estar tão ansiosa e querer voltar para lá?

— Minha avó.

— Legal — diz Josh, com um aceno de cabeça amigável. — Visita de família?

— Eu moro com ela.

Ao longo dos anos, ela tinha aprendido que essa resposta exige menos explicações do que a verdade. Dizer às pessoas que, tecnicamente, sua avó mora na casa que Charlie herdou dos pais mortos normalmente leva a mais perguntas.

— Tenho que dizer que eu não esperava encontrar alguém para rachar a viagem — diz Josh. — Não são muitas as pessoas que estão saindo do campus. Não nessa época do ano. E parece que todo mundo tem o próprio carro. Já percebeu isso? Os estacionamentos ficam lotados. Estou surpreso que não seja o seu caso.

— Eu não dirijo — responde Charlie, sabendo que o comentário faz parecer que ela nunca aprendeu.

A verdade é que ela não *quer* dirigir. Pelo menos não desde o acidente dos pais. A última vez que esteve ao volante foi no dia que antecedeu a morte deles. Quando, três meses atrás, sua carteira venceu, ela nem se preocupou em renová-la.

Para Charlie não é um problema ser a passageira. Ela tem que ser. Sabe que dirigir um carro está fora de questão, assim como sabe que algo de ruim poderia acontecer independentemente de ela estar ao volante ou não. Veja só o que aconteceu à sua mãe. Apenas estava junto quando o pai de Charlie dirigiu para fora da rodovia em direção às árvores, matando os dois na mesma hora.

Ninguém sabe o que o fez sair da pista, embora existam muitas teorias. Ele desviou para não acertar um veado. Infartou enquanto dirigia. Alguma coisa tinha dado muito errado com a coluna de direção.

Essas coisas acontecem.

Foi o que disseram a Charlie nas semanas seguintes ao acidente, quando ficou bem claro que ela não pretendia dirigir de novo. Acidentes acontecem, e pessoas morrem, o que é uma tragédia, mas ela não deveria viver com medo.

O que ninguém entendeu é que morrer em um acidente de carro não era o que assustava Charlie. Culpa — esse era o seu grande medo. Não queria causar a mesma dor que seu pai. Se houvesse um acidente e pessoas morressem, incluindo ela mesma, Charlie não queria ser a responsável.

O engraçado é que *alguém* morreu, e Charlie *é* a responsável, e nem houve o envolvimento de um carro.

— Sorte que achamos um ao outro, eu acho — diz Josh. — Você já usou o painel de caronas antes?

Charlie nega com a cabeça.

— Primeira vez.

Antes, nunca tinha precisado. Vovó Norma costumava levá-la até o campus, no começo do semestre, e buscá-la nas férias. Depois que a vista dela começou a piorar no outono passado e Charlie também parou de dirigir, Robbie assumiu o posto. O único motivo pelo qual Charlie não está no Volvo dele agora é que Robbie não conseguiu encontrar alguém que cobrisse suas obrigações de professor assistente e orientador durante os dois dias necessários para dirigir até Youngstown e voltar.

— Minha também — diz Josh. — Fui ao painel achando que seria perda de tempo, e lá estava você, colocando seu panfleto. Charlie. Aliás, é um nome bem interessante o seu. É apelido de algum nome?

— É sim. De Charles.

Maddy tinha amado essa resposta. Sempre que Charlie a usava — normalmente em qualquer ambiente barulhento e intimidador para o qual ela era arrastada —, Maddy soltava um riso doido que fazia Charlie se sentir bem consigo mesma por tê-lo provocado. Para Charlie, era ousado. Como algo que Barbara Stanwyck teria dito em uma comédia maluca.

— Seu nome de verdade é Charles? — pergunta Josh.

— Eu estava brincando — responde Charlie, decepcionada por ter que explicar. Barbara Stanwyck nunca explicava as próprias piadas. — Não é o meu nome, que, de verdade, é Charlie, apesar de não ser apelido de nada. Tenho esse nome em homenagem a um filme.

— Era um personagem homem?

— Uma mulher, que, aliás, recebeu esse nome em homenagem a um tio.

— Qual é o nome do filme?

— *A Sombra de uma Dúvida*.

— Nunca ouvi falar.

— Alfred Hitchcock — explica Charlie. — Lançado em 1943. Estrelado por Joseph Cotten e Teresa Wright.

— É bom?

— É *muito* bom. O que é sorte minha, afinal, quem quer ter um nome que homenageia um personagem de um filme bosta, não é mesmo?

Josh olha para ela, uma sobrancelha erguida, parecendo tanto impressionado quanto surpreso pelo seu entusiasmo. Aquela sobrancelha diz a Charlie que ela está falando demais, o que apenas acontece quando o assunto é cinema. Poderia ficar muda por horas, mas, se alguém mencionar o título de um filme, as palavras são vomitadas para fora. Maddy tinha lhe dito uma vez que filmes são como álcool para Charlie. *Eles realmente fazem você perder a vergonha*, disse ela.

Charlie sabe que é verdade, e é por isso que perguntar às pessoas qual é o filme preferido delas é a única forma de quebrar o gelo que ela conhece. Isso instantaneamente lhe diz quanto tempo e energia ela deve gastar com uma pessoa. Se alguém menciona Hitchcock, Ford ou Altman, ou até mesmo Argento, provavelmente é uma pessoa com quem vale a pena conversar. Por outro lado, se alguém menciona *A Noviça Rebelde*, Charlie sabe que é melhor só cair fora.

Mas Josh parece não se incomodar com a sua tagarelice. E, concordando levemente com a cabeça, ele diz:

— Eu que não quero. Seria como ter um nome que homenageia um serial killer ou coisa do tipo.

— O filme é sobre isso — comenta Charlie. — Tem essa garota chamada Charlie.

— Que recebeu o nome em homenagem ao tio e, por conta dela, você recebeu o seu.

— Isso. E ela idolatra o tio Charlie, que é o motivo pelo qual ela fica tão feliz quando ele vem visitá-la por algumas semanas. Mas o tio Charlie está agindo de forma estranha, e uma coisa leva a outra, até que Charlie começa a suspeitar que o tio dela é um serial killer de verdade.

— E ele é?

— Aham — responde Charlie. — Do contrário não seria um filme muito bom.

— E quem ele mata? — pergunta Josh, interessado.

— Viúvas bem de vida já de uma certa idade.

— Parece um maluco bem ruim.

— Ele é.

— E ele sai impune?

— Não. Charlie o impede.

— Foi o que pensei — afirma Josh. — Do jeito que você fala dela, presumi que fosse destemida.

A palavra provoca uma pequena onda em Charlie, em grande parte porque ela não tem certeza se algum dia já ouviu alguém usá-la em uma conversa. Ela tem certeza de que ninguém nunca a usou para descrevê-la antes. Já tinha sido chamada de muitas coisas na vida. Estranha? Sim. Tímida? Também. Fechada? Triste, porém verdade. Mas nunca destemida. E saber que não é destemida agora faz Charlie se sentir estranhamente culpada por não estar honrando a reputação de sua homônima.

— Essa é sua praia? — pergunta Josh. — Cinema?

— É mais do que a minha praia — responde ela. — Filmes são a minha vida. E minha graduação. Teoria do cinema.

— Tipo, aprender a fazê-los?

— Estudá-los. Aprender como funcionam. Entender o que dá certo e o que não dá. *Apreciá-los*.

Ela já disse tudo isso antes, uma vez e outra. Para Maddy, quando colocaram as duas para dividir o quarto no primeiro dia do primeiro ano. Para Robbie, na noite em que se conheceram na biblioteca. Para qualquer um que prestasse atenção, na verdade. Charlie é uma discípula que prega a palavra do cinema.

— Mas por que cinema? — pergunta Josh.

— Porque os filmes pegam o nosso mundo e o melhoram — diz Charlie. — São mágicos assim. Ampliam tudo. As cores são mais fortes. As sombras, mais escuras. A ação, mais violenta, e os interesses amorosos, mais apaixonantes. As pessoas começam a cantar. Ou costumavam fazer isso. As emoções, amor, ódio, medo, felicidade, são todas elevadas. E os atores! Todos aqueles rostos lindos em close bem fechado. Tão lindo que é difícil desviar o olhar. — Ela faz uma pausa, sabendo que foi arrastada pela conversa sobre cinema. Mas ainda há uma coisa que quer falar. *Precisa* falar, porque é verdade. — Filmes são como a vida — diz ela, finalmente. — Só que melhores.

Charlie deixa de lado uma outra verdade: é possível se perder nos filmes. Ela aprendeu isso no dia da morte dos pais, quando vovó Norma veio para ficar de vez.

O acidente aconteceu num sábado de manhã, no meio de julho. Os pais tinham ido cedo à loja de jardinagem a duas cidades de distância, acordando-a por tempo suficiente para dizer que voltariam até as dez.

Charlie não deu muita importância quando já eram mais de dez da manhã e eles ainda não tinham chegado. Mesma coisa quando o relógio de pêndulo da sala deu onze badaladas. Quinze minutos depois, um policial bateu à porta. Delegado Anderson. O pai de sua amiga Katie. Charlie tinha dormido uma vez na casa de Katie quando elas tinham dez anos, e o sr. Anderson lhes fez panquecas na manhã seguinte. Essa foi a primeira coisa em que Charlie pensou quando o viu ali. O sr. Anderson em frente ao fogão, segurando uma espátula e virando panquecas enormes.

Mas então ela notou o chapéu nas mãos dele. E a falta de cor em seu rosto. E a forma arrastada, incerta e breve com que ele parou sobre o tapete da porta, como se tentasse a todo custo não sair correndo.

Vendo tudo que acontecia, Charlie sabia que algo horrível tinha acontecido.

O delegado Anderson limpou a garganta e disse:

— Tenho notícias nada boas, Charlie.

Ela mal escutou o resto, prestando atenção apenas nos fragmentos soltos que mais importavam. Acidente. Rodovia. Morreram na hora.

Quando percebeu, a sra. Anderson estava lá, sem dúvida havia sido trazida como reforço, puxando Charlie para seus braços e dizendo:

— Tem alguém para quem possamos ligar, querida? Alguém da família?

Charlie choramingou que sim. Tinha a vovó Norma. E então ela cedeu ao choro e não parou, até que muito tempo se passou, e vovó Norma estava lá.

Vovó Norma costumava ser atriz. Ou tinha tentado ser. Assim que fez dezoito anos, viveu o clichê de entrar num ônibus e ir para Hollywood, como outras milhares de garotas de cidade pequena faziam quando lhes diziam que eram lindas ou que tinham talento. Vovó Norma tinha as duas qualidades. Charlie havia visto fotos da bela morena que tinha o corpo da Rita Hayworth e ouvido sua avó cantando na cozinha quando ela achava que não tinha ninguém por perto.

O que a versão jovem de Norma Harrison não tinha era sorte. Depois de um ano pendurando casacos, indo a audições e sem chegar nem um centímetro perto de seu sonho, ela entrou no ônibus de volta a Ohio, um pouco mais cascuda e bastante humilhada.

Mas isso não diminuiu seu amor por filmes. Ou películas, como ela ainda os chama, como se fosse uma versão viva de uma manchete da *Variety*.

— Vamos ver uma película — disse ela a Charlie naquela primeira noite de clima pesado, as duas tomadas demais pelo luto para fazer algo além de ficar sentadas lá, em silêncio e em choque.

Charlie não queria. Naquela época ela não gostava muito de cinema, apesar de sempre ter sabido por que tinha esse nome. Isso tinha o dedo da vovó Norma. Ela amava Hitchcock e plantou essa sementinha na mãe de Charlie.

— Vai fazer você se sentir melhor — disse-lhe vovó Norma. — Confie em mim.

Então Charlie cedeu e se juntou à avó no sofá, onde viram filmes antigos a noite toda, até o amanhecer. Os personagens falavam rudemente, fumavam e bebiam um copo de uísque atrás do outro. Até mesmo as mulheres. Havia assassinos, traições e olhares roubados tão quentes de luxúria que as bochechas de Charlie ficavam coradas.

Ainda melhores eram os comentários da vovó Norma, por meio dos quais Charlie conseguiu algumas informações sobre a vida dela em Hollywood.

— Cara bacana — comentou sobre um ator. — Bebia além da conta. — E sobre outro ela disse: — Saí com ele uma vez. Muita mão boba para o meu gosto.

Quando a luz do sol do começo da manhã começou a passar pela cortina da sala de estar, Charlie percebeu que vovó Norma estava certa. Ela realmente se sentiu melhor. Todas aquelas emoções conturbadas — a dor, a raiva e a tristeza tão pesadas que ela achou que tinha afundado como se estivesse em areia movediça — tinham momentaneamente sumido.

Na noite seguinte elas viram filmes até o amanhecer.

E na noite seguinte a essa.

E na noite seguinte a essa também.

Quando Charlie se deu conta de que estavam usando a magia cinematográfica como válvula de escape para a horrível realidade em que viviam, já era tarde demais. Ela estava completamente investida.

No dia em que seus pais foram enterrados, tudo parecia maior que a vida. Os caixões fechados posicionados lado a lado na frente da igreja eram iluminados por um fecho de luz colorida que entrava pelo vitral. As flores atrás saíam dos vasos em um brilho colorido, contrastando perfeitamente com os enlutados que vestiam preto e se abanavam contra o calor do verão. Quando se reuniram junto ao túmulo, o céu estava muito limpo. Havia uma brisa suave também, pela qual viajava o som do coral. Era tudo tão lindo de um jeito que Charlie se sentia triste e ao mesmo tempo consolada. Sabia que, apesar de ser uma situação bem difícil, ela superaria.

Depois do enterro, perguntou à vovó Norma se ela sabia qual era o nome do cântico que o coral estava cantando enquanto os caixões desciam pela cova.

— Que cântico? — tinha perguntado a vovó Norma. — E que coral?

E naquele momento Charlie soube que o que tinha acontecido no velório dos pais foi bem diferente do que o que ela vivenciara. Então percebeu que seu cérebro havia embelezado a situação, transformando-a em um filme de sua cabeça. Filmes em bobinas que contam a narrativa triste de outra pessoa, foi essa a forma que ela encontrou para aguentar o que acontecia.

— Você já pensou em produzir filmes? — pergunta Josh, trazendo-a de volta para o presente. — Já que gosta tanto deles.

— Na verdade, não.

Charlie tinha considerado isso apenas por um momento, logo quando tentava decidir para quais universidades prestaria vestibular. Ela suspeitou que teria mais prazer em criar do que ter que esmiuçar algo. Mas também temia que saber dos pequenos detalhes sobre a produção dos filmes faria com que vê-los perdesse a magia. E, como sua vida já deixava a desejar nesse quesito, ela não quis arriscar. E isso é ainda mais real agora que Maddy partiu.

Partiu.

Que palavra horrível. Tão absolutamente seca em seu propósito que Charlie fica triste só de pensar.

Maddy partiu.

Nunca voltará.

E Charlie é que deve ser culpada.

De repente o luto toma conta dela, como já fez muitas vezes nos últimos dois meses. Com ele há uma culpa tão pesada que Charlie se sente presa ao banco do passageiro. Esses dois sentimentos a dominam de tal maneira que ela mal percebe Josh dizer:

— Por que não? Parece um trabalho maneiro.

— Muitos trabalhos são maneiros — explica Charlie. — Mas isso não quer dizer que eu queira trabalhar com essas coisas.

Ela olha para a direita, para o seu reflexo exibido no retrovisor. As luzes do painel a iluminam de baixo, lançando um brilho bonito à gola de seu casaco, revelando como combina com a cor do batom que usa. Não é que ela consiga ver aqueles vermelhos combinando, afinal, a noite e a claridade da luz fazem tudo parecer monocromático. Nem mesmo preto e branco. Nada tão vívido. Mil tons de cinza.

— *Charlie?*

CENA INTERNA
PONTIAC GRAND AM — NOITE

Charlie solta o ar, pisca, olha-se pelo retrovisor e percebe que tudo está colorido, porque é claro que estaria. É o mundo real. Mas, por um momento, ela não estava nele. Estava em algum outro lugar.

— O que aconteceu? — pergunta Josh. — Você começou a me responder e parou do nada.

— Parei?

— Aham. Você estava viajando.

— Foi mal — diz Charlie. — Eu tenho dessas às vezes.

Envergonhada demais para encarar Josh, Charlie olha para a frente. Enquanto viajava, usando as palavras dele, começou a nevar. Grandes enxurradas que pareciam falsas ao cair no chão. Ela pensa em flocos feitos de sabão em sets de filmagem e também em *A Felicidade Não Se Compra*. Embora a neve não esteja cobrindo a pista, uma quantidade suficiente cai no para-brisa, fazendo Josh acionar os limpadores, que gemem, ganhando vida, e limpam a neve.

— Isso acontece muito? — pergunta ele.

— De vez em quando. — Charlie faz uma pausa, com vergonha. — Às vezes, eu, hum... vejo coisas.

Josh tira o olhar da estrada para lançar a ela uma expressão que é mais de curiosidade do que por achá-la esquisitona.

— Que coisas?

— Filmes. — Outra pausa. — Na minha cabeça.

Charlie não sabe por que confessa. Se tivesse que chutar, culparia a intimidade temporária da situação. São duas pessoas colocadas juntas num carro escuro, mal fazendo contato visual, prontas para passar as seis horas seguintes em um espaço compartilhado e depois nunca mais se verem de novo. Isso faz as pessoas falarem. Faz com que revelem coisas que talvez não contassem nem a seus melhores amigos. Charlie sabe que isso pode acontecer. Ela já viu nos filmes.

Maddy foi a primeira pessoa a quem Charlie contou sobre os filmes que passam na sua cabeça. Abriu o jogo na terceira semana do primeiro ano de faculdade, quando Maddy a pegou em outra dimensão durante 4 minutos e 26 segundos. Ela tinha cronometrado. E, então, quando Charlie lhe contou, Maddy apenas acenou e disse:

— Isso é estranho. Não vou mentir. Para a sua sorte, sou apaixonada por coisas estranhas.

— Filmes que você já viu? — pergunta Josh agora.

— Novos, que só eu posso ver.

— Como se estivesse sonhando acordada?

— Não exatamente — diz Charlie, sabendo que, quando se sonha acordado, o mundo fica embaçado nas bordas. Isto é o contrário. Tudo fica mais claro. Como um filme projetado na parte interna de suas pálpebras. — Não é como *O Homem de 8 Vidas*.

— Imagino que isso seja um filme.

— Estrelado por Danny Kaye, Virginia Mayo e Boris Karloff — diz Charlie, listando os nomes do mesmo jeito que fãs de basebol falam das estatísticas dos jogadores. — Vagamente baseado no conto de James Thurber. É sobre um cara chamado Walter que tem essa vida complexa e inventada. O que acontece comigo é… diferente.

— Diferente como? — pergunta Josh.

— Em vez de ver o que está acontecendo de verdade, eu vejo uma versão melhorada da cena. Como se meu cérebro tirasse uma com a minha cara. Escuto conversas que não estão acontecendo e vejo coisas que não estão realmente lá. É tipo a vida…

— Só que melhor?

Charlie nega com a cabeça.

— Mais fácil de lidar.

Ela sempre tinha pensado naquilo como se visse as coisas panoramicamente. Não tudo. Só alguns momentos específicos. Os difíceis. Um operador de câmera deslizando suavemente pelos momentos difíceis da vida dela. Só quando foi forçada a ir à psiquiatra que lhe receitou os comprimidos laranjas é que Charlie se deu conta do que realmente eram aqueles filmes exibidos na sua cabeça.

Alucinações.

Foi assim que a psiquiatra os chamou.

Ela disse que era como ter um disjuntor mental que é acionado quando as emoções de Charlie ameaçam dominá-la. Em situações de luto, estresse ou medo, um interruptor é acionado no cérebro dela, substituindo a realidade por algo mais cinematográfico e fácil de lidar.

Charlie sabe que o que acabou de vivenciar foi provocado por uma mistura de culpa, tristeza e saudade de Maddy. Com um desses sentimentos podia lidar sozinha. Talvez até desse conta de uma combinação de dois deles. Mas coloque os três juntos e — clique! — o interruptor era ligado e o filme começava a ser exibido.

— Você disse que escuta e vê coisas que talvez não estejam presentes — reitera Josh. — Estamos falando de pessoas?

— Sim — confirma Charlie. — Às vezes.

— Então você pode ver alguma coisa, ou alguém, que não existe de verdade? — pergunta Josh, impressionado. — Ou ter toda uma conversa que não é real?

— Posso. Alguém fala comigo, eu converso com essa pessoa, e ninguém escuta nada porque só está acontecendo na minha cabeça.

— E isso acontece do nada?

— Uhum.

— Você consegue controlar?

— Não muito.

— E isso não te preocupa um pouco?

— Me preocupa muito — diz Charlie, sem se atrever a falar mais nada.

Esses filmes não costumavam incomodá-la. Na verdade, era grata por eles. Facilitavam as coisas. Eram uma pomada que anestesiava o ferrão das emoções espinhosas. Além disso, nunca duravam muito e com certeza nunca machucaram ninguém.

Até que um quebrou esse padrão.

Agora ela nunca vai se perdoar.

Agora ela só quer que eles sumam.

— De que tipo de filme estamos falando? — pergunta Josh.

— De qualquer tipo, na real. Já vi musicais, dramas e filmes de terror.

— E o de agora há pouco? Que tipo de filme estava passando na sua cabeça?

Charlie rebobina os pensamentos para a cena dela se olhando no retrovisor. Vestindo o casaco vermelho de Maddy que combinava com o batom, que com certeza não está lá na vida real, Charlie parecia dramática. Mas ela não era do tipo *femme fatale*. Esse era o papel de Maddy.

E Josh era o cara bonito, porém duvidoso, atrás do volante, com grandes chances de ter um passado. Os dois poderiam ter sido qualquer coisa. Amantes em fuga. Irmãos recém-reunidos. Estranhos na escuridão que, por motivos que nem mesmo eles conhecem, saíram em uma viagem pelo país sem um plano.

O que, de certa forma, é a verdade.

— Um filme *noir* — responde Charlie. — Mas não um dos clássicos. Algo que os estúdios faziam de qualquer jeito toda semana. Um verdadeiro filme B.[2]

— Isso — diz Josh — é estranhamente específico.

Charlie responde com um dar de ombros constrangido:

— Não consigo controlar. É como eu funciono.

— E se isso, aqui e agora, fosse um filme? — pergunta Josh. — Quem faria o meu papel?

— Que ator seria, você quer dizer?

— Isso.

— Vivo ou morto?

— Tanto faz.

---

[2] Apesar de ter virado sinônimo de qualidade duvidosa, a expressão "filme B" diz respeito a um gênero cinematográfico que surgiu nos anos 1930 (N. da R.).

Charlie encosta no banco e levanta as mãos, dedos eretos e polegares esticados, como um diretor enquadrando uma cena. Ela para por um momento e estuda Josh. Não apenas o rosto, que é inegavelmente lindo, mas também suas características físicas. Ele é formidável. Uma presença marcante e um tanto desajeitada que, junto aos belos traços dele, faz Charlie pensar em uma única pessoa.

— Marlon Brando — diz ela.

Josh se retrai.

— Ai.

— A versão *jovem* de Marlon Brando — acrescenta Charlie rapidamente. — O Brando de *Uma Rua Chamada Pecado*. Sabe, quando ele ainda era gostoso.

— Ah, então você me acha gostoso? — pergunta Josh, estufando um pouco o peito, feliz.

Charlie fica vermelha.

— Não foi o que eu quis dizer.

— Tarde demais — diz Josh. — Agora que você disse, não tem como voltar atrás. Gosto de ser aquele Brando. Mas hoje em dia ele é meio gordo e doido, não é?

— Um sinal para você ficar de olho.

— Engraçadinha — diz Josh. — E eu aqui, prestes a ser bonzinho e dizer quem eu acho que deveria interpretar você nesse seu filme imaginário.

— Quem?

— Audrey Hepburn.

Charlie continua vermelha. Já tinha ouvido isso antes, mas foi de Maddy, que uma vez lhe disse:

— Você poderia ficar parecida com a Audrey, se quisesse. Você tem essa coisa frágil de que os caras gostam, como um veado de olhos arregalados entrando em um prado na ponta dos pés.

— Veados não andam na ponta dos pés — disse ela a Maddy na época. O que ela diz agora para Josh é: — Estou surpresa que você saiba quem ela é.

— Não precisa forçar — diz ele. — Não sou um cabeça oca por completo. Ah, e a resposta correta teria sido me agradecer.

— Obrigada — agradece Charlie, sentindo outra onda de calor nas bochechas.

— Estou prestes a fazer uma pergunta pessoal a você — avisa Josh.

— Mais pessoal do que eu admitindo que vejo filmes na minha cabeça?

— Não tão pessoal *assim* — diz ele. — Só estou curioso para saber se você tem namorado.

Charlie congela, sem saber como reagir. Está na cara que Josh está flertando com ela, provavelmente porque acha que ela estava flertando com ele, embora não tenha sido intencional. Charlie não é do tipo que flerta, apesar de ter sido treinada pelas melhores. Marilyn Monroe. Lana Turner. Lauren Bacall. Sabe que, para assoviar, basta unir os lábios e assoprar. O que não faz sentido para ela é por que alguém tentaria.

O problema de Charlie, de acordo com Maddy, era que ela gastava muito tempo pensando nos homens dos filmes e não sabia como se comportar perto deles na vida real. Charlie sabe que há um pouco de verdade nisso. Ela não tinha problema em ficar com as pernas bambas ao ver a versão jovem de Paul Newman, mas mal se mexia quando encontrava alguém que fosse um terço tão bonito quanto ele.

Apesar da química inegável que eles compartilharam logo na primeira vez que saíram, o verdadeiro primeiro encontro com Robbie foi no mínimo constrangedor. Charlie se sentia muito pressionada para ser qualquer coisa que não fosse sua versão esquisita do dia a dia, porque pensava que era o que Robbie esperava dela. Então tentou elogiá-lo:

— Eu, hum... gosto dessa estampa — disse a respeito da camisa simples e listrada que ele estava usando. E também tentou puxar assunto. Desistiu depois de 15 minutos. — Eu acho que vou embora? — disse, usando uma entonação de pergunta, numa tentativa de pedir a permissão dele para tirá-los daquela situação completamente embaraçosa.

Robbie a surpreendeu, dizendo:

— Por favor, fica. Olha, eu também sou ruim nisso.

Naquele momento, Charlie se deu conta de que, apesar da boa aparência, Robbie era tão estranho quanto ela. Ele divagava sobre equações da mesma forma que Charlie fazia com filmes. Era rápido ao sorrir e ainda mais ao corar. Os movimentos dele eram frequentemente hesitantes, como se não se sentisse tão confortável na própria pele. Acabou que esses se tornaram bons atributos para um namorado. Robbie era tranquilo em todos os sentidos. Concordava em ver qualquer filme que ela quisesse, nunca a pressionou para transar e, quando de fato passaram a fazer isso, sempre dizia que era ótimo, mesmo ela sabendo que às vezes não era.

Se tinha algo que incomodava Charlie era o fato de que, no fundo, ela sabia que Robbie era demais para ela. Palhaçadas à parte, ele ainda era um rapaz de ouro. Lindo. Atlético. Inteligente. O pai era engenheiro, e a mãe, médica. Os dois ainda estavam vivos, o que já era mais do que Charlie podia dizer. Ela se sentia inferior em todos os sentidos. Uma patinha feia que nunca viraria cisne.

Era mais fácil lidar com as inseguranças quando Maddy estava viva. Ela sempre fizera Charlie se sentir, senão normal, então pelo menos como uma amiga de fora da rodinha. Isso equilibrava as coisas. De um lado, a normalidade de Robbie; do outro, a excentricidade de Maddy, como em *A Mulher do Século*; e Charlie firme no meio. Sem Maddy, as coisas não funcionavam mais. E não importava o quanto Robbie tentasse aliviar o luto, a culpa e o ódio que ela sentia por si mesma, Charlie sabia que era questão de tempo até que ele percebesse que ela não merecia tanta atenção.

Quando decidiu largar os estudos, Charlie disse a si mesma que estaria fazendo um favor a Robbie. Entretanto, no fundo, sabia que estava antecipando o inevitável: partindo o coração dele antes que ele deixasse o dela em pedaços.

— Sim e não — responde Charlie, finalmente dando a mais vaga das respostas à pergunta de Josh. — Quer dizer, sim, tenho um namorado. Tecnicamente. Mas também não sei dizer o que o futuro nos guarda. Ou se ao menos temos um futuro.

— Já passei por isso — diz Josh.

— E você?

— Livre, leve e solto.

— É difícil conhecer pessoas — comenta Charlie.

— Descobri que isso não é verdade — rebate Josh. — Conhecer pessoas é fácil. O difícil é mantê-las por perto.

Pelo para-brisa, a nevasca parece ainda maior e, pelos faróis, ainda mais rápida. Como estrelas viajando à velocidade da luz.

— Pisa fundo, Chewie — diz Charlie.

Josh aciona mais uma velocidade do limpador do para-brisa.

— Essa referência eu entendi.

— É legal saber que você viu, de fato, pelo menos um filme.

— Já vi vários.

— Defina "vários".

— Mais do que você pensa. — Josh se endireita no banco do motorista e acaricia o volante. — Diga mais alguma frase famosa. Aposto que consigo acertar de que filme é.

Charlie decide pegar leve primeiro, usando um sotaque bem característico ao dizer:

— "Eu voltarei."

— *O Exterminador do Futuro* — responde Josh. — E pare de tentar usar as fáceis comigo. Não sou tão ignorante cinematográfico quanto você pensa.

— Beleza. — Ela faz uma pausa, pensando. — "Você vai precisar de um barco maior."

— Essa é de *Tubarão* — diz Josh, dando um sorrisinho metido. — Já vi esse filme duas vezes.

— Duas vezes? — pergunta Charlie, fingindo surpresa.

— E quantas vezes você viu, Siskel e Ebert?[3]

— Vinte.

Josh solta um assobio baixo.

— Por que você veria um filme vinte vezes?

---

[3] Gene Siskel e Roger Ebert foram famosos críticos de cinema estadunidenses. Estiveram juntos na TV entre os anos 1975 e 1999 (N. da R.).

— É uma obra de arte — diz Charlie. — Na verdade a pergunta é: por que você *não* veria esse filme vinte vezes?

— Porque a vida é muito curta.

Essa frase era uma das favoritas de Maddy, que a usava sempre que precisava convencer Charlie a fazer alguma coisa contra a própria vontade. *A vida é muito curta para* não *ir a essa festa*, dizia ela. Então Charlie cedia, e Maddy se perdia no meio da multidão e, frequentemente, Charlie acabava voltando para o dormitório e vendo filmes.

— Quero lhe dizer uma frase famosa — anuncia Josh.

— Garanto que vou acertar.

— Eu ficaria chateado se você não acertasse. — Josh limpa a garganta. — "Mas todos nós ficamos furiosos às vezes."

O jeito com que Josh diz isso acerta Charlie como eletricidade. Um golpezinho na base da coluna. Ela já ouviu aquela frase sendo dita umas mil vezes antes, e sempre com ênfase demais, um tom sinistro forçado. Mas Josh a diz exatamente da mesma forma que Anthony Perkins — calmo, natural, como se assumir a loucura não fosse nada demais.

— Vai me dizer que não sabe? — pergunta Josh.

— *Psicose* — responde Charlie. — Alfred Hitchcock, 1960.

— Quantas vezes você já viu esse filme?

— Tantas que nem cabem nos dedos.

Esteve na lista dela de filmes do Hitchcock preferidos e foi visto tanto quanto *Janela Indiscreta*, *Um Corpo que Cai* e *Intriga Intencional*. Ela não o viu mais desde o assassinato de Maddy, e talvez nunca mais veja de novo. Charlie não sabe se aguenta a cena do chuveiro e seus golpes frenéticos e violinos estridentes, mesmo que ela saiba que o sangue era calda de chocolate e que o som das facadas foi feito com melão. Ela também sabe que Hitch nunca mostrou em cena uma lâmina rasgando a carne. Nada disso faz diferença. Não quando ela pensa no fim que Maddy teve.

— Parece que você ama a sua graduação — comenta Josh.

— E amo mesmo.

— Então por que está largando a faculdade?

— Quem disse que estou largando? — rebate Charlie, irritada. Com Josh, por ser presunçoso. Consigo, por ser tão transparente.

— As bagagens e a caixa no porta-malas. Ninguém empacota tanta coisa só para uma visita rápida. Ainda mais em uma terça-feira no meio do semestre. Tudo indica que tem uma história por trás.

— Tem mesmo — diz Charlie, sua impaciência aumentando. — E não é da sua conta.

— Mas você está largando a faculdade, não é? — pergunta Josh. — Não ouvi você negar.

Charlie recosta no banco e olha pela janela, que está embaçada por causa do aquecedor do carro e da conversa sobre cinema que ela não soube parar. Ela passa o dedo pelo vidro, formando um risco.

— Não faço ideia do que estou fazendo — comenta. — Dando um tempo, acho.

— A vida universitária está pesando muito?

— Não. — Charlie pausa, e então muda de resposta: — Sim.

Até dois meses atrás, ela amava estar na Olyphant. Não era uma das faculdades mais chiques. Com certeza não estava entre as melhores. Nem era como a Universidade de Nova York ou a de Bennington ou qualquer uma das outras com as quais ela tinha sonhado um dia. Não havia dinheiro suficiente para elas, e Charlie não tinha sido uma aluna boa o bastante para ganhar bolsa. Ela tinha sido premiada com uma quantia em dinheiro, é verdade. Mas nada que fosse suficiente para arcar com uma graduação do começo ao fim.

Charlie escolheu a Olyphant porque era uma das poucas com as quais ela e a vovó Norma *podiam* arcar. Uma pequena universidade de artes liberais em Nova Jersey. O departamento de cinema era decente, se não notável. Ela tinha planejado pegar pesado nos estudos, mantendo a cabeça baixa, graduando com um diploma que prepararia o terreno para a pós-graduação em um lugar maior, melhor e mais reconhecido. Pensou que em algum momento se tornaria professora em uma faculdade parecida com a Olyphant, dando aulas de cinema para a próxima geração de cinéfilos.

O que ela não tinha planejado foi Madeline Forrester pavoneando para dentro do dormitório delas, naquele primeiro dia na universidade, numa rajada de fumaça de cigarro e Chanel nº 5. Ela era linda. Foi a primeira coisa que Charlie pensou. Pálida, loira e sensual, com um rosto em formato de coração que fazia Charlie pensar em Vivien Leigh em *E o Vento Levou*. Ainda assim, nos detalhes, parecia um pouco cansada. Uma exaustão peculiar. Como alguém que estivesse de ressaca pela primeira vez, arrastando-se para casa pela manhã depois de uma festa.

Parada à porta, vacilando em cima de um salto de quase oito centímetros, ela estudou o quarto compartilhado e soltou:

— Que espelunca!

Charlie pegou a referência — Maddy estava imitando Liz Taylor em *Quem Tem Medo de Virginia Woolf?*, que, por sua vez, imitou Bette Davis em *A Filha de Satanás* —, e seu corpo inteiro borbulhou como o estouro de uma garrafa de champanhe. Ela tinha acabado de conhecer sua irmã de alma.

— Acho que adoro você — explodiu ela.

Maddy se abanou.

— Como deveria ser.

Era fácil gostar do jeito dela. Maddy falava rápido, usando um sotaque yankee picotado, para intencionalmente invocar Katharine Hepburn. Diferente das roupas que todas as outras garotas do campus usavam — jeans desbotados, Keds brancos, suéter da GAP por baixo de jaquetas jeans —, Maddy se vestia como as socialites dos anos 1950. Vestidos elegantes em tons pastéis. Luvas brancas. Chapéus pillbox com véus delicados. Tinha até uma echarpe de pele usada, comprada em uma venda de garagem, o pelo esfarrapado e emaranhado em alguns pontos. Em festas, fumava usando piteira, movendo-a de um lado para o outro como se fosse a Cruella de Vil. Toda afetada. E ainda assim Maddy nunca era feita de chacota, porque nunca levava essas coisas a sério. Sempre tinha um brilho em seu olhar que deixava claro que ela sabia como podia ser ridícula.

Quem as via achava que as duas eram uma dupla peculiar. A garota descolada e a colega de quarto de beleza comum dando risadinhas no caminho até o refeitório. Mas Charlie sabia que elas eram mais parecidas do que transparecia. Maddy crescera em Poconos, bem classe média baixa, numa casa bege de um só andar, nos arredores de uma cidadezinha.

Era extremamente ligada à avó, de quem dizia ter herdado seu jeitinho extremamente dramático. "Vovozinha" era como a chamava, o que Charlie sempre achou estranho, embora "vovó Norma" não fosse muito comum. Em seus primeiros quatro anos, Maddy foi criada pela avó, já que o pai caloteiro vagava a noroeste em uma jornada sem fim para evitar pagar a pensão alimentícia, e a mãe não parava em nenhuma clínica de reabilitação.

Mesmo depois de sua mãe ter ficado sóbria, Maddy permaneceu próxima à vovozinha, ligando todos os domingos só para saber como ela estava. Às vezes quando estava com uma puta ressaca. Outras, quando se preparava para sair. Charlie percebeu porque sempre se sentia culpada por dificilmente ligar para vovó Norma só para saber se estava tudo bem. Ligava apenas quando precisava de algo. E ouvir Maddy perguntando à avó como ela estava fazia Charlie pensar em vovó Norma sentada sozinha no sofá, iluminada pela luz de seja lá que filme em preto e branco estivesse passando na TV.

Filmes eram outra coisa que Maddy e Charlie tinham em comum. Viam vários juntas, com Maddy fazendo comentários do mesmo jeito que a vovó Norma.

— Meu Deus, será que já existiu um homem mais bonito que Monty Clift? — Ou: — Eu seria capaz de matar alguém para ter o corpo da Rita Hayworth. — Ou: — Bom, Vincente Minnelli era gay, mas não dá para saber isso pela forma como ele filmava Judy Garland.

Assim como Charlie, Maddy prosperava no escapismo, vivendo em um mundo que ela tinha inventado. Cabia às pessoas decidir se queriam fazer parte dele. Charlie foi por vontade própria.

— Você pode me contar o que aconteceu, se quiser. — Josh a olha com empatia, tentando acalmá-la. — Não vou contar a ninguém. E, poxa, não é como se fôssemos nos ver direto depois disso. Não há por que ter segredos nesse carro.

Charlie está tentada a revelar tudo. A escuridão, o isolamento dentro do carro, o ar quente — tudo isso incentiva sua confissão. E tem o fato de que ela não chegou a falar sobre isso de verdade. Já contou algumas coisas, é claro. Para Robbie. Para vovó Norma. Para a psiquiatra a que foi forçada a ir. Mas nunca a história inteira.

— Você já fez alguma coisa errada? — pergunta ela, atenuando-se até chegar ao assunto, prestando atenção para ver se parece ser a coisa certa. — Algo tão errado que você sabe que nunca, nunca mesmo, vai se perdoar?

— A maldade está nos olhos de quem vê — diz Josh.

Ele desvia o olhar do para-brisa por tempo suficiente para que Charlie veja a expressão em seu rosto. Está sorrindo de novo. Aquele sorrisinho perfeito de astro de cinema. Só que dessa vez não chega aos olhos, que estão desprovidos de qualquer alegria. Não há nada ali além de escuridão.

Charlie sabe que é só um truque da luz. Ou a sua ausência. Ela supõe que seu olhar esteja tão misterioso quanto o dele. Mas algo nos olhos escuros e no sorriso brilhante de Josh a livra da vontade de confessar. Não parece mais a coisa certa. Não aqui. Não para esse cara que ela nem conhece.

— Mas e quanto a você? — pergunta Charlie, tentando mudar de assunto. — Qual é a sua história?

— O que faz você achar que tenho uma?

— Você também está saindo no meio do semestre. O que significa que também está abandonando o curso.

— Não sou um aluno — diz Josh.

— Pensei que fosse.

Ele tinha lhe dito que era um aluno, não? Ou talvez ela tenha presumido aquilo por causa do moletom da Olyphant que ele usava quando se conheceram. O mesmo, lembra-se Charlie, que está usando agora.

Josh, parecendo sentir a inquietação dela, esclarece:

— Eu trabalho na universidade. Trabalhava, acho que devo dizer. Pedi demissão hoje.

Charlie continua a estudá-lo, percebendo como ele é mais velho. Dez anos, pelo menos. Talvez uns quinze.

— Você era professor ou alguma coisa assim?

— Um pouco menos valorizado — comenta Josh. — Eu trabalhava no setor de serviços gerais. Tarefas de zelador, na maior parte do tempo. Só um desses caras passando pano nos corredores, invisíveis ao resto de vocês. Talvez você tenha me visto e nem reparou.

Porque parece que ele espera por isto, Charlie busca nas lembranças anteriores a ontem, quando se encontraram no painel de caronas. Não fica surpresa quando não acha nenhuma. Nos últimos dois meses, não tinha se aventurado muito além dos dormitórios e do refeitório.

— Você trabalhou lá por quanto tempo?

— Quatro anos.

— E por que pediu as contas?

— Meu pai não está bem — responde Josh. — Teve um derrame há uns dias.

— Ah — solta Charlie. — Me desculpe.

— Não tem pelo que se desculpar. Essas merdas acontecem.

— Mas ele vai ficar bem, não é?

— Eu não sei — diz Josh, o tom de voz carregado de melancolia, com razão. — Espero que sim. Mas não saberemos por algumas semanas. Ele não tem mais ninguém para cuidar dele, o que para mim significa que tenho que voltar a Toledo.

O corpo inteiro de Charlie fica tenso de repente.

— Akron — diz ela. — Você me falou que era de Akron.

— Falei?

— Aham, quando nos encontramos no painel de caronas.

Por ser um possível motivo para fugir, ela se lembra de tudo a respeito daquele momento. E tem certeza de que Josh disse especificamente que estava indo para Akron. Depois que soube que ela precisava ir a Youngstown.

Ela repassa aquela primeira conversa mentalmente. Ele se esgueirando para o lado dela, verificando o panfleto, vendo o lugar aonde ela queria ir atravessado na página.

Será que Josh mentiu sobre aonde estava indo? Se sim, por quê?

Charlie só consegue pensar em um motivo — para convencê-la a entrar no carro com ele.

O pensamento a deixa nervosa. Pequenas gotas de temor se espalham pelos seus ombros encolhidos. Como a chuva. As primeiras gotas antes da tempestade.

— *Agora* eu me lembro — diz Josh, balançando a cabeça como se não conseguisse acreditar na própria falta de memória. — Entendo por que você está confusa. Esqueci que disse a você que *eu* estava indo para Akron. É onde minha tia mora. Vou buscá-la para me acompanhar até a casa do meu pai, em Toledo.

É uma explicação bem simples. Aparentemente, não há nada de sinistro nisso. Mas o temor não abandona Charlie por completo. Uma pequena parcela permanece, enfiada como uma lâmina nas suas costelas.

— Eu não estava tentando enganar você — diz Josh. — Juro. Peço desculpa se for o que parece.

Há sinceridade em sua voz. Na aparência também. Quando o carro passa por baixo da luz alaranjada de um poste, o rosto dele é iluminado, incluindo os olhos. A escuridão que Charlie viu mais cedo não está mais lá. Em seu lugar, há um brilho de zelo, de desculpa, de dor por não ter sido compreendido. Vê-lo assim faz Charlie se sentir culpada por ser tão descrente. O pai tinha acabado de ter um derrame, pelo amor de Deus, e ela estava duvidando dele.

— Está tudo bem — diz Charlie. — Eu só estava...

Ela tem dificuldade para definir. Preocupada sem necessidade? Completamente paranoica? As duas opções?

Charlie sabe que não é o que Josh disse, ou as roupas que ele usa ou então como colocou as coisas no porta-malas que a deixaram tão receosa. Seu nervosismo se sustenta no fato de que, como algo horrível aconteceu com Maddy, Charlie acha que o mesmo pode acontecer consigo.

Ainda assim, não é só por isso. A verdade nua e crua, como diria vovó Norma. Aquela que não fica na cara, mas, enterrada bem fundo. A base sobre a qual todas as mentiras que contamos são construídas.

E, para Charlie, a verdade nua e crua é que ela acha que *merece* que algo horrível lhe aconteça.

Mas não vai. Pelo menos não aqui. Não agora. Não em um carro com alguém que parece ser um cara bacana e que só está tentando manter um diálogo durante o que, de outro jeito, seria uma viagem entediante.

Mais uma vez, Josh parece saber exatamente tudo que ela está pensando, porque diz:

— Eu entendo, sabe. O porquê de você estar tão nervosa.

— Eu não estou nervosa — rebate Charlie.

— Está, sim — diz Josh. — E está tudo bem. Olhe, eu acho que sei quem você é. Achei que seu nome não me era estranho quando nos encontramos no painel de caronas, mas só agora caiu a ficha.

Charlie fica muda, torcendo que isso vá fazer Josh parar de falar, que ele vá perceber e deixar quieto.

Mas, em vez disso, ele deixa de encará-la e olha para a estrada, então volta para ela de novo e diz:

— Você é aquela garota, não é?

Charlie afunda no banco do passageiro, a nuca encostada no apoio do banco. Uma leve dor pulsa bem naquele encontro. As agulhadas de uma dor de cabeça. O momento de confessar está aqui, queira ela ou não.

— Sou — diz. — Eu sou aquela garota. Aquela que deixou a colega de quarto ser assassinada.

— — — — —

CENA INTERNA
PONTIAC GRAND AM — NOITE

Charlie não queria ter saído naquela noite. Era essa a sua desculpa para ter feito o que fez. Quando ainda tinha uma desculpa. Isso antes de entender que seus atos eram imperdoáveis.

Era uma noite de quarta-feira, ela tinha aula de cinema na manhã seguinte e, por isso, não queria nem morta ir a um barzinho às dez horas da noite para ver um cover meia-boca do The Cure. Mas Maddy insistiu, mesmo depois de Charlie ter implorado incontáveis vezes.

— Não vai ter graça sem você — disse ela. — Não tem mais ninguém além de você que entende o quanto gosto deles.

— Você sabe que não é o The Cure de verdade, não é? — disse Charlie. — São só uns caras que aprenderam a tocar *Lovesong* na garagem dos pais.

— Eles são muito bons. Eu juro. Por favor, Charlie, só vamos. A vida é curta demais para ficar enfurnada aqui.

— Está bem — disse Charlie, suspirando cada palavra. — Mesmo eu estando cansada. E você sabe como fico chata quando estou cansada.

Brincando, Maddy arremessou um travesseiro pelo quarto na direção dela.

— Você vira uma ogra da cabeça aos pés.

A banda não subiu ao palco até quase onze horas, aparecendo em um traje gótico tão exagerado que beirava o ridículo. O cara da frente, mirando um quê de Robert Smith, tinha passado pancake branco no rosto. Charlie comentou com Maddy que isso o deixava parecido com o Edward Mãos de Tesoura.

— Pesado. Mas real — respondeu Maddy.

Três músicas depois, Maddy começou a dançar com uma cópia malfeita do Bon Jovi que usava jeans rasgados e camiseta preta. Duas músicas depois disso, os dois estavam encostados no bar, salivando um no outro. E Charlie, que estava cansada, com fome e sóbria demais para ficar ali, não aguentava mais.

— Ei, estou indo — disse ela após cutucar o ombro de Maddy.

— Quê? — Maddy se espremeu para fora do cara aleatório que a beijava e pegou Charlie pelos braços. — Você não pode ir!

— Posso — disse Charlie. — E vou.

Maddy a agarrou enquanto Charlie caminhava em direção à saída do bar, forçando espaço na pista de dança lotada de rapazes e garotas de fraternidade — eles de boné de beisebol, elas de blusinhas que deixavam a barriga de fora —, além de mauricinhos, maconheiros e vagabundos que usavam camisa de flanela e cujo cabelo era descolorido e oleoso. Diferente de Maddy, eles não se importavam com quem estava tocando. Estavam ali apenas para encher a cara. Já Charlie, bem, ela só queria se encolher na cama enquanto via um filme.

— Ei, o que está acontecendo? — perguntou Maddy quando estavam do lado de fora do bar, amontoadas em um beco aos fundos que fedia a vômito e cerveja. — Estávamos nos divertindo.

— *Você* estava se divertindo — disse Charlie. — Eu só estava... lá.

Maddy enfiou a mão na bolsa — um retângulo brilhoso cheio de lantejoulas prateadas que tinha comprado na Goodwill —, tateando à procura de cigarro.

— Essa culpa é toda sua, querida.

Charlie discordava. Pelas suas contas, aquela era a centésima vez que Maddy a arrastava para um bar, uma chopada ou um *after* com a galera do teatro, só para abandoná-la assim que chegavam, deixando Charlie vagando e perguntando aos camaradas introvertidos, morta de vergonha, se eles já tinham visto *Soberba*.

— Não seria, se você tivesse me deixado quieta em casa.

— Estou tentando ajudar você.

— E faz isso me ignorando?

— Fazendo você sair da sua zona de conforto — disse Maddy, desistindo de achar um cigarro e colocando a bolsa debaixo do braço. — A vida não é feita de filmes, Charlie. Se não fosse por mim, Robbie e as outras garotas do dormitório, você nunca conversaria com ninguém, tipo, nunca mesmo.

— Isso não é verdade — defendeu-se Charlie, mesmo enquanto começava a pensar se não era mesmo. Ela não conseguia se lembrar quando tinha sido a última vez que tinha trocado mais que uma conversa fiada superficial com alguém fora da sala de aula ou do mundinho do dormitório. Perceber que Maddy estava certa só a deixou ainda mais brava. — Se eu quisesse, poderia conversar com muitas pessoas.

— Esse é o seu problema — disse Maddy. — Você não quer fazer isso. E é por isso que estou sempre tentando fazer você socializar mais.

— Talvez eu não queira que você tente.

Maddy soltou uma risada sarcástica.

— Isso está na cara, porra.

— Então pare de tentar — disse Charlie. — Amigos devem apoiar um ao outro, e não mudar um ao outro.

Deus sabe que ela poderia ter tentado mudar Maddy. Seu jeito imprevisível. O drama. As roupas que mais pareciam fantasias. Coisas tão datadas e absurdas que às vezes as pessoas reviravam os olhos quando ela entrava em algum lugar. Mas Charlie não tentou mudar essas coisas. Porque as amava. Ela amava *Maddy*. E às vezes — como naquela noite — ela se perguntava se Maddy sentia o mesmo.

— Não estou tentando mudar você — disse Maddy. — Só quero que você viva um pouco.

— E eu só quero ir logo para casa.

Charlie tentou sair dali, mas Maddy grudou no braço dela de novo, implorando.

— Por favor, não vá. Você está certa. Eu trouxe você aqui e depois te abandonei, me desculpe. Vamos voltar lá dentro, beber alguma coisa e nos acabar de dançar. Não vou desgrudar de você. Juro. Só fique.

Talvez Charlie tivesse ficado se Maddy não tivesse dito o que veio a seguir. Estava pronta para perdoá-la e esquecer que aquilo tinha acontecido, como sempre fazia. Mas então Maddy respirou fundo e disse:

— Você sabe que não gosto de voltar para casa sozinha.

Charlie recuou — recuou de verdade — quando ouviu isso. Porque significava que Maddy ainda pensava só no próprio nariz, como sempre. Não era sobre gostar da companhia de Charlie ou se divertirem juntas. Ela só queria alguém que a carregasse podre de bêbada até em casa quando a festa acabasse. O que fez Charlie pensar que talvez Robbie tivesse razão. Talvez Maddy não a visse como amiga. Talvez ela fosse *mesmo* só um membro da plateia. Um entre muitos. Uma pessoa que era tonta o bastante para deixar Maddy sair impune de qualquer merda que ela decidisse fazer em qualquer noite.

Mas não naquela.

Charlie se recusou a deixar que aquilo acontecesse.

— Estou indo para cara agora — informou ela. — Ou me acompanhe, ou fique aí.

Maddy fingiu considerar. Ela deu um passo hesitante na direção de Charlie, uma mão erguida ligeiramente, como se tentasse alcançá-la. Mas então alguém saiu do bar, e a música saiu em um estrondo pela porta aberta, entrando no beco. Uma versão barulhenta de *Just Like Heaven*. Ao ouvi-la, Maddy voltou a olhar para o bar, e Charlie sabia que ela tinha se decidido.

— Você é uma péssima amiga — disse ela a Maddy. — Espero que saiba disso.

Charlie se virou e marchou para longe sem nem ao menos pausar quando Maddy gritou por ela:

— Charlie, espere!

— Vai se foder — disse Charlie.

O que acabou sendo a última coisa que ela disse para Maddy.

Mas aquela não foi a pior parte da noite.

Nem perto disso.

A pior parte veio vinte passos depois, quando Charlie se virou, torcendo para ver que, apesar da discussão e do "vai se foder", Maddy estava logo atrás, com dificuldade para acompanhá-la. Em vez disso, Charlie a viu ainda do lado de fora do bar, os cigarros finalmente livres da bolsa, parada ao lado de um homem que parecia ter surgido do nada.

Charlie não conseguiu vê-lo direito. Ele estava meio que de costas para ela, de cabeça baixa. A única parte do corpo dele que conseguia ver era a mão esquerda, que protegia a pequena chama do isqueiro de Maddy. Tudo nele estava escondido pela sombra, desde os sapatos até o chapéu.

Aquele chapéu — um fedora básico que todo homem costumava usar até que do nada desapareceram — dizia a Charlie que alguma coisa naquela cena não parecia certa. Era 1991. Ninguém mais usava chapéu fedora. Além disso, tudo estava muito cru, muito encenado. Um único raio de luz branca se inclinava entre Maddy e o homem de chapéu, dividindo-os em duas metades distintas: Maddy brilhando sob a luz, o homem engolido pela escuridão.

Era, percebeu Charlie, um de seus filmes, causado pela briga com Maddy.

Em vez de assistir à cena voltar ao normal, que é o que deveria ter feito, Charlie se virou e continuou andando.

Ela não olhou para trás.

Quando Maddy não voltou para o dormitório naquela noite, Charlie presumiu que ela tinha passado a noite com alguém do bar. A cópia do Bon Jovi, talvez. Ou o cara do chapéu. Se ele existia mesmo. Charlie tinha dúvidas.

Só foi ficar preocupada na hora do almoço, quando Charlie voltou da aula e encontrou o dormitório sem nenhum traço da presença de Maddy. Charlie não conseguia deixar de pensar no dia da morte dos pais. Como tinha ficado despreocupada conforme o tempo passava, alheia ao fato de que tinha se tornado órfã. Recusando-se a deixar a história se repetir, Charlie passou o resto do dia indo de quarto em quarto, perguntando a todo mundo no prédio se alguém tinha visto Maddy. Ninguém tinha. O próximo passo de Charlie foi ligar para a mãe e o padrasto de Maddy, perguntando se tinham notícias dela. Não tinham. Por fim, à meia-noite, exatamente 24 horas após a última vez em que a tinha visto, Charlie ligou para a polícia e comunicou o desaparecimento de Maddy.

Encontraram-na logo cedo na manhã seguinte.

Um ciclista a tinha encontrado durante sua rotineira pedalada matinal, atraído por um brilho incomum no meio de um campo, a quase quinze quilômetros de distância da cidade. Era a bolsa de Maddy, suas lantejoulas brilhando sob o sol matinal.

Maddy estava ao lado, o rosto enterrado na sujeira, morta havia pelo menos um dia.

No começo, todo mundo — a polícia, a cidade, a universidade — tinha esperado que fosse um assassinato comum, como se algo assim existisse. Uma brincadeira de criança que podia facilmente ser resolvida. Um ex-namorado ciumento. Um colega de classe obsessivo. Alguma coisa que fizesse sentido.

Mas havia as múltiplas facadas a considerar. E também o fato de que seus pulsos e tornozelos tinham sido amarrados com corda. E o dente que faltava, um canino superior cujos registros dentários indicavam que estava ali antes de ela desaparecer.

Foi esse dente que levou os policiais a concluírem que o pior tinha acontecido: Maddy era a mais recente vítima do homem que tinha feito outras duas antes.

O Assassino do Campus.

Charlie admirava, de má vontade, a limitação imposta no apelido dado pelas autoridades. *O Silêncio dos Inocentes* tinha entrado em cartaz sete meses antes, colocando no glossário da cultura pop o assassino em série Buffalo Bill e Hannibal, o Canibal. Em vez de tentar algo com a mesma veia mórbida que ficaria na boca do povo, a polícia optou pela simplicidade.

Ele era um assassino.

Ele perambulava pelas redondezas da Olyphant University.

Ele pegava mulheres, as amarrava e arrancava um de seus dentes antes de esfaqueá-las até a morte. Isso chamava atenção suficiente da maioria das pessoas — e o público em geral nem ao menos sabia do dente faltante. Apenas as famílias das vítimas eram informadas daquele detalhe horrendo. Charlie tinha descoberto só porque foi a primeira pessoa com quem a polícia conversou depois de encontrar o cadáver de Maddy, e eles precisavam saber logo de cara se ela tinha um dente faltando. Os detetives lhe imploraram que não contasse a ninguém, e Charlie não contou. Nem mesmo para Robbie. Ela sabia que era algo que os policiais precisavam manter entre si como uma forma de diferenciar os esfaqueamentos aleatórios do trabalho do Assassino do Campus.

Charlie tinha conhecido aquele apelido no dia em que chegou à Olyphant. O Assassino do Campus tinha agido um mês antes, fazendo toda a universidade entrar em um pânico generalizado, mesmo que a vítima tivesse sido alguém da cidade, e não uma estudante. Sua recepção de calouros incluiu uma aula de autodefesa. Apitos antiestupro foram distribuídos com cartões de identidade. No campus, as garotas nunca andavam sozinhas. Andavam em grupos — maravilha, grandes grupos de risadinhas aflitas e cabelos sedosos.

Em festejos bancados pelo campus ou nas conversas de tarde da noite no saguão do dormitório, os assassinatos eram debatidos aos sussurros, como uma lenda urbana contada à beira da fogueira. Todos sabiam o nome das vítimas. Todos diziam ter alguma leve conexão com elas. Uma aula em comum. Um amigo de um amigo. Um vislumbre delas na rua duas noites antes de serem mortas.

Angela Dunleavy foi a primeira, assassinada quatro anos antes em uma noite chuvosa de março. Era uma veterana que trabalhava meio período num bar do centro. Um daqueles lugares que fazem as garçonetes usarem camisetas coladas na expectativa de que os universitários deixem gorjetas melhores. Notaram sua falta logo antes de o bar fechar, e ela foi encontrada na manhã seguinte, numa matinha nos limites do campus, carregando as marcas até então novelescas do trabalho manual do Assassino do Campus.

Amarrada.

Esfaqueada.

Sem um dente.

Não havia pista alguma, nenhum suspeito. Apenas um assassinato horrível que a polícia tinha estupidamente presumido ser um caso isolado.

Até que a segunda vítima foi encontrada um ano e meio depois. Taylor Morrison. A garota da cidade que havia sido morta um mês antes do primeiro ano de Charlie na faculdade, o corpo despejado na beira de uma rodovia em manutenção a três quilômetros de distância. Ela trabalhava numa livraria a dois quarteirões da Olyphant, o que era perto o suficiente do campus para que sua morte fosse associada à de Angela Dunleavy.

Quando um ano se passou sem nenhum outro assassinato, as pessoas voltaram a respirar, aliviadas. Depois de dois anos, os apitos antiestupro pararam de ser distribuídos, mas as aulas de autodefesa continuaram. Quando Charlie começou o terceiro ano de faculdade, ninguém mais andava pela universidade em grupos, e o Assassino do Campus foi praticamente esquecido.

Então Maddy foi assassinada, e o círculo vicioso recomeçou. Só que daquela vez Charlie fazia parte dele. Uma personagem coadjuvante para o protagonismo mórbido de Maddy. Nos dias após o crime, ela conversou com muita gente. Detetives locais. Policiais estaduais. Até mesmo duas agentes do FBI. Uma dupla de mulheres usando roupas quase idênticas, camisa de seda e blazer preto, o cabelo puxado para trás num rabo de cavalo muito firme.

Charlie lhes contou tudo.

Ela e Maddy tinham ido a um bar para ver o show de uma banda cover. Não, ela ainda não tinha 21 anos, uma confissão que nem ao menos a fez hesitar. Maddy estava morta. O assassino ainda estava à solta. Todo mundo cagou para a identidade falsa dela. Sim, elas tinham discutido fora do bar. Sim, tinha ido embora, apesar de Maddy ter implorado para que ficasse. Sim, suas últimas palavras direcionadas à melhor amiga tinham sido, de fato, "vai se foder", algo que, quando a ficha caiu, fez Charlie correr para o banheiro da delegacia e vomitar na pia.

Tudo piorou quando ela voltou para aquelas agentes duronas do FBI e foi informada de tudo que elas sabiam dos últimos momentos de vida de Maddy.

Ninguém conseguia se lembrar de ver Maddy fora do bar depois de Charlie ter ido embora.

Duas pessoas que deixaram o bar cinco minutos depois de Charlie viram Maddy saindo do beco acompanhada de um homem, embora não soubessem ao certo, porque ele já tinha virado a esquina, deixando à vista só um vislumbre do tênis branco.

Com base na hora da morte, as autoridades acreditavam que o homem que acompanhava Maddy para fora do beco era a mesma pessoa que a matara.

— Eu o vi — disse Charlie, chocada ao perceber que o que ela tinha visto não tinha sido de todo um de seus filmes.

As agentes do FBI se endireitaram nas cadeiras.

— Como ele era? — perguntou uma delas.

— Eu não sei.

— Mas você o viu.

— Eu vi *alguém*. Mas pode ser que não tenha sido o cara com quem Maddy saiu.

Uma das agentes a olhou com uma cara de quem era capaz de chamuscar paredes.

— Ou você viu alguém, ou não.

— Eu vi, sim, uma pessoa. — A voz de Charlie estava fraca. Sua cabeça girava. Náusea continuava revirando seu estômago. — Mas acontece que também não vi.

Charlie não fazia ideia de se a pessoa que ela havia visto tinha algo parecido com essa versão da vida real. Os filmes da cabeça dela às vezes distorciam as coisas até que elas se tornassem irreconhecíveis. Era bem possível que o homem que ela viu tivesse sido costurado por sua imaginação, usando pedaços de uns dez atores diferentes. Parte Mitchum, parte Lancaster, parte Burton.

Charlie teve que passar uma hora explicando os seus filmes. Como funcionavam. Quando entravam em ação. Com que frequência as coisas que via não estavam lá de verdade, incluindo homens em becos escuros. Mesmo depois disso, as agentes insistiram que ela se sentasse com um desenhista de retrato falado, na esperança de que descrever o que tinha visto fosse de algum jeito fazer a lembrança do que tinha realmente acontecido voltar de uma só vez.

Quando isso não funcionou, elas tentaram hipnose.

Depois que isso também não deu certo, Charlie foi mandada a uma psiquiatra.

O que se seguiu foram conversas relutantes sobre o assassinato de Maddy, a morte de seus pais, os filmes da sua cabeça. Então veio a receita das pílulas laranjas, que, pelo que foi dito a Charlie, fariam os filmes desaparecerem.

A psiquiatra ressaltou que a morte de Maddy não era culpa de Charlie, que cada cérebro funciona de uma maneira, de formas atípicas. É assim que funciona, e Charlie não deveria se culpar pelo que aconteceu.

Charlie discordava. Naquela noite ela sabia que o que tinha visto fora do bar era um de seus filmes. Ela poderia ter esperado até que terminasse, mostrando o que realmente acontecia ali. Ou poderia ter voltado para perto de Maddy, pedido desculpas e exigido que elas voltassem para casa juntas.

Em vez disso, só se virou e foi embora.

Em meio aos acontecimentos, falhou tanto em salvar a vida de Maddy quanto em memorizar qualquer resquício de informação sobre o homem que a assassinou.

Vendo por aquela perspectiva, era tudo culpa de Charlie.

O tempo passou.

Dias, semanas, meses.

Aos poucos Charlie se isolou de todo mundo, menos de Robbie e vovó Norma. Nem mesmo teve forças para ir ao enterro de Maddy, algo que não foi bem recebido pelos moradores do dormitório, que tinham fretado dois ônibus para levá-los ao velório, no meio do nada, na Pensilvânia. Até o momento em que partiram, houve indiretas, descrença e acusações vindas das garotas do andar dela.

Não acredito que você não vai.

Ela era a sua melhor amiga.

Sei que não é fácil para você, mas essa é a sua chance de se despedir. Você vai se arrepender se não for.

Somente Maddy teria entendido o seu lado. Ela sabia dos pais de Charlie e do duplo enterro que tinha reconectado os cabos na cabeça dela só para que pudesse lidar com a situação. Maddy não ia querer que ela passasse por aquilo de novo.

Então Charlie ficou para trás. Uma decisão da qual com certeza não se arrepende. Preferia se lembrar de Maddy viva, rindo, e de seu jeitinho dramático de ser. Queria que suas lembranças fossem de Maddy se vestindo como Liza em *Cabaret* para ir a uma aula de estatística. Ou do último Halloween, quando as duas foram a uma festa à fantasia como as irmãs Gabor, e todo mundo achou que fossem a Madonna em *Dick Tracy*, mesmo as duas falando com um sotaque húngaro bem carregado. Charlie sem dúvida alguma não queria se lembrar da melhor amiga como uma carcaça sem vida dentro de um caixão, o rosto exageradamente tingido de laranja pelo agente funerário.

Mas a verdade nua e crua é que não ir ao enterro de Maddy foi um ato de covardia de sua parte. De forma resumida, não aguentaria olhar na cara da família de Maddy e seu ódio justificado. O telefonema tinha sido o suficiente — aquele confronto marcado por lágrimas com a mãe de Maddy, que a tinha atacado com um ar de vingança que só uma mulher enlutada poderia ter.

— Você o viu. Os policiais estão dizendo isso, que você viu o homem que matou minha filha, mas não se lembra de como ele era.

— Eu não consigo — respondeu Charlie, soluçando.

— Bem, você tem que se lembrar, porra — disse a mãe de Maddy. — Você nos deve isso. Você deve isso a Maddy. Você a abandonou, Charlie. Você duas tinham saído juntas, e você foi embora sem ela. Você era amiga dela. Você tinha que estar lá com ela. Mas você a abandonou lá com aquele homem. Agora minha filha está morta, e você nem mesmo consegue se obrigar a lembrar algo dele. Que tipo de amiga faz isso? Que tipo de *ser humano* faz isso? Um bem medíocre. Só alguém assim. Você é medíocre de verdade, Charlie.

Charlie não tinha respondido nada para se defender. Por que se dar ao trabalho quando tudo que a Sra. Forrester disse era verdade? Ela tinha *mesmo* abandonado Maddy. A primeira vez em vida, quando Charlie lhe deu as costas no lado de fora do bar, e depois de novo, na morte, quando não conseguia se lembrar de uma única coisa que identificasse o homem que a matou. Em pensamento, concordava com a mãe de Maddy — ela era mesmo uma pessoa medíocre.

Assim, Charlie passou o dia do enterro de Maddy sozinha, vendo filmes da Disney, um atrás do outro. Não comeu. Não dormiu. Só se sentou no chão do dormitório, rodeada de estojos de VHS de plástico branco.

Robbie, que de fato foi ao enterro, disse a Charlie que talvez ela devesse ter ido, que não tinha sido tão ruim, que o caixão estava fechado, um amigo da família tinha cantado *Somewhere*, de *Amor, Sublime Amor*, e que o único momento dramático aconteceu quando estavam descendo o caixão de Maddy na cova. Foi quando a avó dela, tomada pelo luto, inclinou a cabeça para trás e gritou para o céu azul de setembro.

— Acho que teria ajudado você — disse ele.

Charlie não precisava nem queria aquele tipo de ajuda. Além disso, ela sabia que, com o tempo, ficaria bem. O coração não fica de luto a vida toda. Foi o que vovó Norma lhe disse alguns meses depois da morte dos pais de Charlie. E ela sabia que era verdade. Ainda sentia falta dos pais. Não havia um único dia em que não pensasse neles. Mas o luto que sentia, que à época parecia tão pesado que ela pensou que seria esmagada por ele, tinha se transformado em algo mais suportável. Ela havia presumido que o mesmo aconteceria em relação a Maddy.

Não aconteceu. A dor que sentia continuou sendo tão esmagadora quanto no dia em que descobriu que Maddy estava morta. E ela não aguentava mais. Não o luto. Não a culpa. Não os olhares carregados de dó que lhe lançavam nas raras ocasiões em que ia para a aula. E é por isso que ela está indo embora da Olyphant. Embora saiba que fugir da cena de seu crime não fará com que se sinta nem um pouco menos culpada, Charlie mesmo assim espera que estar de volta em casa com a vovó Norma, imersa numa bruma de filmes antigos e cookies com gotas de chocolate, de alguma forma facilite lidar com as coisas.

— Pois é, pensei mesmo que fosse você — comenta Josh depois da cruel autoavaliação de Charlie. — Li sobre o caso no jornal. Você quer, sei lá, conversar sobre isso?

Charlie se vira para a janela do passageiro, que voltara a ficar embaçada.

— Não tem o que falar.

— Você está abandonando a faculdade por causa disso. Então, bem, acho que tem, sim.

Charlie funga.

— Talvez eu não *queira* falar sobre isso.

— Vou continuar nesse assunto mesmo assim — diz Josh. — Para começar, sinto muito pela sua perda. O que aconteceu foi algo horrível. E o que você passou e ainda está passando também. Como era mesmo o nome da sua amiga? Tammy?

— Maddy — responde Charlie. — Apelido de Madeline.

— Ah, é. Assim como Charlie é apelido de Charles. — Josh olha para ela, feliz por ter voltado a uma piada de mais cedo. A expressão imutável de Charlie se mantém inalterada, e Josh continua: — Os policiais nunca pegaram o cara que a matou, não é? — pergunta ele.

— Não.

Ao constatar isso, Charlie se arrepia um pouco. Graças a ela, o homem que matou Maddy não foi pego, talvez nunca seja, talvez passe o resto da vida de merda dele tirando uma com o fato de que saiu impune de um crime não só uma, mas três vezes.

Pelo menos que a polícia saiba.

Até agora.

Só de pensar que o Assassino do Campus poderia — e bem provavelmente vai — fazer uma nova vítima, Charlie sente uma nova onda de arrepios aterradores.

— Ele nunca ter sido pego deixa você preocupada?

— Me dá raiva — responde Charlie.

Depois que o choque inicial e o luto tinham ficado mais suportáveis, Charlie passou a sentir ódio bem rápido. Passou todas aquelas noites insones matutando sobre o fato de que Maddy estava morta, e o assassino dela, não, e o quanto isso estava errado. Às vezes ela tinha passado a noite andando de um lado para o outro no dormitório, imaginando cenários de filme B em que ela se vingava. Nesses filmes mentais, o Assassino do Campus era sempre essa figura humana e sombria que ela tinha visto fora do bar, para a qual direcionava cada ato de violência em que conseguia pensar.

Tiros. Sufocamento. Decapitação.

Numa noite, em um de seus filmes, ela esfaqueava o peito do Assassino do Campus e arrancava o coração dele, que reluzia na ponta da faca, ainda batendo. Mas, quando olhava para baixo, para o corpo, não era uma figura humana qualquer que via. Era alguém que ela conhecia muito bem.

Ela mesma.

Depois desse, Charlie começou a planejar sua fuga.

— Acho que eu ficaria preocupado — comenta Josh. — Afinal, ele ainda está por aí. Em algum lugar. Talvez tenha visto você, não é? Talvez saiba quem você é e tente ir atrás de você.

Charlie sente um arrepio de novo, esse mais intenso do que os outros. Um estremecimento. Um que ela sente até a alma. Porque Josh está certo. Provavelmente o Assassino do Campus de fato a viu. Talvez até saiba quem ela é. E, embora também o tenha visto, Charlie não o identificaria nem mesmo se ele estivesse ao seu lado.

— Não é por isso que estou abandonando a faculdade — diz ela.

— É consciência pesada, então.

Charlie não fala nada, permitindo que Josh acrescente:

— Acho que você está pegando pesado com você mesma.

— Não estou.

— Está, sim. Não é como se fosse sua culpa.

— Eu o *vi* — diz Charlie. — E ainda assim não sou capaz de identificá-lo, o que me torna culpada *mesmo*. Ainda que eu pudesse reconhecê-lo, tem a parte em que deixei Maddy para trás. Se eu tivesse ficado com ela, nada disso teria acontecido.

— Eu não culpo você por nada disso. Não estou julgando. Acho que você acredita que os outros...

— Eu sei que julgam — diz Charlie, lembrando-se da conversa com a mãe de Maddy, na forma como tinha se sentido oca depois daquilo. Como ela ainda se sente mais vazia do que nunca, para citar Jimmy Stewart em *Janela Indiscreta*.

— Por quê? As pessoas fizeram mal a você?

— Não.

Se fosse para dizer algo, seria que as pessoas foram gentis de um jeito sufocante. Todas aquelas garotas de olhos marejados indo ao dormitório dela com comida, cartões e flores. Houve convites para trocar de quarto, sair juntas ("Andar em grupos é mais seguro!"), juntar-se a um grupo de oração. Charlie não aceitou nenhum. Não queria a simpatia delas. Não a merecia.

— Então talvez você devesse parar de ficar se culpando por algo que fugia do seu controle.

Charlie já ouviu isso tudo antes de literalmente todo mundo, exceto da família de Maddy. E estava cansada disso. Cansada de dizerem como ela deve se sentir, que não era culpa dela, que precisa se perdoar. Tão de saco cheio disso tudo que uma onda de raiva explode em seu peito como um rojão — uma luz branca, brilhante e ardente. Movida por essa energia, ela se afasta da janela e, praticamente rosnando para cima de Josh, grita:

— E talvez você devesse calar a porra da sua boca sobre um assunto que não é da sua conta!

Essa explosão pega Josh de surpresa, que está tão chocado que manda o carro para o acostamento por alguns segundos perturbadores. Nem um pouco surpresa está Charlie, que sempre suspeitou que essa explosão chegaria em algum momento. Só nunca passou pela sua cabeça que aconteceria dentro de um carro com um homem desconhecido, sua voz ribombando pelo interior que cheira a pinho. Agora que aconteceu, ela está sem ar, abalada, e em completo estado de vergonha. Recosta-se no banco, sentindo-se exausta de repente.

— Me desculpe — pede ela. — Eu estava...

— Segurando isso há muito tempo. — A voz de Josh está monótona, e sua expressão não diz nada. Charlie se pergunta se ele está magoado, ou bravo ou assustado. Qualquer um desses sentimentos teria justificativa. Se os papéis ali fossem invertidos, ela estaria se perguntando que tipo de maluco tinha colocado dentro do carro dela.

— Não foi minha intenção...

Josh a interrompe com uma mão erguida.

— É melhor mudarmos de assunto.

— Provavelmente é melhor mesmo.

Nos minutos que se seguiram, ninguém falou mais nada. Mergulhados em silêncio, os dois mantêm os olhos na estrada. Tinha parado de nevar. Um término repentino. Quase como se a explosão dela tivesse assustado a neve. Charlie sabe que é algo idiota de se pensar. Foi só uma curta tempestade de novembro, surgiu e desapareceu em minutos, mas ainda assim ela continua se sentindo culpada.

Ainda não há conversa quando passam pela placa que indica que a entrada para a Interestadual 80 está a três quilômetros de distância. Logo depois dessa, há outra, dizendo que há um 7-Eleven à frente.

A última loja de conveniência antes de entrarem na rodovia.

Isso se chegarem até lá. Depois da forma como agiu, Charlie não culparia Josh por abandoná-la no acostamento e pisar no acelerador. Em vez disso, ele entra no estacionamento do 7-Eleven, para perto da porta e desliga o motor.

— Vou pegar um café — diz ele. — Quer?

Charlie repara o tom da voz dele. Cordial, mas tranquilo.

— Quero — diz ela, usando o mesmo tom de voz, como se estivesse falando com um professor de quem não gosta. — Por favor.

— Como você gosta?

— Com leite e duas colheres de açúcar — explica Charlie, alcançando a mochila que está no chão do carro.

— É por minha conta — diz Josh. — Já volto.

Ele pula para fora do carro e corre para o 7-Eleven. Através da vitrine enorme da loja, Charlie o vê cumprimentar o balconista — um adolescente que usa uma camisa de flanela e um gorro verde de crochê. Acima dele, uma TV minúscula próxima ao teto exibe o noticiário. O presidente Bush está ali, sendo entrevistado por Barbara Walter, enquanto sua esposa de cabelos brancos — também chamada Barbara — está sentada atrás dele. Josh dá uma olhadinha na TV antes de ir até a bancada do café.

Charlie sabe que deveria ir lá também. Seria a coisa educada a fazer. Um sinal, por mais ínfimo que seja, de que ela é uma parte presente e solícita desta viagem. Mas não sabe como fazer isso. Não tem nenhuma referência cinematográfica para usar como exemplo. Pelo que sabe, não há um filme sobre eu-deixei-minha-melhor-amiga-ser-assassinada-e-agora-não-sei-me-comportar-como-um-ser-humano-normal que ela ainda não tenha visto.

Então Charlie não sai do carro, o cinto de segurança ainda firme em seu peito enquanto tenta se acalmar. Está preocupada porque acha que vai passar a viagem inteira desse jeito — nervosa e presente só de corpo, seus sentimentos tão irritadiços que parecem arame farpado. Isso a faz duvidar da decisão de abandonar a Olyphant. Não por causa do motivo. Quanto a isso não restam dúvidas. O que a faz questionar é a *forma* como escolheu sair de lá. Talvez teria sido melhor esperar que Robbie pudesse levá-la, e não pegar carona com um desconhecido que, se ela continuar assim, talvez a deixe mesmo no meio do nada. Talvez, apesar do desejo urgente de ir embora, ela não esteja pronta para fazer essa jornada sem alguém conhecido.

Fora do carro, há um telefone público a alguns metros da porta de entrada da loja de conveniência. Charlie começa a procurar por moedinhas dentro da mochila, perguntando-se se deveria ligar para Robbie e pedir que ele a levasse de volta ao campus. Ela pode até tentar esclarecer o que está acontecendo ao usar o código dele.

Houve uma curva do destino.

Sem dúvida houve. De todas as formas possíveis. Agora tudo que ela mais deseja é que Robbie a leve de volta para a Olyphant. Não é uma viagem tão longa. Só trinta minutos. E, quando eles chegarem lá, ela vai esperar — sentar e esperar — até o Dia de Ação de Graças.

Então, ela pode ir para casa, deixar tudo isso para trás.

Decidida e com dinheiro em mãos, Charlie solta o cinto de segurança, que se retrai num clique surpreendente. Quando abre a porta do passageiro, a luz interna do carro é acesa, banhando-a com um doentio brilho amarelo. Então começa a sair, mas para quando outro carro entra no estacionamento. Um Dodge Omni bege lotado de adolescentes. No lado de dentro, música toca bem alto, fazendo as janelas chacoalharem ao som da batida. O carro guincha ao ser estacionado a duas vagas de distância do Grand Am de Josh, e de cara uma garota sai pela porta do passageiro. Dentro do carro, alguém pede que ela pegue um pacote de milho tostado. A garota faz uma reverência e responde:

— Claro, minha querida!

Ela é jovem — 17 anos no máximo —, mas está bêbada. Charlie sabe disso pelo jeito como ela anda até a calçada, desequilibrando-se nas botas de salto alto, prejudicada ainda mais por causa do vestido curto que usa. Vê-la assim causa em Charlie uma pontada dolorosa. Lembranças de Maddy, também bêbada. A garota até mesmo lembra um pouco a amiga, com aquele cabelo loiro e o rosto lindo. E, embora as roupas dela não sejam nem um pouco parecidas — Maddy jamais vestiria algo tão comum —, a postura parece combinar. Atrevida, desalinhada e escandalosa.

Charlie acredita que há uma Maddy em toda cidade, em todo estado. Todo um exército de garotas loiras impertinentes, que ficam bêbadas, fazem reverências em estacionamentos e servem bolo e champanhe nas manhãs do aniversário da melhor amiga, como Maddy costumava fazer todo mês de março. A lembrança a deixa feliz — até ela perceber que agora existe uma cidade que não tem uma garota dessas.

A música que sai pela porta ainda aberta do Omni piora tudo.

The Cure.

Just Like Heaven.

A mesma música que tocava dentro do bar quando Charlie disse aquelas últimas e terríveis frases para Maddy.

Você é uma péssima amiga. Espero que saiba disso.

Seguidas pelas últimas três palavras, arremessadas pelo ombro como se fossem uma granada.

Vai se foder.

Charlie volta para dentro do carro e bate a porta. Toda a vontade de voltar para a Olyphant, ainda que só pelos próximos dez dias, evaporou. Se isso foi algum tipo de sinal de que ela deveria continuar seguindo em frente, Charlie o notou em alto e bom som. Tão alto que ela camufla as orelhas com as mãos para abafar a música e só as remove depois que a garota que não é Maddy retorna para o carro com uma raspadinha azul, um maço de Marlboro Light e um pacote de milho tostado para a amiga.

Josh sai do 7-Eleven enquanto o Omni arranca do estacionamento. Ele abre a porta, equilibrando dois copos de café do maior tamanho, um em cima do outro. Usa o queixo para equilibrá-los, a carteira amortecendo o contato com a tampa de plástico do copo. Quando sai da calçada, os copos balançam, e a carteira desliza para fora, atingindo o asfalto.

Dessa vez Charlie não precisa de um exemplo cinematográfico para entender que precisa sair do carro e ajudar. E é o que ela faz.

— Eu pego — diz Charlie antes que Josh se ajoelhe para pegar a carteira de volta.

— Valeu — agradece ele. — Será que você pode abrir a porta também?

— Claro.

Charlie pega a carteira e a guarda no bolso do casaco antes de correr para o carro e abrir a porta do motorista. Josh então lhe entrega um dos copos de café, que são tão grandes que ela precisa segurar com as duas mãos enquanto desliza para o banco do passageiro. De volta ao interior do carro, os dois embalam as mãos ao redor dos copos fumegantes. Charlie toma uns golinhos bem quentes para mostrar sua gratidão.

— Obrigada pelo café — diz ela depois de tomar outro gole, revelando como está grata.

— Não foi nada.

— E me desculpe por mais cedo.

— Está tudo bem — diz Josh. — Nós dois estamos passando por situações difíceis no momento. As emoções estão à flor da pele. Mas está tudo certo. Pronta para partir?

Charlie fita o telefone público do lado de fora da loja, um olhar rápido e desinteressado, e então dá mais um gole no café.

— Aham. Vamos nessa.

Só quando Josh liga o motor do carro e está dando marcha a ré para sair da vaga que Charlie percebe o volume no bolso do casaco. A carteira de Josh, já nem lembrava mais. Ela a tira do bolso e pergunta:

— O que faço com isso?

— Ah, só deixe aí no painel do carro.

Charlie obedece, a carteira deslizando alguns centímetros conforme Josh vira o Grand Am para entrar na estrada principal. Alguns segundos depois, ela desliza mais uma vez enquanto eles viram à direita, passando pela curva de entrada à interestadual. E continua assim quando Josh muda de marcha — uma explosão de velocidade repentina —, quando a carteira salta para fora do painel, direto no colo de Charlie, aberta como se fosse as asas de um morcego durante o voo.

Logo de cara vê cartões de crédito guardados em compartimentos individuais, que escondem tudo menos a parte superior com os logos, que são Visa e American Express. No outro lado da carteira, guardada atrás da capa de plástico, está a carteira de motorista de Josh.

A foto dele é de dar inveja. A porcaria da câmera do departamento de trânsito de alguma forma conseguiu realçar seus melhores traços. O queixo. O sorriso. O cabelo bonito. Já na de Charlie, ela parece um zumbi chapado — mais um motivo para não ter renovado a licença.

Charlie está quase fechando a carteira quando vê algo estranho.

A carteira de motorista dele foi emitida pelo estado da Pensilvânia. Não em Ohio, o que faria sentido, levando em consideração que ele é de lá. Faria ainda mais sentido se a licença tivesse sido emitida em Nova Jersey, levando em consideração que Josh lhe disse que trabalhou na Olyphant durante os últimos quatro anos.

Mas Pensilvânia? Isso não parece certo. Mesmo se ele morasse lá antes de se mudar para Ohio com o pai, ela já teria vencido, como aconteceu com a de Charlie.

Seu olhar vai para a data de emissão da carteira de motorista.

Maio de 1991.

Tão dentro da validade quanto possível.

Então vê o nome impresso na parte inferior e não consegue mais respirar.

Ali diz que é Jake.

Não Josh nem Joshua ou qualquer outra variante do nome.

Jake Collins.

Charlie fecha a carteira com tudo e a joga de volta ao painel do carro. Um sentimento assolador a domina, como se o carro estivesse se partindo ao meio e a qualquer segundo a sola de seus sapatos fosse começar a arranhar o asfalto. Seu olhar está direcionado para a estrada à frente, só para garantir que, caso isso venha a acontecer, ela saiba o que esperar. À frente deles, há uma linha escura de estrada desaparecendo no horizonte.

Eles chegaram à Interestadual 80.

A estrada que os levará para fora de Nova Jersey, percorrendo todo o estado da Pensilvânia até chegar a Ohio.

E Charlie não tem nem ideia de quem é, de verdade, o homem que a está levando até lá.

— — — — —

DEZ DA NOITE

CENA INTERNA
PONTIAC GRAND AM — NOITE

Charlie não desgruda os olhos da estrada à frente. Há outros carros nela, mas não muitos. Sem dúvida não tantos quanto ela pensou que haveria. Luzes traseiras brilham em vermelho à distância — distantes demais para servir de consolo. O mesmo para as luzes dianteiras. Uma breve olhada no retrovisor mostra apenas um carro atrás deles. Pelas estimativas de Charlie, esse está a quase meio quilômetro. Talvez mais.

O que só reforça a sensação de que ela está sozinha.

Em um carro.

Com um desconhecido.

— Que silêncio.

Charlie está tão distraída pela estrada, a licença e a carteira no painel, que, num primeiro momento, nem escuta Josh.

Ou Jake.

Ou seja lá quem ele for.

Só quando ele a chama pelo nome — um "Charlie?" breve e curioso — que ela desperta e se vira para o seu lado.

— O que você disse? — pergunta, estudando Josh, certificando-se de que é ele mesmo na foto da carteira de motorista, embora não haja motivo para ele estar andando com a de algum outro homem. Isto é, um *bom* motivo. Nenhum que esteja dentro da lei.

— Eu disse "que silêncio". — Josh mostra de relance aquele sorriso, involuntariamente confirmando para Charlie que, sim, ele é o homem da foto da carteira de motorista. Poucas pessoas têm um sorriso assim.
— Você estava vendo um filme?

Charlie não sabe o que fazer. Mais uma vez, seu conhecimento cinematográfico — um guia acerca das ações mais mundanas — a deixou na mão quando mais precisa. Charlie pensa em *A Sombra de uma Dúvida* e naquela outra Charlie, a que inspirou seu nome. O que ela faria nesta situação?

Ela não faria nada estúpido, isso é certo.

Ela seria esperta. Destemida.

Essa era a boa e velha Charlie do filme.

E ser destemida significa ser valente e enfrentar a situação de cabeça erguida. O que não significa abrir a porta do passageiro e se lançar para fora do carro, que é o seu primeiro instinto de verdade, os machucados que se danem. Os dedos de Charlie entrelaçaram a maçaneta da porta, mesmo ela não se lembrando de ter feito isso. Ela força a mão de volta para o colo.

Outra coisa que a Charlie do filme não faria é deixar Josh perceber que ela *sabe* que talvez ele esteja mentindo, o que vai contra o senso comum. A maioria das pessoas, nessa situação, perguntaria na cara dura se o nome dele é mesmo Jake Collins.

É o que Maddy teria feito.

Mas ela está morta agora, talvez exatamente por isso. Confrontou algum cara. Deixou-o bravo. Fez com que ele a quisesse machucar.

E não foi qualquer cara.

Foi o Assassino do Campus.

Então Charlie não diz nada, mesmo que a pergunta esteja na ponta da língua, pronta para ser lançada no ar. Decide deixar isso de lado e tomar um gole de café, mas então desiste da ideia. Se Josh não é quem diz ser, ela com certeza não vai beber nem mais um gole do copo que ele lhe deu. Nunca aceite bebida de estranhos. Isso é ensinado na primeira aula do curso básico de como ser mulher.

— Só estou pensando — diz ela.

E é a verdade. Está pensando *mesmo*. Na licença na carteira de Josh. No que significa. No porquê de ela torcer para que exista uma explicação simples, racional e nada assustadora por trás daquilo.

— É o café? — pergunta Josh. — Fiz alguma cagada? Coloquei muito açúcar?

— Não, está gostoso. Ótimo, na verdade.

Charlie finge tomar uma boa e deliciosa golada, quando é atingida por um pensamento.

Talvez a carteira de motorista de Josh seja falsa. Não há nada de suspeito nisso. Até porque a própria Charlie tem uma identidade falsa, que conseguiu no primeiro ano por meio de um amigo de um amigo de um cara que Maddy conhecia de uma das aulas de teatro. Aquela com a qual as autoridades nem se importaram.

Mas, diferente dela, Josh não precisa de um documento falso. É nítido que ele já passou dos 21 anos, o que a faz se perguntar por que ele tem um. Questões sentimentais, talvez. Ainda assim não faz sentido. Mesmo que entendesse o motivo para manter uma identidade da época da juventude, o que ela não entende, ainda não explica por que Josh a carrega no compartimento reservado à verdadeira carteira de motorista. E ainda tem a data de emissão. É atual. Não tem como uma identidade falsa de cinco anos, talvez até dez, ter sido registrada naquela data. Além disso, na foto Josh parecia ter a mesma idade que tem hoje. A menos que ele seja um vampiro, tem alguma coisa errada.

— Você se importa se eu colocar uma música? — pergunta Josh.

— Aham.

— Então nada de música?

— Não. Não me importo, quero dizer. — Charlie nota a ansiedade na voz. Está toda atrapalhada. Mas, sabendo que a Charlie do filme nunca ficou assim, ela respira e explica: — O que quero dizer é que, sim, pode colocar uma música. Qualquer coisa que você queira.

— Você é a convidada — diz Josh. — Do que você gosta? Por favor, não diga Paula Abdul. Ou pior, Amy Grant.

Charlie, que reserva suas melhores opiniões para filmes, não sabe de que tipo de música gosta. Sempre escutou qualquer coisa que Maddy colocasse, ou seja, pop alternativo e triste. The Cure, claro, mas também New Order, Depeche Mode, um pouco de R.E.M. Logo antes de o padrasto de Maddy chegar para recolher as coisas dela, Charlie tinha roubado uma das mixtapes da amiga. Às vezes a colocava para tocar e imaginava que Maddy estava no dormitório com ela.

— Não gosto de nada específico — responde. — Juro.

— Escolha do motorista, então. — Josh abre o compartimento que os separa. Quando a tampa encosta no braço de Charlie, ela o contrai, assustada. — Eita, você está assustada — comenta ele.

Isso mesmo, ela está assustada. E não consegue esconder, o que precisa parar agora. Charlie dá um sorriso comprimido e diz:

— Você me pegou de surpresa, só isso. Foi mal.

— Sem problema.

Ele tira um estojo de fita cassete do compartimento. A foto da capa mostra um bebê pelado embaixo d'água, nadando em direção a uma nota de um dólar presa em um anzol. Charlie já a viu antes. Uma das líderes estudantis do dormitório tem um pôster dessa imagem grudado na parede.

Josh insere a fita no rádio do carro e aperta o play. Um riff de guitarra agressivo preenche o carro, seguido de uma batida intensa de bateria e, logo em seguida, uma explosão de sons. Então tudo vira uma batida de bateria rápida e contínua, como o ritmo cardíaco de um maratonista.

Charlie conhece a música. *Smells Like Teen Spirit*. Tinha escutado várias vezes estrondando pela parede do dormitório ao lado. Mas agora, nítido, parece um rugido primitivo, implorando para que ela grite junto.

— Eu amo essa banda — comenta Josh. — Eles são incríveis.

Apesar de Charlie não achar tudo isso, ela gosta da forma como a música preenche o carro, deixando de lado a necessidade de conversar. Agora pode só ficar sentada e continuar a pensar em Josh/Jake/seja-lá--quem-for e sua carteira de motorista.

Certa como o calor do sol, surge uma nova teoria: Josh não é um residente legalizado e precisa de uma carteira de motorista falsa para poder dirigir. Isso explicaria a data. E a foto. E talvez até mesmo por que é emitida pela Pensilvânia, e não Nova Jersey ou Ohio.

Charlie volta a pensar sobre uma hora atrás, quando Josh a pegou na calçada. Ela não reparou na placa do Grand Am. Isso nem mesmo passou pela sua cabeça. Estava concentrada demais verificando o resto do carro, atrás de sinais de que deveria dar meia-volta e fugir. Se tivesse de fato visto uma placa da Pensilvânia, então sem dúvidas saberia que Josh está mentindo quanto ao nome.

Mas ela não viu. Não uma hora atrás nem quando ele estava no 7-Eleven. Até fazerem uma nova parada — o que pode levar horas — o único jeito de descobrir em que lugar o carro foi registrado é olhando o seguro ou o documento de registro.

O que, Charlie percebe, pode estar em qualquer lugar. Os pais dela deixavam o deles no porta-luvas. Vovó Norma deixa na bolsa. E Maddy, que dirigia um fusca laranja e feio da Volkswagen que tinha sido apelidado de Abóbora, escondia o dela no quebra-sol acima do banco do motorista.

Charlie olha para o porta-luvas fechado, a poucos centímetros do joelho. Não pode abri-lo. Não agora. Não sem fazer Josh se perguntar por que ela se sentiu levada a começar a bisbilhotá-lo. O mesmo serve para a carteira, que agora está inerte no painel do carro, sem se mover um único milímetro.

No momento não lhe resta opção a não ser ficar sentada, quieta, enquanto Josh batuca no volante, acompanhando a música. Assisti-lhe faz Charlie se lembrar das aulas de direção com o pai e em como ele soltava perguntas enquanto ela tentava fazer a baliza ou a curva de três pontos. *Qual é o limite de velocidade em uma área próxima a escolas quando os alunos estão chegando? Quando estiver dirigindo na neblina, o farol deve estar alto ou baixo? Quando há um sinal de preferência de passagem, você sempre deve parar: verdadeiro ou falso?*

Charlie sabia as respostas. Praticamente tinha decorado o manual de direção. Mas, com a maior parte do cérebro se concentrando em dirigir, as corretas lhe fugiam à cabeça. Ela se atrapalhava. Ou ficava frustrada. Ou só respondia alguma coisa que sabia estar errada porque se sentia obrigada a dizer algo.

Ela sabe que Josh está mentindo. Ao menos presume isso. Tudo que precisa é de provas. E embora não possa investigar nem a carteira nem o porta-luvas, ela pode *perguntar* coisas enquanto ele está dirigindo e torcer para que a verdade escape.

Parece algo que a Charlie do filme faria. Fazer algumas perguntas que parecem inocentes, que não farão Josh suspeitar das intenções dela. Talvez não levem a lugar nenhum, mas não podem fazer mal. E sem dúvida é melhor do que só ficar sentada.

— Acabei de perceber uma coisa — diz ela sobre a música. — Não sei seu sobrenome.

— Sério? Nunca falei para você?

— Não.

Josh toma um gole do café, os olhos sempre na pista. Charlie se pergunta se não olhar para ela é um sinal de desinteresse ou de que ele sabe o que ela está fazendo e não quer colocar mais lenha na fogueira.

— Acho que você nunca me falou o seu — diz ele.

— O meu é Jordan — responde Charlie.

— E o meu é Baxter.

Josh Baxter.

Charlie absorve o nome, inabalável, mesmo enquanto uma pequena pontada de decepção a acerta no peito. Ela realmente torceu para que ele dissesse Collins, o que então a faria pensar que Josh era algum tipo de apelido. Talvez um nome do meio que ele preferia em vez do primeiro, assim como uma garota azarada do dormitório cujo primeiro nome era Bunny e que exigia que a chamassem pelo nome do meio, Megan. Não teria explicado tudo, mas ao menos a teria acalmado um pouco. Agora Charlie está o contrário de calma, tomada pelo medo de que algo estranho realmente esteja acontecendo.

— Você sempre morou em Akron?

— Eu cresci em Toledo, lembra?

Droga. Ela esperava que ele fosse fácil de enrolar. Se é que Josh *pode* ser enrolado. Charlie continua ciente de que talvez ele não esteja mentindo, que talvez exista uma explicação boba e simples para que o documento dentro da carteira diga o completo oposto do que ele está falando agora.

— É mesmo — diz ela. — Toledo. Seu tio é quem mora em Akron.

— Minha tia — corrige Josh. — Meu tio morreu cinco anos atrás.

— Se você cresceu em Ohio, o que o levou à Olyphant?

— Só sei que fui para lá. Sabe como é. Você arruma um emprego. Fica por um tempo. Então se muda para algum outro lugar. Alguns anos se passam, e você faz tudo de novo.

Charlie nota a falta de informação na resposta dele, presume que foi proposital e segue com o interrogatório:

— Mas você, pelo menos, gostava de lá? Sendo jardineiro?

— Zelador — diz Josh.

Charlie faz que sim com a cabeça, decepcionada por não ter conseguido enrolá-lo mais uma vez. Ela precisa se empenhar mais.

— Você está triste por estar indo embora?

— Acho que sim — responde ele. — Nem cheguei a pensar nisso direito. Mas, quando seu pai precisa de você, você só vai, não é?

— Por quanto tempo você acha que vai ficar lá?

— Eu não sei. Depende se ele vai se recuperar rápido. Se é que isso é possível. — A voz de Josh falha. Só um pouco. Uma pequena rachadura no tom de voz que até então era tranquilo. — Me falaram que ele vai de mal a pior.

Outra resposta vaga, embora dessa vez Charlie não seja rápida ao presumir que seja intencional. Josh parece sincero. O suficiente para causar uma pontada de culpa em Charlie por ter duvidado de tudo que ele lhe contou. Então considera a possibilidade de ele estar dizendo a verdade. E se estiver, o que isso faz dela? Paranoica? Sem coração?

Não, cautelosa. Depois do que aconteceu com Maddy, ela tem todo o direito de ser assim. E é por isso que continua o inquérito.

— Sinto muito por isso — diz ela. — O que aconteceu com ele mesmo? Infarto?

— Derrame — diz Josh. — Acabei de contar isso para você, tipo, uns quinze minutos atrás. Caramba, sua memória é muito ruim.

Ele olha para Charlie pela primeira vez desde que a conversa começou, e ela nota um brilho de desconfiança no rosto dele. Ele sacou qual é a dela.

Talvez.

Ele também poderia estar se perguntando por que ela está fazendo tantas perguntas de repente. Ou por que não parece se lembrar de nada que ele disse. O que faz Charlie adicionar mais um item à lista de coisas a fazer, juntando-se a "seja esperta" e "seja corajosa".

Seja cautelosa.

Smells Like Teen Spirit chega ao fim, e começa uma outra música que Charlie só ouviu pelas paredes do dormitório. Então ela espera mais algumas batidas antes de falar:

— Desculpe pelas perguntas. Eu vou parar, se estiver incomodando você.

— Eu não ligo — diz Josh com um tom vazio na voz, o que diz a Charlie que isso talvez não seja verdade. Talvez ele se importe um pouco, sim.

— Só estou curiosa — acrescenta ela. — Conheço a Olyphant só como aluna. Acho interessante saber como ela é pelo ponto de vista de alguém que trabalhou lá.

— Mesmo que você não vá voltar?

— Talvez eu volte — diz Charlie. — Em algum momento.

— Bem, não posso dizer que as coisas sejam muito interessantes do meu ponto de vista.

— Não me lembro de ver muitos zeladores por lá — diz ela. — Você trabalhava em que turno? Noturno? Nos finais de semana?

— Às vezes. E também durante os dias. Meus expedientes tinham de tudo um pouco.

— E você trabalhava nas salas de aula?

— E também nos escritórios. Por toda a parte, na verdade.

Josh desvia o olhar da estrada mais uma vez, para dar a Charlie um de seus olhares que talvez seja desconfiado, talvez não. Charlie percebe que não são apenas as respostas que são vagas. É ele todo. Tudo em Josh é difícil de entender.

Agora ela precisa usar isso a seu favor.

— Qual era o seu prédio favorito para trabalhar? — pergunta ela.

— Meu prédio favorito?

— É — afirma Charlie. — Todo mundo tem um prédio do campus favorito. O meu é o Madison Hall.

Josh pisca, em dúvida.

— Esse é aquele...?

— Aquele com o negócio em cima? — diz Charlie. — Esse mesmo.

— Isso — diz Josh, fazendo que sim com a cabeça. — Também gosto daquele.

Charlie espera uma batida da música. Estudando as opções. Pensando qual é a mais esperta, corajosa e cautelosa. Por fim, diz:

— Não existe nenhum prédio chamado Madison Hall. Eu só estava brincando com você.

Josh entra na brincadeira, como esperado. Dando um tapa na própria bochecha, ele sorri e diz:

— Não é de se admirar que eu tenha ficado tão confuso! Você foi tão convincente, mas mesmo assim continuei pensando: *"Ela está inventando isso? Nunca nem ouvi falar de Madison Hall."*

E aí está. Ela finalmente o enganou, algo que não rende a Charlie nem um pouco de felicidade. Muito pelo contrário. Sente-se ainda pior por seus medos, que, se não foram confirmados, ao menos foram justificados. Josh está mentindo. Pelo menos sobre trabalhar na Olyphant University. E provavelmente sobre todo o resto também.

Porque *existe*, sim, um prédio chamado Madison Hall no campus. Bem no centro. Uma estrutura gigante e cheia de colunas onde acontecem colações de grau, shows e apresentações. Todo mundo sabe de sua existência. O que significa que todos os funcionários também saberiam. Até mesmo um zelador.

Isso leva Charlie a uma conclusão angustiante. Uma que desperta a mesma onda de frio na barriga que sentiu quando viu a carteira de motorista dele.

Josh não trabalha na Olyphant.

Nunca trabalhou.

Então, se ele não é um estudante nem um funcionário, quem ele é?

E por que estava andando pelo painel de caronas nos arredores do campus?

E — a maior e mais assustadora pergunta — o que ele quer com Charlie?

— — — — —

CENA INTERNA
PONTIAC GRAND AM — NOITE

Josh desacelera o carro quando eles chegam a um declive. O começo de uma região montanhosa que os levará a um cume e, então, abaixo, pelo distrito de Delaware Water Gap, entrando na Pensilvânia. Com a mudança na altitude, vem a neblina, nuvens que começam a cobrir o Grand Am conforme eles sobem. Em pouco tempo o carro está completamente coberto. Olhando pelo para-brisa, Charlie vê apenas lufadas de ar grossas e cinzas. Uma olhada no retrovisor mostra que o mesmo acontece às costas deles. Qualquer carro que esteja nas redondezas está escondido pela névoa. Uma sensação de isolamento toma conta de Charlie, envolvendo-a como o nevoeiro.

São só ela e Josh.

Sozinhos.

A música chega ao fim, e outra começa, assustando Charlie, que tinha deixado de prestar atenção no som. Estava ocupada demais, pensando. Em Josh. Quem ele é. O que quer. Perdida no próprio nevoeiro mental, quando sua mão direita tinha mais uma vez encontrado o caminho até a maçaneta da porta. Dessa vez Charlie a deixa lá.

A nova música tem um riff de baixo curvilíneo, que vagamente a lembra do surf rock que seus pais sempre ouviam. Ela conhece o nome da música, embora não saiba como.

Come As You Are.

Josh desliga o rádio, e o carro mergulha em silêncio.

— Vamos jogar um jogo — diz Josh.

— Que jogo? — pergunta Charlie, esforçando-se para não demonstrar como está nervosa.

— Vinte Perguntas. E, se vamos jogar, tem que ser do jeito certo.

Charlie continua observando o retrovisor, torcendo para que um carro apareça atrás deles. Ela se sentiria melhor se outro par de faróis aparecesse, e não só um brilho fraco à distância. Significaria que há mais alguém por perto, caso as coisas deem errado. Ela já viu filmes suficientes para saber como a cena pode mudar para pior num piscar de olhos. E já vivenciou coisas demais na vida para confirmar que isso é verdade.

Não é que ela tenha certeza de que Josh quer lhe fazer mal. Quando se trata do homem sentado a menos 30 centímetros, nada é garantido. Mas é uma possibilidade. Suficiente para que ela chegue um pouco mais perto da porta do passageiro, na tentativa de colocar mais um centímetro de distância entre eles. Suficiente para que ela fique olhando pelo retrovisor, procurando em vão aqueles faróis. Suficiente para que aquelas seis palavras continuem se repetindo na cabeça dela como um mantra.

Seja esperta. Seja corajosa. Seja cautelosa.

— Eu não estava jogando nada — diz ela.

— Para mim foi o que pareceu. — Josh encolhe os ombros levemente, a inclinação mais curta por causa das mãos no volante. — A forma como você estava tirando uma com a minha cara agorinha há pouco. Assim, imagino que tenha sido por isso, porque estamos jogando.

Charlie se inclina minimamente em direção à porta.

— Não tinha nenhuma intenção por trás das perguntas.

— Ah, eu sei — diz Josh. — Não estou chateado. Eu entendo. Estamos presos nesse carro. Sem muito assunto. Por que não fazer algumas perguntas e nos divertir um pouco? Então agora é a minha vez. Vinte Perguntas. Está pronta?

— Agora não estou muito no clima.

— Me entretenha — pede Josh, bajulando. — "Por favorzinho"?

Charlie cede. É o certo a se fazer. Entrar na brincadeira, mantê-lo ocupado, torcer para que a neblina desapareça e que cheguem mais carros por ali.

— Está bem — diz ela, forçando um sorriso educado. — Vamos jogar.

— Ótimo. Estou pensando em um objeto. Você tem vinte perguntas para descobrir o que é. Vai!

Charlie conhece a brincadeira. Brincou disso em viagens com os pais, quando era uma garotinha e eles costumavam viajar por toda parte. Kings Island e Cedar Point, que eram o destino de todo verão. Mas também lugares fora de Ohio. Cataratas do Niágara. Monte Rushmore. Disney World. Charlie passava todas as viagens caída no banco de trás, sentindo-se sufocada porque o pai dizia que usar o ar-condicionado desperdiçava combustível. Quando inevitavelmente ela ficava entediada e reclamona, sua mãe dizia:

— Vinte perguntas, Charlie. Vai.

Tinha uma pergunta padrão que ela sempre fazia primeiro. Uma que servia para diminuir as possibilidades logo de cara. Só que agora, no começo de uma brincadeira bem diferente, não consegue se lembrar dela por nada no mundo. Aquele frio na barriga que ainda sente lhe diz que Josh não está jogando isso para se entreter.

Há riscos aqui.

Uns bem maiores do que quando era criança.

— Você vai fazer alguma pergunta?

— Sim. Me dê um pouco mais de tempo.

Charlie fecha os olhos e imagina aquelas viagens como se fossem filmes caseiros, granulados. Seu pai atrás do volante, usando uns óculos de sol ridículos e grandes demais, que grudavam sobre os do dia a dia. Sua mãe no banco da frente, a janela aberta, o cabelo esvoaçando às suas costas. Charlie no banco de trás, as pernas suadas grudando no couro, abrindo a boca para falar.

A lembrança funciona. A primeira pergunta padrão surge por inteiro na cabeça dela.

— É maior do que um porta-pão? — pergunta.

Josh nega com a cabeça.

— Negativo. Uma pergunta já foi. Faltam dezenove.

As lembranças de Charlie zunem como um projetor de filme, rapidamente lhe dando a segunda pergunta que sempre fazia.

— Está vivo?

— Interessante — responde Josh. — Vou dizer não, mas alguém mais inteligente que eu talvez diga sim.

Charlie estuda a resposta, pensando bem. Sabe que, assim, talvez afaste todos os outros pensamentos que borbulham em seu cérebro. Pensamentos assustadores, nos quais não quer pensar. Então ela foca o jogo, fingindo que de fato é só um jogo, mesmo sabendo que não é.

Não para ela.

— Está associado a algo vivo?

— Está.

— Então é parte de alguma coisa.

— É — diz Josh. — E, mesmo que você não tenha usado tom de pergunta, considero que essa foi uma. Não teria passado batido no Jeopardy.[4]

— É animal ou vegetal?

Essa é uma das perguntas padrão que ela faria aos pais naquelas viagens de muito tempo atrás. Mesmo que tecnicamente fossem duas perguntas, sua mãe sempre deixava passar. Josh, por outro lado, não deixa.

— Você sabe que só posso responder sim ou não. Será que você pode reformular?

Charlie deixa de pensar nas brincadeiras que fazia com os pais naquele carro quente e pegajoso com cheiro permanente de McDonald's. Teme que a brincadeira atual estrague essas lembranças. Ela duvida que voltará a jogar Vinte Perguntas por livre e espontânea vontade. Mesmo se Josh for inofensivo. Um "se" bem grande.

— É um vegetal? — pergunta Charlie, tirando da cabeça as lembranças do pai com os óculos magnéticos e da mãe com o cabelo esvoaçante. Em vez disso, imagina plantas e todas as coisas relacionadas a elas. Folhas e galhos. Espinhos e frutos.

---

[4] Programa estadunidense de perguntas e respostas (N. da R.).

— Não.

— É um animal, então.

— É — diz Josh, a resposta afunilando as opções, mas não o suficiente.

— Esse animal é comum?

— Bastante.

— É selvagem ou doméstico?

— São duas perguntas de novo, Charlie.

— Foi mal.

A voz de Charlie fica baixa, e ela estremece ao ouvi-la. Parece tão fraca. Tão assustada. E ela não pode parecer nem fraca nem assustada. Não pode, em hipótese alguma, deixar Josh saber que ela suspeita dele. Se permanecer calma — se continuar a ser esperta, corajosa e cautelosa —, há uma chance de que nada de ruim aconteça.

— Vou reformular — diz ela, forçando um pouco de coragem na voz. — Esse animal é selvagem?

— Pode ser. O mais selvagem.

Josh dá um sorriso debochado quando diz isso. Um movimento de lábios de quem sabe de tudo, cheio de si, que diz a Charlie mais do que a resposta dele poderia.

— Você está falando de seres humanos, não é? — diz ela.

— Estou.

— E esse objeto em que você está pensando é uma parte do corpo?

— Você é boa nesse jogo, sabia? Só fez... — Josh faz uma pausa para contar nos dedos da mão direita, flexionando-os a cada pergunta contada. — Dez perguntas, e está quase lá.

Charlie não sabe dizer se isso é bom ou ruim. É difícil, sem saber quais são os riscos. Mas já que Josh não está com pressa alguma para fazer algo além de continuar o jogo, Charlie decide que é melhor só continuar dando corda.

Mantê-lo ocupado.

Mantê-lo feliz e calmo e dirigindo até chegarem a algum lugar onde possam parar, e Charlie, sair do carro e nunca mais pisar nele.

Isso é outra coisa que ela decidiu. Fazer o que está começando a temer que devia ter feito no 7-Eleven pouco antes de entrar na rodovia — dizer a Josh que mudou de ideia, sair do carro, pegar as coisas no porta-malas e deixá-lo continuar sozinho. Pouco importa se está exagerando, e Josh é apenas um cara estranho e inofensivo que só quer levá-la a Youngstown. O seguro morreu de velho. E, no momento, "seguro" é um lugar fora desse carro.

— E essa parte do corpo é útil?

— Ah, é muito útil — diz Josh, de novo com aquele sorriso debochado. Dessa vez, porém, está acompanhado de um levantar de sobrancelhas que sugere algo tanto sexual quanto sinistro. Vê-lo deixa Charlie desconfortável.

Ela percebe — só agora, quando já é tarde demais, e não quando ainda estava segura na Olyphant — que Josh poderia ser um predador sexual. Alguém que atrai universitárias para dentro do carro, as estupra e as descarta no acostamento. Então ele dirige para uma universidade diferente e repete o processo. Fisicamente, é muito capaz disso. Seu tamanho foi uma das primeiras coisas em que Charlie reparou.

O frio na barriga se intensifica, subindo até o peito, apertando-se contra os pulmões. Suas costelas se comprimem. Tanto que ela respira fundo, só para provar a si mesma que ainda é capaz.

— Todos os seres humanos têm isso? — pergunta ela, implorando em silêncio para que Josh responda que sim e ela possa parar de contar todas as possibilidades pornográficas em que ele pode estar pensando.

— Temos, sim — diz Josh, dessa vez mais direto, como se tivesse percebido que forçou uma barra invisível que não tinha intenção de forçar. Não que isso faça Charlie se sentir melhor. Agora que a ideia de que Josh possa ser um estuprador está em sua cabeça, não consegue não pensar nisso.

Os dedos de Charlie não tinham deixado de tocar a maçaneta. Ela os flexiona na porta. Um teste. Vendo quanto tempo pode levar para puxar a maçaneta e abri-la, caso as coisas cheguem a esse ponto.

Ela deseja com toda a alma que as coisas não cheguem a esse ponto.

— Essa parte do corpo está acima da cintura?

— Para sua informação, está, sim — responde Josh.

— Está acima do pescoço?

— Está.

— É algo com que já nascemos?

Josh parece refletir, levando um momento para, com mais atenção, olhar pelo para-brisa a névoa que está cada vez mais fina do lado de fora. Charlie faz o mesmo, aliviada ao ver não só a claridade cinza de fora, mas também luzes traseiras que brilham não muito à frente deles. Ela checa o retrovisor, e seu alívio cresce ainda mais. Agora há outro carro, a luz dos faróis cortando a escuridão. Outro par de faróis se junta a eles. E mais outro.

Charlie é atingida por um pouco de esperança. Talvez um dos carros tente ultrapassá-los. Talvez ela consiga alertar o motorista.

— É engraçado você perguntar isso — diz Josh, ainda olhando pelo para-brisa. — Porque não nascemos com essa coisa.

Em um estalar de dedos, toda a esperança de Charlie desaparece. Porque ela sabe no que Josh está pensando — uma descoberta que faz parecer que todo o sangue de seu corpo foi drenado. Água fria é colocada no lugar, deixando Charlie sem reação e anestesiada.

— Você sabe a resposta, não é? — pergunta Josh.

Charlie faz que sim, nervosa demais para responder.

— Então diga logo, sabichona.

Charlie engole e se força a dizer, permitindo que as palavras avancem para a língua e, então, para o ar sufocante do carro.

— É um dente?

— Acertou. — Josh sorri, orgulhoso de si mesmo. — Você descobriu usando 16 perguntas.

— O que fez você escolher isso?

— Nem sei. Só veio à cabeça. — Um olhar magoado aparece no rosto de Josh. — Ah, merda. Me desculpe, Charlie. Eu não estava pensando direito. Não é à toa que parece que você acabou de ver um fantasma. É por causa da sua amiga. Aquele cara tirou um dos dentes dela depois de assassiná-la, não foi?

Charlie faz que sim com a cabeça, querendo que ele pare de falar. Precisando que ele pare. A necessidade de fazê-lo calar a boca é tão grande que ela iria até o banco do motorista e colocaria a mão na boca dele caso houvesse a possibilidade de fazer isso sem que eles saíssem da pista. Porque, quanto mais ele fala, pior a situação fica.

Ainda assim, ela tem mais uma pergunta. Uma que deve fazer. Precisa ouvir a resposta de Josh. Ela quer acreditar no que ele diz, mesmo que cada célula congelada de seu corpo lhe diga que ela não vai acreditar.

— Como você sabia do dente?

— Li no jornal.

— Não foi nos jornais — afirma Charlie.

— Tenho certeza de que foi — diz Josh.

Ele está mentindo. Se as autoridades pretendiam dar essa informação à imprensa, não teriam feito ela jurar que não contaria a ninguém sobre o dente de Maddy, e Charlie presume que teria ouvido falar disso.

Ela repassa todas as possibilidades de como Josh poderia saber do dente, a menos pior sendo ele de alguma maneira relacionado a Maddy e então ter ouvido isso pela mãe da amiga. Mas não faz sentido. Se Josh fosse algum parente, é provável que Charlie teria ouvido falar nele enquanto Maddy estava viva. Mesmo se Maddy não o tivesse mencionado — e ela amava falar da família — não há motivos para Josh não ter abordado a conexão deles logo de cara.

Então Charlie considera a ideia de que Josh possa ser um policial. Ou que já tenha sido. Mas, de novo, é pouco provável. Qualquer policial ligado ao caso de Maddy também saberia que Charlie tinha sido a colega de quarto dela.

Portanto resta apenas uma última explicação para Josh saber sobre o dente.

Uma tão assustadora que faz Charlie querer gritar, vomitar e saltar do carro em movimento, tudo de uma vez.

Josh sabe do dente porque foi ele quem o arrancou de Maddy.

O que faria dele algo pior do que qualquer coisa que Charlie tinha imaginado.

Isso faria dele o Assassino do Campus.

— — — — —

CENA INTERNA
PONTIAC GRAND AM — NOITE

Charlie continua paralisada no banco do passageiro, pensando no impensável.

Talvez esteja num carro com o cara que matou Maddy.

Um homem que talvez planeje matá-la também.

Um homem que categoricamente tinha avisado que tal cenário era possível.

Charlie olha pelo para-brisa, concentrada nos feixes amarelos dos faróis que deixam para trás os últimos resquícios de neblina enquanto ela se lembra do que Josh tinha lhe dito mais cedo.

Ele ainda está por aí.

Talvez saiba quem você é.

Talvez tente ir atrás de você.

Charlie se agarra à primeira palavra desse pensamento.

Talvez.

Ela não tem nenhuma prova de que Josh é o Assassino do Campus. Só uma desconfiança vaga baseada em algo que ele disse.

Não.

É mais do que simplesmente algo.

São várias coisas. Todas se somam a uma suspeita que é mais do que vaga. Charlie já sabia que Josh tinha mentido para ela — e continua fazendo isso. O tanto de mentiras que ele já contou desde que saíram da Olyphant é provavelmente maior que o número de verdades, numa proporção de dez para um.

Mas isso não significa que ele seja um assassino.

E principalmente não significa que foi ele quem matou Maddy.

Isso não é um filme. Não é *A Sombra de uma Dúvida*. Só porque está tentando pensar como se fosse a Charlie do filme não significa que compartilham a mesma situação. Filmes são apenas encenações, no fim das contas. Isso é algo que no fundo ela sabe, mas que sempre esquece quando reduzem as luzes, o projetor começa a girar e tecnicolor preenche a tela. É por isso que Charlie os ama tanto. São um pouco de mágica que ilumina uma realidade fria, cinza e sem graça.

Medíocre.

Essa é a melhor forma de descrever a vida do dia a dia, com seu desfile interminável de trabalho e decepção. Na vida real, pessoas não começam a cantar do nada. Não batalham contra monstros galácticos. E com certeza não entram inadvertidamente em carros com assassinos em série.

— Você ficou bem quieta, Charlie — comenta Josh.

Charlie tem dificuldade de formular uma resposta. Não quer que Josh saiba que ela está com medo ou desconfiada. Se o cinema lhe ensinou algo, é que predadores conseguem sentir o medo dos outros.

— Acho que sim.

— Você não está chateada comigo, está? Por causa do lance do dente? Você sabe que eu não quis dizer nada demais. Não foi intencional.

— Eu sei.

— Então, tudo certo?

— Tudo certo — diz Charlie, mesmo enquanto lista mentalmente tudo que sem dúvida *não* está certo na história de Josh, começando pelo fato de que Josh nem é o verdadeiro nome dele. E como ele mentiu sobre trabalhar na Olyphant. E como sabia que o Assassino do Campus tinha arrancado um dente de Maddy depois de esfaqueá-la até a morte.

Charlie dá uma olhada em Josh, disfarçadamente, procurando por qualquer semelhança entre ele e a silhueta escura que ela viu no beco, na noite em que Maddy morreu. Qualquer coisa que surja na cabeça dela será, na melhor das hipóteses, vaga. Talvez sejam da mesma altura. Talvez tenham os mesmos ombros largos. Mas é tudo pressuposição. A verdade é que não tem como Charlie saber se eles são, de fato, a mesma pessoa.

O interior do carro ficou quente de um jeito insuportável, mesmo enquanto Charlie continua morrendo de frio. É uma batalha de temperaturas extremas que a faz pensar que vai derreter a qualquer momento. A pele derrete. Os órgãos viram gel. Um desaparecimento. As únicas sobras serão uma pilha de ossos fumegantes.

E dentes, é claro.

Charlie desconfia que há um motivo para o jogo de vinte perguntas de Josh ter resultado nisso. É provável que ele estivesse tentando lhe dizer quem é e o que fez. Uma confissão velada. Ou talvez um aviso.

Também há a chance de não haver motivo algum, embora Charlie tenha suas dúvidas. As chances de ele ter escolhido "dente" como resposta são tão pequenas quanto a de Charlie pegar carona com o homem que matou Maddy.

E ainda assim são as únicas opções. Ou Josh é um mentiroso inofensivo que até agora só conseguiu dizer e fazer as coisas erradas, ou ele é o homem que brutalmente assassinou a melhor amiga dela e duas outras mulheres. Charlie não consegue pensar num cenário diferente daqueles dois polos improváveis.

Diante de tamanha incerteza, ela entende uma única coisa.

Precisa sair desse carro.

Imediatamente.

Não importa se Josh não demonstra nenhuma ameaça real. A alternativa — que ele demonstra, sim — é arriscada demais para ser levada em consideração. É melhor errar por excesso de cautela. Ser esperta, ser corajosa, ser cautelosa.

Permanecer no carro com Josh não é nenhuma dessas coisas.

Eles desceram para o Delaware Valley, a alguns quilômetros da divisa com a Pensilvânia. A neblina se dissipou completamente, revelando um céu noturno que pulsa com o brilho das estrelas, um rio à esquerda deles e três pistas de asfalto se estendendo em direção ao horizonte.

Charlie continua concentrada na rodovia à frente, incapaz de olhar para Josh por um mísero segundo. Ainda assim permanece superatenta à presença dele, a poucos centímetros de distância. O tamanho do seu corpo. A forma como sua presença preenche o carro. O ritmo contínuo da respiração. Não há como ignorá-lo.

Também não há como fugir dele, tirando a opção de se jogar para fora do carro, uma ideia que continua retornando várias e várias vezes. A mão direita ainda segura a maçaneta, os dedos apertando-a com firmeza, prontos para entrar em ação.

Charlie faria isso, sim, se tivesse certeza de que esse salto não a mataria. Mas sem dúvida estaria disposta. Ela supõe que tem 50% de chance de sobreviver. Talvez menos, considerando que agora há mais carros na estrada. Charlie conta quatro atrás deles. Quatro veículos que talvez não sejam capazes de desviar caso ela pule de fato, os pneus passando por cima dela, como se fosse um quebra-molas.

Seria diferente se estivessem na pista certa, onde Charlie poderia tentar saltar no acostamento, onde a grama amorteceria um pouco seu pouso. Mas Josh dirige o Grand Am na pista do meio, seu ritmo tão contínuo quanto a respiração. Mantendo o carro bem nas faixas da pista. Ficando aceitáveis cinco quilômetros por hora acima do limite de velocidade. Sem fazer nada que chame a atenção dos outros motoristas.

Um dos carros atrás deles muda de pista, movendo-se para a da direita. Essa mudança dá espaço a um lampejo de brilho no espelho retrovisor da janela de Charlie.

Faróis.

Cada vez maiores.

Charlie se vira no banco para ter uma visão melhor do carro que se aproxima deles. Está claro que em algum momento o motorista pretende passá-lo, mesmo que tecnicamente a lei só permita ultrapassagem pela esquerda. Conforme o carro se aproxima, Charlie nota algo no teto dele — uma barra de luz que vai de um lado do carro ao outro. Então ela vê as palavras que foram aplicadas na carcaça, bem acima dos pneus da frente.

POLÍCIA ESTADUAL

Parece que o coração de Charlie vai sair pela boca. Um policial estadual está se aproximando ao lado deles. Quase como se ela o tivesse criado com a força do pensamento. Agora tudo que precisa fazer é chamar a atenção da polícia sem que Josh perceba.

Charlie pressiona a cabeça na janela, o vidro gelado contra a pele.

— Você está bem, Charlie? — pergunta Josh.

— Estou.

— Não parece estar.

— Enjoada, só.

Um hálito quente acompanha a última palavra sibilante. Acerta o vidro, formando um pequeno círculo borrado. Charlie o encara e não pisca até que ele desaparece.

Ela volta a falar:

— Não se preocupe. Não vou vomitar nem nada do tipo. Sempre acaba passando.

A janela embaça de novo, dessa vez uma mancha um pouco maior. Charlie conta os segundos até que ela desapareça.

Um.

Dois.

Três.

Quatro.

Cinco.

Seis.

Sete.

Oito.

Nove.

Josh nota o carro da polícia também, porque pisa no freio por um momento, ficando no limite de velocidade.

— Tem certeza? — pergunta ele.

— Sim.

Uma nova lufada de respiração se espalha pela janela. Charlie conta mais uma vez.

Nove segundos outra vez.

Não é muito tempo. Mas provavelmente é o suficiente.

Ela passa um dedo pelo vidro, movendo-o num padrão, formando letras que não existem.

Ainda.

Charlie se vira para Josh, certificando-se de que olhos dele ainda estão na estrada. Então volta para a janela, a testa encontrando o vidro, olhando pelo retrovisor, para verificar o progresso da polícia estadual. Quando o para-choque dianteiro do carro da polícia está alinhado ao para-choque traseiro do Grand Am, ela entra em ação.

— Já estou me sentindo melhor — comenta. — Ajuda esfriar a testa.

As duas baforadas das últimas palavras criam um círculo duas vezes maior que os anteriores. A contagem regressiva começa.

Nove.

Charlie rapidamente verifica Josh mais uma vez.

Oito.

Ela volta a olhar a janela.

Sete.

Vira o corpo, bloqueando a visão de Josh.

Seis.

Pressiona a ponta do dedo indicador contra o vidro e começa a escrever.

Cinco.

A primeira letra é uma curva rápida.

Quatro.

Outra letra, dessa vez um círculo.

Três.

E mais uma — outra curva rápida.

Dois.

A última coisa. Um traço e um ponto.

Um.

O borrão desaparece, levando consigo a palavra que ela tinha conseguido rabiscar.

SOS!

— Você chega a ficar assim? — pergunta ela a Josh. — Enjoado?

O círculo borrado reaparece na janela, assim como a frase "SOS!", que, independentemente de como será lida, será bem entendida pela polícia quando ultrapassá-los.

Conforme a viatura se aproxima, Josh dá mais uma leve pisada no freio. A redução da velocidade deixa os carros lado a lado. Viajam assim por um tempo, o coração esperançoso de Charlie batendo ainda mais rápido quando espia o policial atrás do volante. Ele parece ser durão. Um buldogue com um cabelo bem baixo. E tudo que Charlie precisa fazer para chamar a atenção dele é respirar.

Se isso não der certo, ela vai gritar.

Tão alto que ele será capaz de ouvi-la através de dois painéis de vidro.

Então o policial ligará aquelas lindas luzes vermelhas e brancas, e Josh não terá outra escolha a não ser encostar o carro, e então Charlie sairá correndo. Não se importa se Josh for inofensivo e idiota. Naquele momento, tudo que ela quer é estar fora desse carro, livre de Josh e de todas as dúvidas e incertezas que ele carrega consigo.

Charlie inspira, reunindo ar, torcendo por uma baforada no vidro que dure dez segundos, talvez mais.

Ela expira.

A janela fica borrada, obscurecendo a imagem do policial no carro ao lado enquanto a palavra que ela escreveu começa a ganhar forma.

SOS!

Josh pisa no freio de novo. Mais forte dessa vez. O suficiente para que Charlie sinta o impulso da força apertá-la contra o cinto de segurança, enquanto vê o policial passar à frente deles. Um momento depois, o carro da polícia os ultrapassa por completo. O coração de Charlie, tão frenético segundos antes, quase para enquanto a polícia continua em movimento, a viatura menor a cada segundo.

Ela perdeu a chance.

Tudo porque Josh pisou no feio.

Ele fez isso de propósito?

Mais dúvidas.

O suficiente para aumentar o desejo de Charlie de sair desse carro de qualquer jeito possível.

A mão volta à maçaneta da porta, e ela a aperta. Deus a ajude, terá que saltar do carro.

Agora mesmo.

A boa notícia é que a rodovia estreitou para duas pistas — provavelmente o motivo de o policial tê-los ultrapassado pela pista da direita. A pista dele estava terminando. Talvez Josh soubesse e por isso pisou no freio, frustrando os planos dela.

Charlie espia o velocímetro.

Agora que a viatura é uma caixa de fósforos à distância, Josh aumentou a velocidade para quase 100 quilômetros por hora.

Rápido.

Rápido demais para a estrada à frente, que fica ao lado do Rio Delaware, abraçando a cordilheira em uma série de curvas fechadas.

E definitivamente rápido demais para que ela salte do carro, como agora sabe que deve fazer. Mesmo se conseguisse sobreviver ao salto sem um arranhão — o que ela não consegue; não nessa velocidade — agora não há para onde fugir. Do lado de Josh da estrada, há mais estrada, uma parede de pedra baixa e então o rio. Do lado de Charlie, não há nada além de montanhas que sobem alto em direção ao céu noturno, suas árvores e penhascos pouco visíveis.

Charlie sempre tinha gostado desse trecho da estrada, tanto por sua beleza selvagem quanto por sua incongruência. Com seus picos, pinheiros e a ampla extensão de rio sinuoso, lembra-a de algo mais provável de ser encontrando a oeste, e não na fronteira entre Nova Jersey e a Pensilvânia. Quando passava por ali com vovó Norma ou Robbie ao volante, Charlie abaixava a janela, respirava o ar puro e se divertia com o cenário que achava lindo em qualquer época do ano.

Mas isso era sempre durante o dia. Nunca tinha percorrido esse cânion à noite, até hoje. A escuridão muda as coisas. Transforma a familiaridade em desconhecido, o inocente em suspeito.

Ela se pergunta se o mesmo pode ser dito de Josh, se é apenas a presença da noite que a deixa desconfiada de tudo que ele faz, diz e deixa subentendido. Talvez tudo isso fosse parecer diferente e menos ameaçador à luz do dia.

Charlie não acredita nisso.

As ações de Josh seriam suspeitas independentemente do horário.

Ele nem percebe quando Charlie dá mais uma olhada no velocímetro e vê que o carro continua na mesma velocidade. Não demonstrou nenhum interesse nela desde que a polícia estadual apareceu atrás deles. Ainda assim, observa-a do mesmo jeito. Charlie percebe. Uma pontada de calor que vem do lado do motorista enquanto ele dirige por outra curva. Conforme passam por ali, o purificador de ar de pinho balança no retrovisor como um cadáver numa forca.

Charlie segura com mais força a maçaneta da porta, em parte para se manter firme enquanto o Grand Am passa por outra curva fechada e em parte para o caso de decidir se arriscar e saltar de qualquer forma, mesmo que isso fosse equivalente a suicídio. A cordilheira está tão próxima ao carro — uma presença tão desconcertante quanto Josh e provavelmente bem mais perigosa. Pedaços de pedra preenchem o acostamento da estrada. Restos de pedregulhos que caíram da ladeira e se esmagaram contra o chão.

É assim que ficariam seus ossos caso ela saltasse.

Pedaços de osso quebrado entre as pedras.

Em segundos, eles chegaram à ponte que cruza o Rio Delaware, então saltar para o acostamento nem mesmo é uma opção. Não há acostamento algum para o qual pular. Apenas uma fina linha de cascalho cravejado com asfalto e a mureta da ponte. Além disso, dezenas de metros abaixo, há a escuridão das águas.

Saltar agora seria *suicídio*.

Mas há uma luz à frente. Uma torre da qual Charlie tinha se esquecido completamente até esse momento.

Um pedágio.

Seis pistas de cabines bloqueando toda a rodovia no sentido oeste logo do outro lado da ponte.

Josh não terá escolha a não ser diminuir a velocidade.

E, quando isso acontecer, Charlie fará a sua jogada.

Enquanto o Grand Am continua atravessando a ponte e as luzes do pedágio ficam mais fortes, Charlie repassa as cenas mentalmente. Um filme de ação produzido por ela.

Espere até Josh diminuir a velocidade.

Abra a porta antes que ele pare o carro completamente.

Então corra.

Para fora do carro.

Para a próxima pista de pedágio.

E, então, para a próxima, e a próxima, e a próxima.

Ela correrá enquanto grita e não desistirá até que algum outro carro pare ou um funcionário do pedágio a ajude ou até que chegue a um lugar que seja seguro. Há outras estradas por perto. Estradas com casas e estabelecimentos e espectadores que com sorte virão resgatá-la.

O pedágio está mais perto agora. A pista deles é cortada por uma daquelas cancelas de madeira frágil que mais servem como um símbolo do que qualquer outra coisa. Um carro poderia passar por ela, esmagando-a, o que é algo que Charlie teme que Josh possa tentar fazer. Mas então ele pisa no freio, e o velocímetro despenca de 110 para 70 e então para 40 quilômetros por hora.

Charlie aperta a maçaneta da porta.

Esperando.

Esperando.

Esperando enquanto o carro diminui para 25, 15 e então quase 10 quilômetros por hora.

Agora, uma voz grita dentro da cabeça de Charlie. Talvez seja a voz de sua mãe. Talvez seja a de Maddy. Mais provavelmente uma combinação das duas, a mensagem em alto e bom som. *Corra agora.*

O corpo de Charlie fica tenso. Aprontando-se. Preparando-se para a corrida.

Corra! Sua mãe e Maddy continuam gritando em sua mente. *Agora!*

Outra voz se junta a elas.

Josh.

Falando com tranquilidade do banco do motorista.

— *Charlie?*

— — — — —

CENA INTERNA
PONTIAC GRAND AM — NOITE

Charlie presta atenção na música.

Os acordes de abertura de uma música que ela pensava que eles já tinham começado a ouvir.

Nirvana.

Come as You Are.

— Esse deve ter sido um filme daqueles — comenta Josh.

A surpresa congela a mão de Charlie. Ela se pega virando para encarar Josh, mesmo que saiba que deveria estar fazendo o contrário.

Abrindo a porta.

Correndo para a segurança.

Mas o que Josh acabou de dizer a mantém onde está, forçando-a a perguntar:

— Como assim?

— Os seus filmes — diz Josh. — Você acabou de ver um. Deu para perceber.

Ele faz o Grand Am parar completamente na cabine do pedágio. Então tenta alcançar algo no painel, o braço invadindo o lado de Charlie no carro, e por um segundo ela pensa que Josh está prestes a mostrar seu verdadeiro eu.

Aquele de quem ela começou a suspeitar minutos e quilômetros atrás.

Ela se retrai, esperando.

Mas tudo que Josh faz é pegar a carteira no painel. Se percebe a reação de Charlie — e como isso poderia passar batido? —, não deixa transparecer. Só pega uma nota de cinco dólares da carteira, abaixa o vidro e acena com a cabeça para a atendente, uma mulher corpulenta que segura um bocejo.

— Você parece estar tão cansada quanto eu — comenta Josh, exalando charme enquanto entrega a nota de cinco dólares e espera pelo troco. — Espero que tenha um café forte aí.

— Tenho, sim — responde a atendente. — Vou precisar.

Josh guarda o troco na carteira, arrumando-o. Então a coloca no bolso esquerdo da parte de trás da calça. Charlie o observa, o corpo zunindo com incerteza. Do que Josh estava falando? Não teve nenhum filme na sua cabeça.

Não é?

Charlie flexiona os dedos contra a maçaneta, instigando o resto do seu corpo a só puxar, só sair, só escapar. Mas não consegue fazer isso. Precisa saber o que Josh quis dizer.

— O turno está só começando? — pergunta ele à atendente.

— Aham. Uma noite inteira pela frente.

— Espero que passe rápido.

Conforme Josh fecha o vidro, Charlie é tomada por uma necessidade desesperada de gritar para a atendente pedindo ajuda. A boca se escancara, mas Charlie não sabe o que dizer. Josh acabou de lhe contar que ela viu um dos seus filmes, mas Charlie não faz ideia do porquê ou o que isso pode significar. E agora é tarde demais, porque a janela é fechada, e o carro voltou a andar. O Grand Am passa pela cancela e sai do pedágio, a claridade desaparecendo pelo retrovisor conforme o carro pega velocidade.

Vinte e cinco quilômetros por hora. 40. 60.

É só depois de atingirem 90 quilômetros por hora que a curiosidade de Charlie leva a melhor. Ela pigarreia, tentando se livrar do medo que reveste a língua como tinta seca, e então diz:

— Do que você estava falando antes?

— Você foi ao cinema — diz Josh. — Seus olhos estavam abertos, mas você estava total viajando.

Mas isso não faz sentido algum. Quando Charlie vê um de seus filmes, assim que ele acaba, ela sabe que foi tudo imaginação, que não foi de verdade, embora assim pareça. É como ser acordada aos cutucões quando se dorme durante a aula. Desorientador apenas durante aquele milésimo de segundo que se leva para entender o que aconteceu.

Ela nunca, nem mesmo uma vez, pensou que o que tinha vivido ainda era real depois do fato.

— Por quanto tempo? — pergunta ela.

— Um tempinho, eu acho.

Charlie observa o painel do carro, torcendo para ver um relógio que talvez lhe diga o que Josh não pode — ou não vai. Mas não há relógio algum, o que não a surpreende. O carro de Maddy também não tinha. Apenas carros mais chiques têm, como a Mercedes bege que a vovó Norma herdou de um de seus namorados idosos que tinha falecido dois verões antes.

— Preciso que você seja mais específico do que isso — diz ela.

— Por que isso importa?

Importa porque ela não faz ideia do que realmente aconteceu e do que era só uma fantasia deturpada e sinistra acontecendo na sua cabeça. Uma que talvez ainda esteja acontecendo, embora Charlie não tenha certeza. Presume que a essa altura já teria acordado. E ainda há o fato de que tudo está parecendo depressivamente real. Os seus filmes costumam ser mágicos. A vida ampliada. Isso aqui tem a mesmice da realidade.

— Só diga alguma coisa — diz ela.

Ela se pega torcendo para que Josh lhe dê uma estimativa fora da realidade. Uma forte o suficiente para apagar cada parte perturbadora que ela vivenciou durante essa viagem. Poderia acontecer facilmente. Uma viagem longa. Fora do carro, nada além de um céu escuro. O tédio tomando conta, assim como acontecia quando ela era criança. Os pensamentos vagando, transformando a monótona realidade de uma viagem de carro em algo empolgante, novo.

— Cinco minutos — informa Josh como se tivesse escolhido esse número só porque pensa que vai agradá-la.

— Tem certeza?

— Talvez seis. Ou mais. Eu sinceramente não faço ideia.

Charlie se pergunta se Josh está sendo vago de propósito, se ele sabe que deu uma vacilada ao mencionar o dente e agora, para encobrir, está tentando confundi-la. Mas, de novo, também é possível que ele realmente não saiba quanto tempo ela ficou perdida nos próprios pensamentos e esteja tentando ajudar.

— Você tem que ter *alguma* ideia de quanto tempo isso durou — afirma ela. — Eu estava sentada do seu lado o tempo todo.

— Não sei por que você está me fazendo todas essas perguntas — diz Josh, ficando irritado. — Você está fazendo isso sem parar desde que entramos na rodovia. Se eu soubesse que isso se tornaria um interrogatório, não teria lhe oferecido carona.

Isso, de um jeito meio controverso, ajuda muito. Charlie torce para que, por meio da experiência de Josh quanto à viagem, ela entenda melhor a sua própria.

— Então eu fiz *mesmo* todas aquelas perguntas? — diz ela.

— Fez. Perguntou sobre meu pai e onde cresci e a porcaria do meu horário de trabalho.

Como essa parte era real, então tudo que veio antes também era. Incluindo quando ela viu a carteira de motorista de Josh, o que causou todas aquelas outras perguntas, para começo de conversa. Quanto a isso a preocupação não mudou.

Ela ainda existe.

Ainda é um perigo em potencial.

Como se quisesse destacar esse pensamento, Josh diz:

— Você está com medo de mim, Charlie? Estou sentindo que a deixo nervosa. Não posso culpá-la por isso. Levando em conta o que aconteceu com a sua amiga e tudo mais. Na verdade, eu ficaria surpreso se você não estivesse nervosa. Você não me conhece. Não de verdade. Não sabe do que sou capaz.

Charlie o olha do outro lado do carro. A expressão facial dele nada revela. É uma tela em branco que encara a estrada. Ela odeia o quanto ele é indecifrável. Tão opaco que poderia enlouquecer alguém. E, ainda assim, ela também está com inveja. Quer muito saber como ele faz isso. Como parece fácil para ele esconder as emoções quando todos os seus pensamentos e sentimentos estão visíveis, como uma imagem projetada em uma tela de cinema.

— Sim — diz ela. Como está claro que ele suspeita disso, não há por que negar. — Você me deixa nervosa.

— Por quê?

Porque sua melhor amiga foi assassinada, e ela acha que Josh foi o homem que fez isso, e, se não pode confiar nos próprios pensamentos, então não resta nem um pingo de dúvida de que ela não confiará nele. Afinal de contas, ele mentiu para ela. Essa incerteza quanto ao filme em sua cabeça não muda nada.

— Porque sei que você está mentindo — despeja ela. — Sei que o seu nome não é Josh Baxter. Vi na sua carteira de motorista.

Josh arqueia as sobrancelhas.

— Eu realmente não sei do que você está falando, Charlie.

— Eu vi, Josh. Ou devo chamá-lo de Jake?

As sobrancelhas de Josh arqueiam ainda mais — um ponto de confusão indo de uma têmpora a outra.

— Quem é Jake?

— Seu nome de verdade — responde Charlie. — Eu vi na sua carteira de motorista verdadeira. Quando sua carteira caiu do painel, ela abriu, e lá estava. Jake Collins.

Josh ri. Uma risada baixa e incrédula.

— É isso que você realmente acha? Que estou mentindo sobre o meu nome?

— E outras coisas também — diz Charlie, finalmente soltando a suspeita que estava segurando desde que Josh entrou na rodovia. — Você não trabalhava na Olyphant. Porque, se trabalhasse, saberia que lá tem, sim, um prédio chamado Madison Hall.

Josh fica mudo, o que Charlie entende como um sinal de que ele sabe que foi pego no pulo quanto a, pelo menos, uma inverdade.

— Você está certa — confirma ele, finalmente. — Nunca trabalhei na universidade. Nem nunca fui lá. Inventei tudo isso. Nos últimos quatro anos, trabalhei na Radio Shack logo depois do campus. Passamos por lá enquanto saíamos.

Charlie acena com a cabeça, assimilando tudo. Enfim, a verdade. Uma pequena, minúscula e inconsequente verdade.

— Uma pergunta óbvia — diz ela. — Por que mentiu sobre isso?

— Você teria aceitado pegar carona comigo se eu tivesse falado a verdade?

— Não — responde Charlie, sem precisar ao menos refletir. É claro que ela não teria aceitado. Nenhum aluno sensato teria pegado carona com um estranho que não está relacionado à universidade. — Outra pergunta óbvia: por que você precisou ludibriar alguém?

— Eu não ludibriei você — diz ele.

Charlie olha para ele.

— Bem, eu me sinto ludibriada para caralho.

— Eu não queria ficar sozinho. É uma resposta boa o suficiente para você? Meu pai teve um derrame, e eu me senti desamparado e triste e não queria dirigir até Ohio sem nada além daqueles pensamentos negativos me fazendo companhia. Então coloquei uma droga de um moletom, fui até o painel de caronas e procurei alguém para viajar comigo.

A voz de Josh fica baixa, quase triste. Quando ele olha para Charlie, a expressão de seu rosto combina com o tom de voz. O suficiente para que a culpa comece a pesar no coração dela. Como alguém que está vivendo a própria parcela de dor, ela entende até mesmo o porquê de ele ter feito isso. Dor e tristeza são coisas horríveis para se sentir sozinho.

Era errado?

Sim.

Era estranho?

Com certeza.

Mas não significa que Josh seja perigoso. Não significa que quer machucá-la.

— Você poderia ter me contado isso logo de cara — diz ela.

— Você não teria acreditado em mim — diz Josh. — Para mim parece que você não acredita em uma palavra que eu disse.

— Você não me deu motivo para acreditar — diz Charlie. — Eu sei seu nome de verdade, lembra?

— Eu *disse* a você meu nome de verdade.

Dirigindo com apenas uma mão, Josh tira a carteira do bolso de trás. Entrega-a a Charlie, que a olha como se fosse algo venenoso. Uma cobra pronta para dar o bote.

— Vá em frente — pede ele. — Veja com seus próprios olhos.

Charlie pega a carteira, segurando-a pela ponta, entre o dedão e o indicador, como se ainda esperasse uma mordida. Coloca-a sobre o colo, hesitante. Ela já sabe o que vai ver. Uma carteira de motorista emitida pelo estado da Pensilvânia com a foto de Josh e o nome Jake Collins.

Mas, quando abre a carteira, não encontra nada disso. Dentro, escondido atrás do plástico de proteção, está um documento diferente daquele que Charlie viu. A foto é a mesma — a genética perfeita de Josh ainda se destacando. Mas essa carteira de motorista foi emitida pelo estado de Nova Jersey. E, escrito na parte inferior, em letras tão claras quanto o dia, está o nome Josh Baxter.

— Agora está convencida? — pergunta ele.

— Não estou entendendo.

— Mas eu estou — responde Josh.

Charlie sabe o que ele está querendo dizer — que era um de seus filmes.

— Não. Eu sei o que vi — diz ela.

— O que você *acha* que viu — diz Josh.

Charlie olha para o documento em seu colo, sem piscar, como se isso fosse transformá-lo no que ela viu mais cedo. Ou pensa que viu, considerando o que Josh acha. Enquanto continua a olhar, Charlie percebe como é ridículo querer que Josh esteja mentindo sobre seu nome. Mas a alternativa é muito mais assustadora. Porque, se estiver errada quanto a isso — e, à primeira vista, parece que ela está muito errada —, significa que poderia estar errada sobre tudo que aconteceu desde que entrou no carro.

A cabeça de Charlie começa a girar — um pião que fica cada vez mais rápido conforme ela olha para o documento de Josh. Ela fecha a carteira com tudo, abre o centro do painel e a coloca ali.

Come As You Are, que ainda estava estrondando pelo sistema de som, termina, e uma outra música começa. A mudança repentina faz Charlie perceber uma coisa.

Josh desligou o rádio logo antes de começar o jogo de vinte perguntas, que só foi ficando cada vez mais desconfortável. Mas o rádio estava ligado quando Charlie acordou do suposto filme. Isso faz com que seja provável que tudo que ela vivenciou enquanto o rádio estava desligado talvez não tivesse acontecido.

Incluindo a resposta para a brincadeira de Josh.

Um dente.

Isso poderia ter acontecido só na cabeça dela? A única coisa que a fez pensar que Josh é o Assassino do Campus poderia não ser real?

— A gente jogou Vinte Perguntas? — pergunta ela.

Josh está prestes a beber um pouco de café, mas para no meio da ação.

— Quê?

— O jogo. Vinte Perguntas.

— Eu sei o que é, Charlie.

— Então, a gente brincou disso? Depois de você ter desligado o rádio?

Charlie aperta o botão de pausa do rádio, como se Josh precisasse de uma demonstração completa para entender. O silêncio repentino é desconcertante. Faz ela perceber exatamente o quanto Josh espera para finalmente responder. Seria porque ele não faz ideia do que ela está falando? Ou seria porque sabe exatamente do que ela está falando e não sabe se deve mentir quanto a isso?

— Eu nunca desliguei o rádio — responde Josh.

— Desligou, sim. Você desligou o rádio, e a gente jogou Vinte Perguntas. Eu perguntei. Você respondeu. E eu preciso... — A voz de Charlie se enrosca numa palavra, puxando-a para fora, deixando claro como isso é importante para ela. — Preciso saber se aquilo aconteceu mesmo.

— Por quê?

Porque a resposta lhe diria se talvez está presa dentro de um carro com um serial killer, só por isso. Só que Charlie não pode dizer isso a Josh. Se soubesse o que ela está pensando, então sem dúvida ele mentiria. Sim, há uma chance de que ele possa mentir mesmo sem saber das suspeitas, mas Charlie não tomará essa decisão por ele.

— Por favor, só responda — pede ela. — Nós jogamos Vinte Perguntas?

A resposta de Josh vem surpreendentemente rápida. Dessa vez ele nem esperou. Só um rápido "não", dito como se fosse um estalinho.

A resposta que ela queria e temia.

— Tem certeza?

— É claro, Charlie. Tenho certeza absoluta de que não jogamos Vinte Perguntas.

Charlie fica digerindo por um momento, deixando o cérebro assimilar isso como se fosse um daqueles comprimidos laranjas que costumava tomar. E ainda deveria estar tomando. Porque sem eles não há nada que impeça os seus filmes de tomarem conta, de não saber diferenciar realidade de ilusão. Uma mágica hollywoodiana fodida.

Nada de ver o nome verdadeiro de Josh na carteira de motorista de verdade dele.

Nada de polícia estadual dirigindo ao lado deles para salvá-la como um caubói em uma película de John Ford.

Nada de baforar na janela do carro. Ou de escrever "SOS!" no vidro embaçado. Ou de planejar saltar de um carro em movimento.

Seria isso ao menos possível? Poderia ela ter se perdido tanto no próprio tipo de faz de conta que ela começou a invadir a realidade?

Aquilo nunca tinha acontecido antes.

Até agora, Charlie achava que os seus filmes eram breves momentos. Pequenas janelas de tempo em que a fantasia eclipsava a dura realidade. Nada diferente de como os cineastas costumavam passar vaselina na lente da câmera para dar à atriz principal um leve brilho.

E, quando chegam ao fim, Charlie sabe. O corpo desperta de volta ao presente — o equivalente aos créditos subindo e as luzes do cinema sendo acesas.

Mas a última hora foi mais como um sonho febril. Real, surreal e *viva*.

A ideia de que algumas lembranças, seu passado e sua *vida* talvez não tenham acontecido da forma como ela acha que aconteceram é quase tão desconcertante quanto pensar que está num carro com um serial killer. É tão preocupante que ela não quer acreditar. Por que deveria acreditar em Josh em vez de si própria?

Então ela está de volta ao começo. Querendo acreditar em Josh, mas ao mesmo tempo não querendo. E, conforme o Grand Am continua a descer a rodovia, adentrando ainda mais a noite de incertezas, Charlie tem noção de quatro coisas.

Talvez nada disso tenha acontecido. Ou tudo pode ter acontecido.

Uma delas faria com que Josh fosse, sem dúvida, inocente. A outra talvez signifique que ele seja o Assassino do Campus.

E Charlie não tem a menor ideia de qual delas é a verdadeira.

— — — — —

CENA INTERNA
PONTIAC GRAND AM — NOITE

— Você se importa se eu ligar o rádio de novo?

A voz de Josh atravessa os pensamentos de Charlie, arrancando-a do fundo do poço mental em que tinha caído. Ela olha para Josh. Olha para o dedo dele, posicionado em cima do botão de ligar. Ela se pergunta se acabou de vivenciar outro de seus filmes e se nada dos últimos dez minutos aconteceu de fato.

— Qual foi a última coisa que você disse para mim?

— Você se importa se eu ligar o rádio de novo — repete Josh, dessa vez sem a inflexão interrogativa.

— Antes disso.

— Que a gente não tinha jogado Vinte Perguntas.

Charlie assente com a cabeça. Bom. Não tinha sido um filme. A menos que ainda esteja rolando. Pensar nessas coisas fez com que ela se sinta ao mesmo tempo bêbada e também necessitada de uma bebida forte. Uma parte sua quer dizer a Josh para pegar a próxima saída, onde ela pode fazer bom uso da identidade falsa no primeiro bar pelo qual eles passarem.

Em vez disso, ficará satisfeita com uma parada para ir ao banheiro, que, de acordo com uma placa pela qual estão passando neste momento na rodovia, está a dois quilômetros à frente.

— Preciso ir ao banheiro — diz Charlie, olhando para a placa conforme ela desliza pela janela do passageiro.

— Agora?

— Sim. Agora. Culpa de todo aquele café — responde ela, mesmo não tendo tomado nem um gole desde a primeira vez que viu a carteira de motorista de Josh.

O que ela quer mesmo é sair do carro e ficar longe dele. Só por um momento. Precisa ficar sozinha e respirar um pouco do ar fresco da noite, torcendo para que isso a faça enxergar melhor as coisas. Porque neste momento ela está perdida.

— Vou ser rápida.

— Está bem — diz Josh, soltando um suspiro cansado exatamente do mesmo jeito que às vezes o pai dela fazia durante aquelas viagens de muito tempo atrás. — Seria bom poder esticar um pouco as pernas.

Quando a saída aparece, Josh liga a seta da direita e sai da rodovia. À frente deles, o prédio do banheiro estava abandonado e silencioso. É um retângulo desajeitado, triste e solitário, feito de tijolos bege, com portas e telhado pintados de um marrom-merda.

O estacionamento está vazio, exceto por um carro que está saindo conforme eles entram, as luzes de trás brilhando em vermelho. O coração de Charlie murcha enquanto ela o vê partir. Tinha torcido para que o lugar estivesse lotado, assim teria paz de espírito enquanto tirasse um tempo para reorganizar os pensamentos. Uma parada vazia não fornece conforto algum. Neste exato momento Josh poderia dilacerar a garganta dela, arrancar um dente e fugir sem ninguém saber.

Isto é, caso ele seja o Assassino do Campus.

Outra coisa de que Charlie não tem tanta certeza. Ela duvida que o Assassino do Campus pararia o carro bem debaixo de um dos postes de luz do estacionamento, como Josh faz agora.

Pode ser um sinal de que ela deve confiar nele.

Ou pode ser que ele esteja tentando enganá-la, para que ela lhe conceda essa confiança.

Sentada dentro do carro, embaixo do feixe de luz do poste, Charlie sabe que precisa parar de pensar assim. Toda essa incerteza — sua mente alternando descontroladamente entre dois cenários bem diferentes — só vai piorar quanto mais essa noite durar. Ela precisa escolher um caminho e agir de acordo.

Para ajudá-la nessa decisão, Charlie faz o que deveria ter feito assim que Josh apareceu para buscá-la: olhar a placa do Grand Am. Ela sai do carro e vai para trás dele, fingindo estar se alongando. Girando a cabeça e chacoalhando os braços, dá uma olhada na placa.

Nova Jersey.

Pelo menos um o.k. na lista de verdades de Josh.

— Já volto — informa Charlie, mesmo sem necessidade. É bastante provável que ela decida nunca mais entrar naquele carro de novo. Também há a possibilidade de que Josh tente matá-la antes mesmo que ela tenha tempo de tomar essa decisão.

Charlie acelera o passo conforme anda em direção ao banheiro. Está desconfortavelmente silencioso aqui, além de deserto. Atrás dela, a quase noventa metros do estacionamento, está a Interestadual. Mais à frente, sombreando os prédios, há uma floresta de densidade e tamanho desconhecidos.

Bem perto da porta dos banheiros, há um telefone público. Charlie para em frente a ele, sabendo que ainda não é tarde demais para ligar para Robbie, que é o que deveria ter feito no 7-Eleven antes de eles entrarem na rodovia. Agora ela sabe disso. Com uma intensidade que chega a doer, arrepende-se de não pegar o telefone e dizer aquelas cinco palavrinhas mágicas.

Houve uma curva do destino.

Charlie está quase pegando o telefone quando nota um pedaço de fita adesiva que tapa o espaço de inserir a moeda. Pega-o mesmo assim, tirando-o da base. Não há barulho de linha. Que sorte a dela.

É só quando bate o telefone na base que Charlie se dá conta de que Josh pode estar a observando. Ela ainda não entrou no banheiro, à vista de qualquer um que estivesse no estacionamento. Então lança um olhar rápido e cauteloso na direção do Grand Am. Josh está lá, agora do lado de fora, alongando os braços para cima enquanto vira o pescoço. Não tinha visto nada.

Ótimo.

Charlie entra no banheiro, achando a parte de dentro tão deprimente quanto a de fora. As paredes são cinzas. O chão está sujo. As lâmpadas emitem, zumbindo, uma fraca luz amarela. Máquinas automáticas estão enfileiradas na parede à esquerda, ofertando três opções: salgadinhos, refrigerantes e bebidas quentes. À direita estão os banheiros, o masculino logo à porta e o feminino em direção aos fundos.

Entre eles, pendurado na parede, há um mapa enorme que mostra o estado da Pensilvânia e partes dos estados de Nova Jersey e Ohio, um de cada lado. A rota de volta para a casa de Charlie está bem ali — a linha vermelha comprida da Interestadual 80 deslizando por toda a Pensilvânia. E eles acabaram de cruzar a fronteira, segundo uma pequena seta branca que marca a localização atual. Na ponta da seta, em letras vermelhas bem pequenas, está escrito VOCÊ ESTÁ AQUI.

— Não tenha tanta certeza disso — murmura Charlie, consciente de que ainda poderia estar no Grand Am, perdida em mais um filme mental.

Droga, por que parar ali? Não há nada que a impeça de pensar que toda essa noite não passa de um de seus filmes. Ela poderia voltar à realidade e estar de volta à Olyphant. Ou, ainda melhor, de volta a setembro, acordando na manhã depois de ter abandonado aquele bar e o cover horrível do The Cure. Maddy ainda estaria dormindo na cama do lado oposto, e os últimos dois meses não teriam sido nada além de um pesadelo horrível.

Charlie fecha os olhos, desejando que isso aconteça. Espera, sem se mexer, que a força de seu pensamento transforme aquela versão dos acontecimentos em realidade. Mas, ao abrir os olhos, está no mesmo lugar, encarando o mapa e a seta branca, que agora mais parece um insulto.

VOCÊ ESTÁ AQUI.

Porra.

Se o mapa diz, então deve ser verdade. É a única coisa em que pode acreditar.

— — — — —

```
CENA INTERNA
BANHEIRO DA PARADA — NOITE
```

Desanimada, Charlie entra no banheiro feminino. Está escuro ali dentro, graças ao fato de que apenas uma fileira de luminárias parece estar funcionando. O resultado é um feixe de claridade próximo às pias enquanto as cabines no lado oposto do banheiro estão banhadas em sombras. O cheiro é horrível. Uma mistura de urina e material de limpeza que lhe dá ânsia.

Cobrindo o nariz e a boca com uma das mãos, Charlie vai a uma das cabines no lado escuro do banheiro. O último da fileira, que fica o mais longe possível da porta. Entra e se senta na privada, tentando pensar, tentando bolar algum tipo de plano.

Ela poderia esperar. É uma das opções. Poderia ficar neste banheiro, dentro desta cabine, e não sair até que alguma outra pessoa entre, o que vai acontecer em algum momento. Outro carro poderia estar chegando ao estacionamento agorinha mesmo. Charlie poderia pedir ajuda e implorar por uma carona até a delegacia mais próxima. Se perguntarem por quê, poderia lhes dizer a verdade — que o cara com quem ela está meio que poderia ser um serial killer.

Não é um bom argumento.

E é isso que deixa Charlie tão à flor da pele. Se tivesse certeza de que Josh era perigoso, estaria fazendo uma barricada na porta do banheiro ou correndo em direção à rodovia ou se escondendo na floresta.

Mas nada ali é certo. Ela poderia estar errada. Tudo poderia não passar de um mal-entendido. Sua imaginação correndo a galope porque, nos últimos dois meses, a vida de Charlie tem sido um trem descarrilhado movido a culpa.

Alguém bate na porta do banheiro. Uma única batida forte que assusta tanto Charlie que ela fica sem ar ao ouvi-la.

Josh.

Uma mulher não bateria. É o banheiro feminino. Entraria de uma vez, que é exatamente o que acontece em seguida. Charlie escuta o ranger da porta sendo aberta, seguido do som de passos sobre o azulejo pegajoso.

As luzes solitárias do banheiro começam a piscar, querendo se juntar às outras. Há um momento de pura escuridão, seguido de zumbidos de luz contínuos, como um estroboscópio.

Charlie escuta uma batida na primeira cabine da fileira, como se Josh estivesse verificando se há alguém dentro. Depois de outra batida rápida, a porta é aberta com um estrondo. Em vez de entrar, ele vai para a segunda cabine, bate na porta e a abre.

Ele está caçando.

Charlie.

A duas cabines de distância, Charlie sobe as pernas para a privada, assim Josh não terá como vê-las por baixo da porta. Se continuar desse jeito, petrificada e em completo silêncio, então talvez Josh pense que ela não está aqui, que saiu sem ele perceber, que ela simplesmente despareceu.

E então ele irá embora.

Josh está na terceira cabine agora. Bem ao lado da de Charlie. A luz piscante das lâmpadas espalha a sombra dele em manchas no chão que dificultam saber sua localização exata. Está ali por um piscar de olhos e em seguida desaparece, então volta de novo, só um pouquinho mais perto dessa vez.

Charlie encara o chão, assistindo ao progresso trêmulo da sombra enquanto a porta da cabine ao lado é aberta com força. Coloca uma mão na boca, tentando bloquear o som da respiração. Um ato inútil. Ela teme que só as batidas do seu coração, que palpita dentro do peito como uma bateria, já vão entregá-la.

Josh está em frente à cabine dela, a sombra estroboscópica esticando-se por baixo da porta, entrando na cabine, como se tentasse pegar Charlie.

Há uma batida na porta.

E então outra.

Tão forte que a chacoalha, fazendo Charlie perceber, horrivelmente aterrorizada, que nunca a trancou.

Desesperada, tenta alcançá-la, mas já é tarde demais. A porta balança para dentro, revelando Charlie encolhida em cima do vaso, banhada pelo brilho das luzes defeituosas. Parada do outro lado da porta, agora aberta, está uma mulher. Vinte e tantos anos. Usando um jeans estonado justo demais. O cabelo descolorido, com raízes marrons. Ela solta um grito assustado enquanto pula para longe da cabine.

— Merda — diz a mulher. — Pensei que estivesse vazia.

Charlie permanece encolhida em cima da privada como se fosse uma fera. Não é de se estranhar que a mulher tenha corrido até as pias do outro lado do banheiro. O espelho largo acima delas reflete os flashes estroboscópicos da luminária suspensa, fazendo parecer que ela está se movendo em câmera lenta.

— Me desculpe pelo susto — pede Charlie.

A mulher olha para ela fixamente.

— Parece que eu a assustei muito mais.

— Pensei que você fosse outra pessoa. — Charlie sai da cabine, ainda insegura. — Por que você estava verificando todas as cabines?

— Porque esta é uma parada, estamos no meio da noite, eu estou sozinha e não sou burra.

A mulher faz uma pausa, deixando no ar a dura realidade do resto da frase.

Como você.

A luz do banheiro continua a piscar. É claro que Charlie estava assustada. Parecia uma cena de um filme sangrento. Bem Wes Craven.

Acontece que agora a mulher está com medo dela, como se ela fosse o perigo aqui. Quando Charlie sai da cabine, a mulher recua.

— Você viu um cara lá no estacionamento? — pergunta Charlie. — Perto do Grand Am?

— Vi, sim. — A mulher, ainda encostada na pia, olha para a cabine atrás de Charlie. Esta percebe que a outra precisa usá-la, mas agora está se perguntando se consegue esperar até a próxima parada. — Você está com ele?

Charlie arrisca mais um passo na direção dela.

— Não tenho certeza se quero estar. Será que... Quer dizer, você poderia, por favor, me dar uma carona?

— Só estou indo até Bloomsburg — responde a mulher.

Charlie não faz ideia de onde isso fica. Não importa, desde que não seja aqui.

— Não tem problema — diz ela, tentando parecer satisfeita, mas beirando mais o desespero. — Você pode me deixar em algum lugar, e eu vou encontrar uma carona para o resto do caminho até a minha casa.

— Por que seu namorado não pode levar você?

— Ele não é...

Meu namorado.

É o que Charlie quer dizer.

Mas, antes que consiga botar as palavras para fora, a porta do banheiro se abre novamente, e Maddy entra, desfilando.

— Olá, querida — diz ela.

Charlie a observa atravessar o banheiro até as pias, tão viva e real quanto a mulher de jeans estonado. Maddy está mais bem-vestida, é claro. Vestido fúcsia, saltos pretos e um colar de pérolas em duas voltas ao redor do pescoço.

Maddy para perto das pias, invisível para a outra mulher. Encarando seu reflexo no espelho, esfrega os lábios antes de passar um batom carmesim.

— Você parece acabada — diz ela para Charlie, estalando os lábios, agora vermelhos como sangue. — Mas meu casaco está um arraso em você.

Charlie passa os dedos pelos botões do casaco. São grandes e pretos e a deixam impossivelmente pequena. Uma garotinha brincando de se vestir.

— O que você está fazendo aqui?

— Tomando um ar — diz Maddy, como se fosse uma desculpa perfeitamente lógica para voltar dos mortos. — Além disso, eu precisava te contar uma coisa.

Charlie não quer perguntar o quê. Mas pergunta mesmo assim. Precisa fazer isso.

— Contar o quê?

— Que você não deveria ter me abandonado — responde Maddy.

Então ela pega Charlie pelos cabelos e bate a cabeça dela na quina da pia.

— — — — —

CENA INTERNA
BANHEIRO DA PARADA — NOITE

Charlie volta à vida, seu corpo tendo espasmos, como se realmente tivessem batido a cabeça dela na quina da pia. Ainda consegue ouvir aquele som horripilante causado pelo impacto. Osso contra porcelana.

Mas não houve som algum.

Pelo menos não um que a outra mulher pudesse ter ouvido. E há apenas uma outra mulher aqui. Maddy desapareceu. Onde ela esteve, há apenas um pedaço de piso sujo iluminado pelo piscar incessante da luz.

Próximo dali, a mulher de jeans estonado pergunta:

— Ei, você está bem?

Charlie não tem certeza de como responder. Acabou de ver a melhor amiga, que está morta, no banheiro de uma parada da Interestadual. É claro que ela não está bem, porra. Mas a mulher não viu Maddy. Como sempre, o filme foi exibido para uma plateia de uma única pessoa.

— Não — diz Charlie, concedendo-lhe a verdade óbvia.

— Você bebeu?

— *Não.*

Charlie diz isso como uma pessoa bêbada diria. Alto demais. Enfática demais. Compensando demais de um jeito que deixa claro que ela está mentindo, embora, no caso de Charlie, seja verdade. Mas ela sabe que não é essa a mensagem que está passando e tenta corrigir o rumo das coisas.

— Só preciso ir para casa.

Charlie se move em direção à mulher. Rapidamente. Desfazendo o espaço entre elas em três grandes passadas, o que só piora as coisas. A mulher recua para longe, embora esteja encostada na pia, sem ter aonde ir.

— Não posso levar você.

— Por favor. — Charlie estica os braços, pegando-a pela manga da blusa, preparada para lutar e implorar, mas então pensa melhor. — Sei que isso vai parecer estranho. Mas sabe aquele cara? Não sei se confio nele.

— Por que não?

— Pode ser que ele tenha matado pessoas.

Em vez de ficar surpresa, a mulher lança um olhar desconfiado a Charlie. Como se já esperasse por isso e agora estivesse decepcionada por não ter sido surpreendida.

— Pode ser? — pergunta ela. — Você não tem certeza?

— Eu disse que pareceria estranho.

A mulher bufa.

— E não estava mentindo.

— E, não, eu não sei se ele matou alguém — explica Charlie. — Mas só de pensar que ele pode ter matado, mesmo que só um pouquinho mesmo, significa que eu não deveria voltar para o carro com ele, não é? Que eu deveria estar preocupada?

A mulher, de saco cheio daquilo tudo, incluindo da ideia de usar a cabine em que estava de olho, passa por Charlie e vai em direção à porta.

— Se você quer saber — diz ela —, ele que deveria estar preocupado com *você* voltando para aquele carro. Independentemente do que você estava bebendo, sugiro que troque essa merda por água. Ou café.

A mulher abre a porta e, simples assim, desaparece. Novamente sozinha naquele banheiro fedorento, Charlie olha ao redor, procurando sinais de que Maddy talvez ainda esteja ali. Só a ideia de que ela ainda poderia estar por perto — de que sua visão fora mais do que um filme mental — prova para Charlie o quanto tinha se afastado da realidade.

Ela vai para uma das pias e encara seu reflexo no espelho manchado. Cada piscar das luzes acima ilumina sua pele, destacando seus traços, como se ela estivesse doente. Ou, talvez, pensa Charlie, não seja a luz. Talvez ela realmente esteja assim. Sem cor, pálida por conta da incerteza.

Não é de se estranhar que aquela mulher fugiu do banheiro. Se Charlie visse alguém com a aparência que tem agora, dizendo as coisas que ela disse, faria o mesmo. E provavelmente pensaria as mesmas coisas que a mulher pensou dela.

Que ela está bêbada. Ou louca.

Mas Charlie está insegura. E ansiosa. E já não é capaz de acreditar no que vê. É o que deveria ter falado à mulher em vez de dizer que não confiava em Josh. Deveria ter dito logo de cara que era ela mesma em quem não confiava.

Cansada de olhar para o próprio reflexo, Charlie joga água gelada no rosto, não que isso ajude, e corre para fora do banheiro. Quer sair dali antes que Maddy tenha mais uma chance de reaparecer. Mas Charlie sabe que, não importa quão rápida seja, há uma chance de que Maddy apareça em outro lugar qualquer. Ou de ela achar que tem algo acontecendo, quando, na verdade, não tem. Ou de que outro de seus filmes comece do nada, e ela nem saberá o que está acontecendo.

Pelo que sabe, está acontecendo agora mesmo.

Uma maratona de filmes. Como se estivessem em um cinema de shopping com a programação tão apertada que o pessoal da limpeza nem mesmo tem tempo de varrer as pipocas que caíram entre as exibições.

A frequência dessas visões preocupa Charlie. Pela primeira vez na vida, pensa que pode ser um sinal de que está se afundando ainda mais na psicose e que em algum momento não será mais capaz de voltar à realidade. Já tinha ouvido falar de casos assim. Mulheres que desaparecem em seus próprios mundos, perdidas em um faz de conta.

Talvez já esteja passando por isso.

Charlie faz uma pausa antes de abrir a porta do banheiro. Precisa se recompor por um momento antes de voltar para Josh e o Grand Am, que é o que precisa fazer. Ela foi ao banheiro sabendo que precisava tomar uma decisão.

Acontece que a decisão foi tomada por ela.

Se não pode acreditar em si mesma, então precisa acreditar em Josh.

— — — —

CENA EXTERNA
ESTACIONAMENTO DA PARADA — NOITE

Ele ainda estava se alongando quando a mulher chegou. Os braços acima da cabeça, dedos entrelaçados, tentando tirar um pouco da tensão que travava o pescoço e os ombros. Então o carro chegou. Um Oldsmobile com um silenciador barulhento e um cano de escape que parecia estar prestes a cair.

O carro parou do outro lado do estacionamento, embaixo de um poste igualzinho ao que está em frente ao Grand Am. A mulher saiu e lhe lançou um olhar preocupado antes de correr pela calçada até os banheiros.

Ela não precisava se preocupar. Não faz o tipo dele.

Charlie, por outro lado, é exatamente o tipo dele, o que é um problema.

Outro problema: aquela mulher do Oldsmobile entrou no banheiro há cinco minutos. Agora ele está preocupado com a possibilidade de ela e Charlie terem conversado. Ele não deveria ter deixado Charlie entrar sozinha daquele jeito. Deveria tê-la seguido lá dentro e fingido que estava procurando máquinas de venda enquanto ela ia ao banheiro.

Há muita coisa que ele deveria ter feito esta noite. Começando por ter mantido a porra da boca calada.

Vinte Perguntas foi um erro. Sabe disso agora. Mas Charlie estava perguntando tanta coisa, e ele, ficando tão de saco cheio que pensou que seria legal fazer daquilo um jogo. Mas pensar em um dente como seu objeto, bem, não foi muito esperto de sua parte. A curiosidade o moveu. Queria ver a reação de Charlie quando ela entendesse tudo.

Ele deveria saber que a descompensaria um pouco, que a deixaria desconfiada. Agora ela e a garota do Oldsmobile estão naquele banheiro falando sobre só Deus sabe o quê.

Tudo isso é culpa dele. É homem o suficiente para admitir.

Até aquela noite, tudo tinha sido fácil. Espantosamente fácil. Uma facilidade que não consideraria possível se ele mesmo não a tivesse vivenciado. Tinha passado menos de uma hora no campus antes de encontrá-la. Quando apareceu vestindo um moletom da universidade na tentativa de se misturar, pensou que levaria dias para achá-la e um pouco de força não convencional para fazê-la entrar no carro.

Em vez disso, tudo de que precisou foi uma Coca Diet nos arredores do campus. Lá estava ele, bebendo refrigerante e estudando a multidão, quando ela apareceu no painel de caronas com aquele panfletinho medonho. Dali em diante só ficou mais fácil. Mentir quanto a ir para Akron, sorrir para ela, deixar que ela o estudasse e pensasse que sabia exatamente o tipo de cara que ele era. A aparência dele é uma bênção. A única coisa boa que seu pai lhe deu. Ele é bonito, mas não de uma forma marcante. Um espaço em branco no qual as pessoas projetam o que quiserem. E Charlie, ele percebia, só queria alguém em quem pudesse confiar para levá-la para casa. Ela praticamente se jogou no carro dele.

Fácil demais.

Ele deveria saber que as coisas dariam errado em algum momento a partir dali. Parece que é sempre assim. Estragou as coisas com a brincadeira de Vinte Perguntas, sim. Mas uma sorte de merda é a culpada por tudo mais que aconteceu esta noite. Então, em vez de ir ao destino programado — que não é Ohio, nem mesmo perto —, Charlie está com uma estranha, talvez compartilhando todas as suas desconfianças neste exato momento.

E ela *está* desconfiada. Ficou assim no momento em que a carteira dele caiu aberta sobre o colo dela. Ele sabe que ela viu a carteira de motorista porque logo em seguida ficou tensa.

Para ser sincero, a única coisa que aconteceu do jeito que ele queria foi o estado mental de Charlie. Sabia que ela estaria um pouco zoada.

Depois do que tinha passado, seria estranho se não estivesse. Mas aquilo — aquilo, sim, o pegou de surpresa.

Filmes na cabeça dela?

Que feliz acaso.

Isso permitiu que ele escapasse da situação complicada que o jogo de vinte perguntas tinha criado. De novo, sua culpa. Mas ele conseguiu se recuperar rapidamente. Sabe se virar bem. Tem que saber.

Quando viu que Charlie estava prestes a saltar do carro no pedágio, decidiu ligar o rádio de novo, recomeçar a música e fingir que os dez minutos anteriores — Vinte Perguntas, a menção ao dente, aquelas pisadas tensas no freio quando aquela droga de polícia estadual apareceu atrás deles — não tinham acontecido de verdade.

Foi uma ideia doida e ridícula. Mais um Hail Mary[5] do que um plano racional. Ainda assim ele acha que Charlie realmente acreditou. Graças a Deus pelos pequenos milagres, era o que a mãe dele costumava dizer.

Abrindo a porta do motorista do Grand Am, ele desliza para trás do volante e abre o compartimento do meio. Dentro, junto ao estojo vazio da fita do Nirvana, algumas moedas espalhadas e um pacote de chiclete que tem apenas um, está a carteira dele. Ele a pega e abre, ficando cara a cara com o documento emitido pelo estado de Nova Jersey, que tem o mesmo nome falso que os documentos emitidos por Nova York e Delaware. Tira-o do plástico que o protege, revelando um outro documento.

Pensilvânia.

Jake Collins.

Ele tinha conseguido trocá-los no pedágio. Enquanto conversava com a mulher da cabine, esbanjando charme, tinha a carteira em mãos, trocando a carteira verdadeira pela falsa. Então garantiu que Charlie a visse, torcendo para que, por causa da fragilidade de seu estado mental, ela acreditasse em tudo que ele lhe contou.

---

[5] Jogada de futebol americano em que se lança a bola o mais para a frente possível, a fim de que algum colega de time consiga pegar. É interpretada como um movimento de desespero, pois dificilmente esse tipo de passe dá certo (N. da R.).

E ela acreditou.

Talvez.

Ainda está preocupado com o que pode estar acontecendo naquele banheiro, com o que Charlie pode estar dizendo à garota do Oldsmobile e com o que talvez ele precise fazer por causa disso.

Ele sai do carro, abre o porta-malas e afasta a caixa e as malas de Charlie. Tem certeza de que, quando descobrir para onde eles estão indo de verdade, ela se arrependerá de ter trazido tanta coisa.

Com os pertences dela fora do caminho, ele pega as coisas que não queria que ela visse quando colocou a bagagem no porta-malas.

As caixas dele.

Uma de papelão, dentro da qual estão placas de Nova York, Delaware e Pensilvânia. Diferente das carteiras de motorista, ele se lembrou de trocá-las antes de buscar Charlie. Presumiu que ela surtaria se não visse uma placa de Nova Jersey no carro. Acontece que ela nem mesmo prestou atenção nisso.

Por baixo das placas há várias cordas enroladas de vários tamanhos. Enfiado no canto da caixa, há um tecido branco que é maior que um guardanapo, mas menor do que uma toalha.

A mordaça de confiança.

Do lado da caixa de papelão, há uma de ferramentas. A mesma que o merda do seu pai mantinha na garagem quando ele era criança. Agora o pai está morto, e a caixa de ferramentas é dele. Abre-a e examina cada item, empurrando para o lado o martelo, as chaves de fenda com pontas afiadas e um alicate.

Por fim, encontra o que estava procurando.

Um par de algemas, cujas chaves estão penduradas no chaveiro que está no bolso dele, e uma faca. Ela não é grande. Sem dúvida não é uma faca de caça, embora tenha uma dessas em algum lugar na caixa de ferramentas.

Essa faca é um clássico canivete suíço. Útil para qualquer situação e fácil de esconder.

Ele pega as algemas e a faca e então fecha o porta-malas. Antes de ir em direção aos banheiros, guarda a faca no bolso da frente do jeans e as algemas no outro.

Ele não quer usá-las.

Mas usará, se for necessário.

— — — — —

ONZE DA NOITE

```
CENA INTERNA
PRÉDIO DA PARADA — NOITE
```

Josh está lá quando Charlie sai do banheiro.

Bem na sua frente.

A centímetros da porta, a mão erguida em um punho que nunca chega a bater.

Charlie se afasta, assustada. Uma cena parecida com a da mulher loira quando ela encontrou Charlie dentro da cabine.

— Uma mulher lá fora disse que eu deveria dar uma olhada em você. Ela disse que você estava doidona. — Josh pausa, enfiando as mãos nos bolsos. — Então preciso perguntar. Você está, hum, doidona?

Charlie balança a cabeça, desejando estar. Pelo menos isso explicaria o que está acontecendo na sua cabeça. Mas, em vez de bêbada, sente que está à deriva. Pega por uma corrente que a arrasta para alto-mar, mesmo que esteja remando o máximo que consegue em direção à costa.

— Foi só um mal-entendido — diz ela.

Josh responde com um inclinar de cabeça curioso.

— Um mal-entendido cinematográfico?

— É claro que sim.

Eles saem do banheiro, e Charlie vê que começou a nevar de novo. Mais rajadas. Tão finas quanto poeira. Josh pausa para pegar um floco de neve com a língua, que é como Charlie sabe que a neve é real, e não um de seus globos de neve à la *Cidadão Kane*.

O fato de nem mesmo ser capaz de perceber como está o tempo por conta própria diz a Charlie que ela tomou a decisão certa. Sim, tem suas suspeitas quanto a Josh, mas elas perdem força a cada passo dado em direção ao estacionamento. Pelo amor de Deus, ele ainda está catando flocos de neve, a língua para fora feito um cachorro. Não é algo que assassinos fazem. Crianças fazem isso. Pessoas *legais* fazem isso.

E Charlie está inclinada à ideia de que Josh possa ser legal, depois que se vê além das mentiras que ele contou. Mentiras das quais ele com certeza se arrepende. Porque, antes de entrarem no Grand Am, Josh olha para Charlie por cima do teto do carro coberto de neve e diz:

— Aliás, me desculpe. Eu não deveria ter mentido mais cedo. Deveria ter sido sincero com você sobre tudo, começando com quando nos encontramos no painel de caronas. Você tem todo o direito de não confiar em mim.

— Eu confio em você — diz Charlie, embora não confie. Não implicitamente. A verdade nua e crua é que no momento ela não confia tanto em si mesma.

Quanto às mentiras de Josh, ela acha que foram motivadas pela solidão, e não pela maldade. Charlie sabe como é ficar sozinha, tendo se isolado de todo mundo, menos de Robbie e vovó Norma. Então Josh e ela podem muito bem ficar sozinhos juntos.

— Tudo certo entre nós, então? — pergunta Josh.

— Acho que sim — responde Charlie, que é o máximo de honestidade que consegue juntar em uma resposta.

— Então vamos nessa.

Charlie entra no carro. Embora tenha ressalvas persistentes, não há outras opções. O único outro carro na parada, um Oldsmobile parado do outro lado do estacionamento, é da mulher que Charlie encontrou no banheiro. Ela está parada próxima ao carro, fumando um cigarro e assistindo à partida deles.

Quando passam, Charlie nota a expressão preocupada no rosto da mulher, que aparece e desaparece numa baforada de fumaça. Isso a faz questionar o que a mulher disse para Josh enquanto Charlie ainda estava no banheiro. Mencionou a desconfiança? Se não, agora se arrepende de não ter contado? Deveria Charlie se arrepender por ter voltado para o carro de Josh?

Diz para si mesma que não, que está tudo certo, que ela deveria seguir o conselho da mulher e tomar um pouco de café para clarear os pensamentos. E então relaxará para uma viagem longa e monótona de volta para casa.

Aparentemente Josh tem outros planos.

— Então, que tipo de filme era? — pergunta. — Deve ter sido um bem doido para aquela mulher pensar que você estava bêbada.

Charlie ainda consegue ver Maddy diante do espelho, passando aquele batom vermelho como sangue. Pior, ainda consegue ouvir a voz dela.

Você não deveria ter me abandonado.

— Não quero falar sobre isso — diz ela.

— Deve ter sido um bem ruim — diz Josh.

— Foi mesmo.

Charlie quer esquecer o que aconteceu. E com certeza não tem vontade de reviver tudo com Josh.

— Mas seja honesta agora — diz ele. — Foi tão ruim assim? Ou você só não quer me contar porque ainda não confia em mim?

— Eu confio em pessoas que conheço.

— Então passe a me conhecer. — Um sorriso cordial surge no rosto de Josh. — Talvez a gente devesse mesmo jogar Vinte Perguntas.

Charlie não devolve o sorriso. Ainda está nervosa demais pelo fato de ter imaginado uma rodada inteira de Vinte Perguntas, por um de seus filmes ter durado tanto tempo. Todo aquele tempo em vão.

— Acho melhor não — diz ela.

— Então vamos cada um fazer uma pergunta — sugere Josh. — Pergunto alguma coisa para você, e você me pergunta alguma coisa.

— Você já sabe o suficiente sobre mim.

— Você não me contou sobre os seus pais.

— O que tem eles? — pergunta Charlie.

— Eles morreram num acidente de carro, não é?

Charlie fica abalada por causa da pergunta. Para mascarar isso, toma um gole de café e foca a neve que atinge o para-brisa.

— Como você sabia disso?

— Eu não sabia — explica Josh. — Só presumi.

— Beleza. Como você *presumiu* isso?

— Porque você mencionou que mora com a sua avó, o que me diz que seus pais não estão mais vivos. Você também disse que não dirige, o que me faz achar que foi uma escolha, e não que você é fisicamente incapaz de fazer isso. Juntando um mais um, cheguei à conclusão de que você não dirige porque seus pais morreram em um acidente de carro. Parece que eu estava certo.

Uma pontada de irritação se junta à ansiedade de Charlie. São muitas suposições da parte dele. O fato de serem todas verdadeiras não torna as coisas menos intrusivas.

— Seguindo essa lógica, vou presumir que, por você não ter mencionado a sua mãe, ela também está morta.

— Talvez esteja — diz Josh. — Eu não sei. Ela foi embora quando eu tinha oito anos. Nunca vi nem ouvi falar dela desde então. — Charlie não sabe o que responder, então fica calada. — Era Halloween — conta Josh. — Lembro porque me fantasiei de Batman naquele ano. E também era uma fantasia de verdade. Não uma daquelas máscaras baratas e capas de plástico que se compram na farmácia. Minha mãe passou semanas fazendo-a para mim. Ela era boa com a máquina de costura, tenho que reconhecer. Fez uma fantasia ótima. Eu estava tão animado para exibi-la, sabe? Mal podia esperar para as pessoas me virem de Batman.

— Por que toda essa animação por causa do Batman?

— Porque ele era o mais maneiro.

— O Batman? — pergunta Charlie, chocada. Ela tinha visto tanto a série de TV brega quanto o filme sombrio e sério do Tim Burton. Nenhum dos dois lhe pareceu particularmente maneiro.

— Para uma criança de oito anos, sim — diz Josh. — Em especial uma que se sentia um pouco esquisita e desajeitada e com pais que não paravam de brigar. — O tom de voz dele fica mais suave, um tom de desabafo. — Quando eu via meu pai começar a beber e minha mãe fazer aquele olhar de desaprovação, sabia que era só questão de tempo antes que a briga estourasse. Então, sempre que isso acontecia, eu pegava uma revistinha do Batman, me enfiava embaixo das cobertas e fingia que estava dentro da história, indo de quadrinho em quadrinho. Não importava se eu estava com medo de que o Coringa ou o Charada tentassem me pegar. Era melhor do que estar naquela casa com aquelas pessoas gritando uma com a outra no andar de baixo.

— Elas eram como filmes na sua cabeça — comenta Charlie.

— Acho que sim — diz Josh. — É, a minha versão disso. Então eu não via a hora de *ser* o Batman por uma noite. Coloquei a fantasia, meu pai me levou para pedir doces e, naquele ano, peguei mais do que em qualquer outro. E eu sabia que era por causa daquela fantasia. Porque estava muito boa. Quando chegamos em casa, meus braços estavam doendo de tanto carregar os doces. — Josh dá uma risadinha curta e triste. — E minha mãe, bem, tinha ido embora. Enquanto não estávamos em casa, ela pegou algumas poucas coisas, colocou na mala e se foi. Ela deixou um bilhete. "Me desculpe." Era tudo que dizia. Nada de explicação. Nenhum contato. Só aquela migalha de pedido de desculpa. Foi como se ela tivesse desaparecido. E sei que é assim que as mortes se parecem. A pessoa está lá e então não está mais, e você tem que ajeitar a sua vida sem a presença dela. Mas o que tornou tudo tão difícil foi que minha mãe *escolheu* ir embora. Ela planejou ir daquele jeito, sem dar tchau. Eu sei por causa da fantasia. Ela nunca antes tinha passado tanto tempo fazendo uma, e eu acho que é porque ela já tinha se decidido quanto a ir embora. Então ela aplicou todo o amor e atenção naquela fantasia idiota do Batman, porque sabia que seria a última coisa que faria por mim.

Ele para de falar, deixando a história — aquele conto longo e triste — se espalhar feito fumaça pelo carro.

— Você ainda sente falta dela? — pergunta Charlie.

— Às vezes. Você ainda sente falta dos seus pais?

Charlie concorda com a cabeça.

— E também de Maddy.

O que ela não diz, porque nunca tinha admitido a ninguém, é que sente mais falta de Maddy do que dos pais. Não é algo de que se orgulhe. Sem dúvida não se sente bem por causa disso, mas é a verdade. Ela é bem parecida com eles. O pai era na dele e tendia a ser introspectivo, assim como ela. A mãe, assim como Charlie, era uma amante de filmes, culpa da vovó Norma. Charlie tem os olhos castanhos do pai e o nariz arrebitado da mãe, e ela os vê toda vez que encara o espelho. Eles sempre estão com ela, o que ajuda muito a diminuir a dor da perda.

Mas Maddy era completamente diferente. Tão diferente e exótica para Charlie quanto uma flor tropical que cresce no deserto. Viva, linda e rara. É por isso que a perda dela dói mais e porque Charlie se sente culpada. Nunca mais encontrará outra Maddy.

— Por que você me contou essa história? — pergunta ela a Josh.

— Porque eu queria que você me conhecesse.

— Para que eu passe a confiar em você?

— Talvez — diz Josh. — Deu certo?

— Talvez — responde Charlie.

Josh aciona os limpadores, tirando dali a neve acumulada, e então muda para uma marcha mais leve, ajudando a subir a ascensão lenta, porém constante, da rodovia.

Charlie conhece essa parte da estrada.

Poconos.

O lugar onde Maddy nasceu e foi criada.

O lugar do qual ela quis escapar.

Eles passam por um outdoor desbotado que anuncia um daqueles grandes resorts de lua de mel que foram febre nos anos 1950 e 1960. Esse é decididamente rústico. Com paredes feitas de madeira e um telhado de ardósia verde, parece uma grande cabana de madeira. Chama-se Pousada Oásis da Montanha. Ou costumava se chamar assim. Um notável banner branco com letras pretas foi colado em cima da imagem da pousada.

APROVEITE NOSSA ÚLTIMA TEMPORADA!

A julgar pelo estado — desbotado e desgastado nas pontas, embora não tanto quanto o resto do outdoor —, Charlie presume que a última temporada do resort terminou muitos verões atrás.

A avó de Maddy tinha trabalhado em um lugar como aquele até que ele faliu no fim dos anos 1980. Maddy encheu Charlie de histórias de quando visitava a avó no trabalho — correndo por salões de festa vazios, esgueirando-se para quartos desocupados, jogando-se nas camas com tetos espelhados e entrando em banheiras gigantes em formato de coração.

Espalhafatoso.

Foi como Maddy descreveu o lugar.

— Tentava tanto ser sexy, mas, tipo, era o pior e mais pobre tipo de sexy. A versão hoteleira daquelas calcinhas que têm uma abertura.

Não tinha sido sempre assim, Charlie sabia. Maddy também tinha lhe contado sobre a região de Poconos que existiu algumas gerações antes de elas terem nascido. Naquela época, estrelas de cinema frequentemente cruzavam a curta distância de Nova York para passar alguns dias pescando, escalando e andando de barco, papeando com casais da classe trabalhadora da Filadélfia, de Scranton e de Levittown. Maddy tinha lhe mostrado uma foto da avó posando ao lado da piscina com Bob Hope.

— Ela também conheceu o Bing Crosby — disse Maddy. — Mas não no mesmo dia. Isso, sim, teria sido a cereja no topo do bolo.

Charlie suspira e olha pela janela, as árvores passando como borrões cinzas.

Como fantasmas.

Isso a faz pensar em todas as pessoas que morreram nessa rodovia. Pessoas como seus pais. Mortas em explosões de vidros. Queimadas em destroços flamejantes. Esmagadas embaixo de toneladas de metal torcido. Agora seus espíritos estão presos aqui, assombrando o acostamento da estrada, forçados a passar a eternidade assistindo aos outros dirigirem para destinos aos quais eles não conseguiram chegar.

Ela suspira novamente, alto o suficiente para Josh perguntar:

— Você está ficando enjoada de novo?

— Não, eu só...

Charlie para de falar, as palavras engasgadas na garganta como uma bala que foi engolida inteira.

Ela nunca disse a Josh que estava enjoada.

Não de verdade.

Aquilo foi um de seus filmes, um do qual mal se lembra agora que sabe que não aconteceu de verdade. A polícia estadual passando pela direita. As baforadas de Charlie embaçando a janela. O dedo indicador deslizando pelo vidro.

Mas, se não aconteceu de verdade — se tudo aconteceu na sua cabeça — como Josh sabe disso?

A mente de Charlie começa a girar, fazendo *clique* como um projetor de filmes antigos, e exibe um pensamento. Um que deveria ter chegado muito antes.

Come As You Are tinha acabado de começar a tocar antes de ela entrar naquele filme mental longo e vívido e ainda estava tocando quando ela acordou.

Faz sentido. Charlie tinha lido uma vez que sonhos que parecem durar horas podem acontecer em questão de minutos, e ela presume que o mesmo serve para os seus filmes. A música começou, o filme se desenrolou nos pensamentos e, quando acabou, *Come As You Are* ainda estava tocando.

Mas, quando Charlie voltou do suposto filme mental para a realidade, o que tinha ouvido ainda era o começo da música. O que com certeza não faz sentido, em especial porque Josh disse que ela tinha viajado por mais de cinco minutos.

E então há também a distância que eles percorreram durante aquele tempo. No mapa da última parada, seria a distância equivalente ao seu dedo indicador, o que, em escala real, significaria muitos quilômetros. Muito mais chão do que uma única música poderia dar conta, ainda mais alguns segundos.

O que significa que a música não tinha continuado.

Josh tinha de fato desligado o rádio.

Charlie o viu fazer isso. Não tinha sido coisa da sua cabeça, como ele a fez acreditar. Foi real. *Aconteceu.*

E, se aquilo era verdade, então o que veio logo em seguida também poderia ser. Incluindo o jogo de vinte perguntas.

Vamos jogar um jogo, tinha dito Josh.

Talvez aquelas perguntas não fossem apenas fruto da imaginação dela. Talvez não tenham sido só um diálogo da sua cabeça.

Há uma possibilidade de que ela realmente as tenha *falado*. O que significa que também há uma possibilidade de Josh tê-las respondido até que ela afunilou as possibilidades para um único objeto que, à primeira vista, parece muito inocente, mas que no contexto certo é aterrorizante.

Um dente.

— Você só o quê? — pergunta Josh, lembrando a Charlie de que ela não chegou a terminar a frase.

— Estou cansada — diz ela. — Muito cansada.

As palavras borram a janela. Só um pedacinho. Naquela pequena parte embaçada no vidro, Charlie consegue distinguir o que parece ser uma letra.

Seus olhos se arregalam.

Em choque.

Com medo.

O coração faz o oposto. Contrai, encolhendo-se dentro do peito como uma tartaruga voltando para o casco, tentando evitar o perigo que sente se aproximar. Mas Charlie sabe que é tarde demais. O perigo já está aqui.

Ela confirma isso ao dizer duas outras palavras, pesando a entonação nas sibilantes.

— Só exausta.

A parte embaçada da janela cresce. Um círculo cinza em expansão.

Dentro, claramente escrita pelo seu dedo trêmulo, há uma única frase. Ao contrário. Legível para alguém que estivesse do lado de fora, olhando para dentro.

SOS!

———
– – – –
———

CENA INTERNA
PONTIAC GRAND AM — NOITE

Charlie encara a frase, o olho direito tremendo, como se já não quisesse mais olhar para lá. É o tremelique que lhe diz que esse não é um de seus filmes.

Mas isso não a impede de torcer, desejar, rezar, implorar para que esteja errada. Se há uma única chance do que está vivendo não ser real, a hora é essa. Mas a neve ainda está caindo no para-brisa, e os limpadores ainda estão em movimento, e Josh ainda está ao volante, e o círculo borrado na janela ainda está diminuindo, e a frase ainda está no vidro, e Charlie sabe que tudo isso é real.

Sempre foi.

Josh mentiu para ela. Sobre tudo.

E ela permitiu. Droga, ela o ajudou. Ao duvidar de si mesma. Ao parecer descaradamente frágil. Ao deixá-lo acreditar que podia fazer e dizer qualquer coisa que ela acreditaria. É literalmente o enredo de um filme.

À Meia-Luz.

Mesmo tendo o visto incontáveis vezes, isso não a impediu de cair nele na vida real. Se não estivesse tão aterrorizada, estaria furiosa. Mas a raiva dá lugar ao medo. Porque Charlie só consegue pensar em um único motivo para que Josh fizesse algo assim.

Ele é o Assassino do Campus.

Não "poderia ser". Não "talvez seja".

Ele simplesmente *é*. Charlie não tem mais nenhuma dúvida disso agora. Sua intuição, que até agora tem sido uma melhor guia que sua racionalidade, lhe diz que ele tem que ser. Ele sabe do dente, o que, na cabeça dela, agora é o suficiente para incriminá-lo. Também há o fato de que ele disse ter morado próximo ao campus nos últimos quatro anos, exatamente durante o período em que o Assassino do Campus esteve ativo.

Angela Dunleavy. Quatro anos atrás.

Taylor Morrison. Dois anos e meio atrás.

Madeline Forrester. Dois meses atrás.

Esfaqueadas. Assassinadas. Um dente arrancado como troféu para o assassino.

Charlie não tenta se enganar dizendo que ele não vai fazer o mesmo com ela. Ele vai. É o motivo pelo qual ela está aqui. Essa não é uma coincidência do destino. Por parte de Josh, foi intencional. Ele a procurou e a encontrou.

Talvez ele tente ir atrás de você.

E ele veio.

O pior é que Charlie facilitou muito. Tudo que ele precisou fazer foi aparecer no painel de caronas, dar aquele sorriso de estrela de cinema e se oferecer para tirá-la de perto da dor e da culpa. Charlie fez todo o resto.

Ela considera a possibilidade de que teria acontecido de qualquer jeito, de que, em algum momento, terminaria nesta exata situação não importa o que tivesse feito. Mais cedo pensou que merecia isso. Talvez o destino concordasse e tivesse planejado tudo. Vingança por Charlie não ter conseguido salvar Maddy.

O importante agora não é como aconteceu ou por quê. É que Charlie precisa arrumar um jeito de sair dessa situação. Se é que há um jeito. Ela suspeita que é assim que um rato deve se sentir quando percebe que a armadilha começa a fechar. Tarde demais para correr. Tarde demais para mudar seus atos. Tarde demais mesmo para desfazer seu próprio estrago. Só uma aceitação sombria logo antes da ruptura.

— Você ficou quieta de novo — diz Josh, agindo todo inocente. Como se não tivesse nada de errado. Como se não fosse um completo monstro. — Tem certeza de que não está ficando enjoada?

Charlie não se sente bem, embora o carro não tenha nada a ver com isso. Mas não é um problema deixar que Josh pense assim. É melhor do que ele achar que ela sabe de todas as coisas terríveis que ele fez, que ela está morrendo de medo desse conhecimento, que a deixou com tanto medo que ela não acredita que ainda não vomitou.

Mesmo assim, uma parte ousada e perigosa dela quer lhe contar que sabe quem ele é e o que fez. Não restam dúvidas de que Josh está se divertindo às suas custas. As mentiras. A música. As cantadas. Tudo porque ele acha divertido brincar com as emoções de Charlie. Por que não expor a verdade e tirar esse prazer dele?

Porque, do contrário, não haverá nada para fazer além de matá-la.

Charlie teme — com um forte medo que pensava não ser possível — que Josh a atraiu para o carro e a rodovia porque facilita as coisas para ele. Tudo que precisa fazer é conduzir o veículo ao acostamento, dilacerar o pescoço dela e jogá-la para fora. Ele nem mesmo teria que desligar o carro. E, quando alguém visse Charlie sangrando até a morte na pista, Josh estaria a quilômetros de distância.

A parte assustada e racional dela sabe que é melhor não revelar nada.

A coisa mais esperta, corajosa e cautelosa a se fazer é fingir que não sabe de nada. Talvez ele não tentará machucá-la até que ela tenha certeza de quem ele realmente é. Talvez seja paciente e tenha jurado esperar o tempo que fosse necessário. Talvez Charlie possa fingir por tempo suficiente para fugir.

Mas para onde?

Esse é o problema.

Não tem para onde fugir. Estão no meio de Poconos, sem nenhum outro carro à vista. O Grand Am acelera na faixa central da rodovia, a quase 110 quilômetros por hora, apesar da neve. Charlie sabe que não pode saltar do carro, não importa que a mão esteja de volta à maçaneta da porta e que as pernas estejam tremendo tanto quanto o olho e que o coração murcho e apavorado de Charlie pareça estar lhe implorando para fazer isso a cada batida desesperada.

Ela diz a si mesma que Josh não pode machucá-la quando estão indo tão rápido assim.

Ela diz a si mesma que, enquanto o carro estiver em movimento, está segura.

Ela diz a si mesma que, quando o Grand Am começar a desacelerar — e vai acontecer em algum momento, tem que acontecer —, ela vai saltar e sair correndo como deveria ter feito no pedágio.

— Você me ouviu? — pergunta Josh, insistente. — Perguntei se você tem certeza de que não está ficando enjoada.

Charlie se senta completamente ereta. Deveria dizer alguma coisa. Não, ela *precisa* dizer alguma coisa. Mas a língua está imóvel na boca, inútil. Após alguns segundos de dificuldade, consegue balbuciar uma palavra.

— Sim.

— Não acredito em você. — Ela quase solta um riso debochado. O sentimento é recíproco. Mas então Josh diz: — Vamos sair da rodovia.

E o riso que estava no fundo da garganta de Charlie definha.

— Por quê? — pergunta ela.

— Para procurar um lugar para comer.

— Não estou com fome.

— Mas eu estou — diz Josh. — E acho que um pouco de comida vai te fazer bem.

Charlie sabe que é uma cilada e que o inevitável chegou. O momento para o qual estavam caminhando desde que ela entrou no carro.

Uma rampa de saída aparece, e Josh passa o carro à faixa da direita. Charlie diz a si mesma para se manter calma.

Não deixar que ele perceba que ela sabe.

Se conseguir fazer isso, então talvez fique bem.

Mas Charlie não tem certeza se *consegue* fazer aquilo. Não com o Grand Am indo em direção à rampa de saída e entrando em uma estrada bem diferente da Interestadual. Assim que passarem pelos postos de gasolina concorrentes e um Burger King fechado próximo à rampa, estarão em apenas duas faixas pavimentadas que cortam as montanhas repletas de árvores, tudo escuro até onde a vista alcança. Não há outros carros naquela estrada. São só eles, as árvores, a noite escura e a neve que está parando de cair.

Charlie fica tensa quando vê uma placa informando o nome da estrada pela qual eles trocaram a rodovia.

Estrada do Rio Morto.

Não é o nome de um lugar aonde alguém iria por vontade própria. Para Charlie parece o nome de um lugar aonde as pessoas evitam ir. Um lugar frequentado só por perdidos ou despreocupados.

Mas Josh não parece perdido. Parece saber exatamente aonde estão indo, dirigindo o carro com confiança por entre a floresta, os faróis iluminando as árvores que protegem as laterais da estrada. Charlie acredita que é porque ele já tem um destino escolhido. Ele fez o dever de casa.

Agora ela sabe que é hora de entrar em ação e que enfim deveria saltar do carro. Mas o medo, aquela coisa pesada e complicada, prende-a no banco.

Charlie se questiona se Maddy passou por essa mesma situação dois meses antes. Espera que não. Espera que Maddy não tivesse ideia do que estava prestes a acontecer, que seus últimos momentos tenham sido tão grandiosos e cheios de vida como ela era.

— É melhor voltarmos — comenta Charlie, sua voz robótica por estar tentando impedir que o medo transpareça. — Não tem nada aqui.

— Tem, sim — diz Josh. — Vi uma placa de um lugar lá atrás na rodovia.

A única placa que Charlie se lembra de ter visto foi o outdoor daquela pousada que não funciona mais.

— Está tarde — diz ela. — Provavelmente deve estar fechado.

Josh continua a focar a estrada, os antebraços rígidos e os dedos firmes ao redor do volante.

— Talvez ainda esteja aberto.

Charlie continua discordando, porque é tudo que lhe resta fazer agora, mesmo estando claro que Josh não lhe dará atenção.

— Já está tão tarde, e já desperdiçamos tanto tempo, e só quero ir para casa.

Sua voz falha na última palavra. Deu para notar um pouco de tristeza.

Casa.

Vovó Norma está lá agorinha mesmo, provavelmente à sua espera. Charlie a imagina no sofá, vestindo roupão e camisola, tomando uísque, os óculos refletindo um musical de Busby Berkeley na TV. O pensamento faz seu coração falhar assim como aconteceu com sua voz.

Aproximando-se daquela dor desesperada, há uma grande necessidade de lutar. O que é uma surpresa para Charlie, que tinha passado grande parte dessa viagem pensando apenas em fugir.

Mas lutar talvez seja sua única escolha.

Machucar Josh antes que ele a machuque.

Charlie olha para a mochila que está aos seus pés. Dentro dela há coisas que normalmente se encontraria dentro de uma bolsa. A carteira, uma muda de roupas, lenços e chicletes. O que falta é o spray de pimenta que a vovó Norma tinha lhe dado quando Charlie entrou na Olyphant. Mas o tinha perdido há mais de um ano e não pensou em comprar outro. Tudo que sobra como autodefesa são as chaves, as quais chacoalham no fundo da mochila quando Charlie a pega.

Ela abre a mochila e enfia a mão, procurando as chaves. Não são muita coisa. Com certeza não tão boas quanto spray de pimenta. Mas, se segurá-las entre os dedos com as partes serradas para fora, estilo Freddy Krueger, talvez consiga se defender de um ataque de Josh.

Não que Josh pareça estar prestes a atacar. Calmo atrás do volante, aponta para o horizonte, onde uma leve claridade elétrica ilumina o céu. Em questão de segundos, uma lanchonete aparece. Uma que é tão tradicional que Charlie pensa que poderia ser confundida com um set de filmagem.

Tábuas cromadas preenchem a parte que fica embaixo das grandes janelas de vidro, atrás das quais se veem bancos vermelhos e mesas azuis.

Uma placa está pendurada na porta da frente — letras em vermelho e preto que lhes dizem que, sim, estão abertos. Há outra placa no telhado. Neon. Informa o nome do estabelecimento. A Chapa do Horizonte. O "h" na última palavra pisca ligeiramente, como se até ele soubesse que não faz diferença.

— Eu te disse que tinha um lugar aberto — diz Josh, entrando com o Grand Am no estacionamento. — Você precisa confiar mais nas pessoas, Charlie.

Charlie, atenta, acena com a cabeça, sabendo que deveria fazer o oposto. Confiar nas pessoas foi o que a colocou nessa situação. Uma boa dose de precaução teria ajudado a evitá-la por inteiro.

Conforme Josh entra no estacionamento, Charlie estuda a situação. Ela está perplexa. Por motivos que nem consegue começar a explicar, Josh a trouxe para um lugar onde pode pedir ajuda.

— Pronta para comer? — pergunta ele. — Não sei você, mas eu estou com muita fome.

Eles saem do carro, Josh alguns passos à frente. Enquanto atravessam o estacionamento, Charlie se agarra à mochila e pondera o que deve fazer em seguida. Faria sentindo pôr um fim às coisas agora mesmo. Entrar de uma vez na lanchonete e berrar que Josh está tentando matá-la, que já matou antes e que continuará matando até que alguém o pare.

Há outros três carros ali. Uma picape preta da Ford, um compacto e um Cadillac DeVille azul-claro que está amassado na porta do motorista. Ela se pergunta se o motorista de algum deles seria capaz de conter Josh. Ele é um cara grande. Forte. Será necessário alguém igualmente grande e forte para dominá-lo, e Charlie duvida que o motorista do carro compacto e o do Cadillac sejam páreos para a missão. Então só sobra o da picape.

Se ele acreditar nela.

Charlie sabe muito bem que irromper na lanchonete gritando sobre um serial killer provavelmente fará as pessoas pensarem que ela é problemática. Vão achar que ela está bêbada, ou que não bate bem da cabeça ou uma combinação dessas duas coisas, assim como aconteceu com a mulher do banheiro da parada. Charlie se lembra da forma como ela a olhou. Tão descrente, tão sem vontade de ajudar. Não há nada que lhe garanta que com os funcionários e frequentadores d'A Chapa do Horizonte não acontecerá o mesmo. Charlie tem certeza de que está com a mesma expressão de desespero e desequilíbrio com a qual estava na parada. Isso talvez faça com que seja difícil convencer alguém a ajudá-la. As pessoas não querem acreditar que um ser humano como elas é capaz de tamanha crueldade desumana. Querem acreditar que todos que encontram são como elas.

Legais.

Foi isso que Charlie pensou sobre Josh quando se conheceram no painel de caronas. Droga, foi o que ela pensou na última parada, quando ele pegou um floco de neve com a língua, e ela decidiu que entrar no carro com ele — de novo — seria a coisa mais inteligente a se fazer.

Ela estava enganada.

Assim como poderia estar enganada por achar que ninguém na lanchonete vai acreditar nela.

Mas, caso ninguém acredite — caso eles a olhem do mesmo jeito que fez a mulher no banheiro da parada —, então tudo que Charlie terá conseguido é mostrar a Josh que ela sabe que tipo de pessoa ele é.

Não do tipo legal. Embora esteja fazendo algo legal agora ao segurar a porta da lanchonete para ela.

Enquanto anda em direção à porta, Charlie percebe que a melhor decisão — uma mais esperta, corajosa e cautelosa — está fora da lanchonete, bem ao lado do estabelecimento, a alguns passos do canto direito.

Um telefone público. Se Deus quiser, está funcionando.

Charlie pode pedir licença, ir lá fora e ligar para a polícia, que vai ter que acreditar nela. É o trabalho deles. Algum policial será mandado à lanchonete, e Charlie estará do lado de fora, esperando, pronta para contar a eles tudo que sabe de Josh. Se ainda acharem que ela está mentindo, e Josh enganá-los como fez com ela, terá que fazer uma cena. Fazê-los pensar que está bêbada ou que é louca. Uma cela de cadeia e uma passagem por desordem pública são bem melhores do que o que Josh tem planejado.

Ela se decidiu.

O telefone público é a solução.

Tudo que precisa fazer agora é se afastar de Josh por tempo suficiente para fazer a ligação.

— — — — —

CENA INTERNA
LANCHONETE — NOITE

A lanchonete está quase vazia. Há apenas uma garçonete, um cozinheiro fora de vista na parte de trás e um casal em uma mesa perto da janela. O casal — um homem e uma mulher de uns vinte e tantos anos — está com uma aparência bêbada estampada no rosto, o que não será de grande ajuda para Charlie.

O mesmo serve para a garçonete, que parece ter passado dos sessenta há muito tempo. Ela usa o cabelo em um coque e batom rosinha, e seus braços marcados pela idade parecem dois gravetos saindo pelas mangas do uniforme verde-menta.

— Podem se sentar onde quiserem — diz ela enquanto arruma as tortas dentro do expositor próximo à porta. — Estarei lá em um minutinho.

Charlie se move para o lado esquerdo da lanchonete, onde está o casal, na esperança de se sentar à mesa ao lado da deles. Há segurança nos números. Mas a mulher escolhe aquele momento para soltar uma gargalhada bêbada, mandando Josh para uma mesa no fim do canto oposto, perto da jukebox encostada na parede. Charlie não tem outra escolha que não seja acompanhá-lo.

Ela continua de casaco quando desliza para o banco em frente ao de Josh. Como logo vai sair para fazer uma ligação, não vê por que tirá-lo. Também tem a vantagem de que, assim como a capa de um toureiro, seu vermelho-vivo chamou a atenção das outras pessoas. Normalmente Charlie odeia sentir que está em destaque, mas agora está grata pela atenção. Se todos estão olhando para ela, então Josh terá que se comportar muito bem.

Aquele momento favorável para Charlie dura apenas alguns segundos. Porque, assim que se situa, ela olha pela janela, e seu coração afunda no estômago, que afunda no chão da lanchonete.

O telefone público está bem do lado de fora.

Logo do outro lado do vidro.

Bem no campo de visão de Josh.

A centímetros dele.

Charlie respira fundo, tentando se manter calma. Talvez devesse mudar de ideia e fazer uma cena de qualquer jeito. Ela dá mais uma rápida estudada no resto da lanchonete. O casal no lado oposto está vestindo casacos e colocando luvas, claramente se arrumando para ir embora. A mulher — a mais bêbada dos dois — fica com o cabelo preso no cachecol e solta uma outra gargalhada.

— Vocês estão em condições de dirigir, queridos? — pergunta a garçonete quando os dois passam por ela no caminho para a porta.

— Estamos bem — responde o homem.

— Como quiserem — diz a garçonete. Baixinho, ela acrescenta: — Mas, se baterem a porcaria do carro numa árvore, não digam que não avisei.

Charlie assiste à garçonete assistir ao casal entrar no carro compacto estacionado lá fora e então à saída deles. Ela respeita a maneira como a mulher está cuidando dos outros. Aquela preocupação palpável talvez seja necessária caso Charlie decida desistir do telefone público e pedir ajuda logo.

A garçonete fecha o expositor de sobremesas e liga um interruptor. Como se fosse uma vitrine à época do Natal, o expositor se ilumina, os três andares de tortas rodando devagarinho lá dentro. Pegando dois cardápios, a garçonete, então, dirige-se à mesa deles.

Charlie sente que a conhece, mas não sabe de onde. Como quando vê uma atriz numa série e então passa o resto da noite tentando pensar no que mais essa atriz fez. Charlie acha que é porque ela é um estereótipo em carne e osso dessas garçonetes de filmes, tanto que apoia o lápis atrás da orelha.

Ainda assim, Charlie repara no crachá dela.

Marge.

— O que vocês vão querer beber, crianças? — pergunta ela, rouca como um fumante.

Josh pede uma Coca e um café. Charlie pede uma xícara de chá quente.

— Pelando, por favor — diz ela, pensando no futuro, imaginando um cenário em que precise jogar o chá na cara de Josh para poder fugir rapidamente.

Marge, claramente uma profissional, não precisa anotar esse detalhe.

— Quente como o inferno — diz ela. — Já trago para vocês.

Ela sai, deixando que eles leiam o cardápio, protegido por um plástico que lembra Charlie do documento na carteira de Josh. Embora suspeite que seja, na verdade, a carteira de Jake. Assim como o jogo de vinte perguntas, ela já não acredita que foi coisa de um de seus filmes. É mais provável que Josh tenha trocado as carteiras de motorista em algum momento, provavelmente enquanto conversava com a atendente do pedágio. Ele é esperto. Ela tem que admitir.

Ela precisa ser mais esperta.

— O que você vai comer? — pergunta Josh.

Charlie olha o cardápio, o estômago embrulhando com a ideia de comer. Mas ela precisa pedir algo, para não deixar que Josh perceba alguma coisa. Decide pedir uma porção de batata frita, pensando que talvez consiga se forçar a comer caso seja necessário.

Marge volta, colocando uma xícara em frente a Charlie, a água do chá ainda agitada, como se tivesse acabado de ser fervida. Em seguida, vêm um sachê da Lipton, uma fatia de limão em uma pequena tigela e dois potes de creme.

— O açúcar está lá nos condimentos — diz ela. — E tome cuidado, querida. Não se queime.

Charlie abre o pacotinho e coloca o sachê na água. A xícara está fervendo tanto que até a asa está quente. Mesmo assim, Charlie a segura por ali, o calor contra a pele sendo a única coisa que a impede de levantar a xícara e arremessar o conteúdo em Josh.

Ela imagina a cena. Mais uma fantasia do que um de seus filmes. O chá voando. Josh gritando, então se encolhendo e caindo do banco enquanto Charlie corre. A fantasia chega ao fim quando Marge volta com as bebidas de Josh e diz:

— Então, o que vai ser?

— Só uma porção de batata frita, por favor — pede Charlie.

Marge pega o lápis atrás da orelha e tira um caderninho de anotações do bolso fundo de seu avental.

— Um pouco de molho para acompanhar?

— Só a batata mesmo.

Marge olha para Josh.

— Sua vez, bonitão.

— Qual é o prato do dia? — pergunta ele, ainda estudando o cardápio.

— Bife à Salisbury — informa Marge.

Josh entrega o cardápio a ela.

— Parece bom.

— Claro que sim, docinho — diz Marge antes de partir com uma piscadela.

Ela desaparece pela porta de vaivém com uma janela circular que fica nos fundos da lanchonete. Pela janela, Charlie consegue ver o coque de Marge balançando enquanto ela dá ordens ao cozinheiro invisível.

São só ela e Josh agora, sozinhos de novo.

— Esse lugar precisa de um pouco de música — diz Josh enquanto desliza para fora do banco e anda em direção à jukebox. É velha e grande, como a da série *Dias Felizes*. Josh coloca algumas moedas e escolhe suas músicas.

A primeira é de Don McLean.

American Pie.

Quando ele volta para a mesa, Charlie sabe que é hora de entrar em ação. Ela tinha um plano. Precisa colocá-lo em prática. Pegando a mochila, aponta para o telefone público do lado de fora da janela.

— Vou ligar para o meu namorado rapidinho — diz ela. — Ele pediu para eu dar sinal de vida na estrada. Já volto.

Ela desliza para fora do banco e vai em direção à porta, forçando-se a ir devagar e não parecer ansiosa demais. Josh a está observando. Ela sabe. Ele tem feito isso a noite toda. Observando-a mesmo quando parece não estar. É como ele tem conseguido prever todos os seus movimentos.

Mas isso vai acabar logo, logo.

Agora ela está prestes a escapar.

CENA EXTERNA
LANCHONETE — NOITE

Charlie se corrige assim que está do lado de fora.

Não está prestes a escapar. Ela já fez isso. Saindo pela porta e indo ao telefone público. Tudo que lhe resta é ligar para a polícia, pedir que venham logo e esperar esses poucos minutos do lado de fora.

Charlie vira no canto da lanchonete e para em frente ao telefone. Josh está sentado logo do outro lado da janela, bebendo café, sem nem mesmo olhar para ela.

Ótimo.

Ela tira o telefone da base, ouvindo o zumbido constante de linha. Então pausa, sem saber o que fazer em seguida. Nunca tinha ligado para a polícia de um telefone público. Será que precisa colocar moedas? Precisa ligar para um operador? Ou só disca o número e torce para que alguém atenda?

Com o sinal da linha ainda fazendo um barulho insistente, escolhe a última opção.

Ela aperta o 9.

Ela aperta o 1.

Ela aperta o 1 mais uma vez, lançando um olhar nervoso para a janela.

A mesa está vazia.

Josh não está mais lá.

O coração de Charlie para ao mesmo tempo em que o outro lado da linha faz um leve clique. Uma operadora aceitando sua ligação. Mas, para Charlie, é o som do medo colocando as garras nela.

— Nove-um-um, qual é a emergência? — pergunta a operadora.

Charlie fica em silêncio. Em parte porque está morrendo de medo e em parte porque sente que há alguém por perto, parado no canto da lanchonete, assustadoramente perto.

Josh.

Charlie bate o telefone na base no momento em que Josh aparece no canto da lanchonete.

— Algum problema? — pergunta ele.

Charlie se força a responder. Não tem escolha. Tentando manter um tom de voz calmo com tudo que lhe resta, ela diz:

— Disquei o número errado.

— Você não sabe o número do seu namorado?

— Meu dedo escorregou — explica ela com um dar de ombros que diz "sou estabanada".

— Não vai tentar de novo?

Charlie levanta a mochila.

— Não tenho mais moedas.

— Deixa comigo. — Josh enfia a mão no bolso e tira de lá um monte de moedas, que passa para ela. Charlie as pega, mesmo que o toque da pele de Josh cause uma retração interna que ela espera que continue assim.

Permaneça esperta.

Permaneça corajosa.

Permaneça cautelosa.

— Valeu — diz ela, as moedas quentes na palma da mão. Tão quentes que parecem carvão, brilhando em laranja. Ela resiste à vontade de deixá-las cair no chão.

— Vai lá. Liga para ele. — Josh aponta o telefone público com a cabeça. — Esqueça que estou aqui. Só vim tomar um pouco de ar fresco.

Agora Charlie tem que ligar para Robbie. Não tem escolha. Se discar 911, Josh vai ouvir cada palavra que disser e pode muito bem garantir que ela não esteja mais aqui quando a polícia chegar. Ela sabe como é pequena, como é frágil. Josh nem teria que se esforçar para pegá-la e arrastá-la de volta ao Grand Am. Ou pior, ele poderia só esfaqueá-la bem ali, no estacionamento. Pôr fim àquilo com apenas algumas facadas, arrancar um dente dela e desaparecer.

Charlie aperta rápido os botões, usando a memória muscular para pressionar os números. Porque é claro que sabe o número de Robbie de cabeça. Josh está certo sobre isso. Ela não erraria nem mesmo se tentasse.

Pelo fone, ela escuta uma voz gravada que a orienta a inserir 75 centavos. Charlie faz isso, os dedos tremendo tanto que é difícil colocar uma moeda no compartimento, quem dirá três. Com as moedas inseridas, cada uma caindo com um barulho metálico no fundo do telefone, a ligação começa a chamar.

Um toque.

Charlie olha para Josh, que se afastou alguns passos. Encostado no canto da lanchonete, está com as mãos enfiadas nos bolsos.

Dois toques.

Josh lhe lança um olhar, sorri e então olha para o céu.

Três toques.

Josh começa a assobiar. Um barulho leve e impaciente. Ouvi-lo faz com que ela pense no tio Charlie de *A Sombra de uma Dúvida*. Ele também assobiava. Uma melodia diferente da de Josh, mas tão angustiante quanto.

Robbie atende no quarto toque, balbuciando um "oi" bêbado.

— Ei, sou eu. — Charlie sabe que sua voz está descompassada. Trêmula. Um pouco baixa demais. — Só estou ligando da estrada.

— Como está a viagem? Está um mar de rosas, querida?

Charlie olha de relance para Josh. Embora pareça que ele não está prestando atenção, ela sabe que está. O assobio parou.

— Na verdade, houve uma curva do destino.

— Engraçadinha — diz Robbie.

— Estou falando sério — diz Charlie, soando o oposto de séria. Porque precisa. Porque sabe que Josh está prestando atenção em cada palavra. — Saímos da rodovia.

— Não estou entendendo — diz Josh. — Onde você está? O que está acontecendo?

— Não posso falar muito. Só queria dizer oi.

— Charlie, preciso que você me conte o que está acontecendo. — Parece que Robbie está em pânico agora. Dá para perceber em cada palavra que ele diz. — Só me dê uma dica.

— Ah, sabe como é, estávamos na estrada, ficamos com fome e decidimos sair da rodovia — diz Charlie, fingindo um sorriso que espera que dê para sentir em sua voz, como Robbie faz. Não por causa dele. E com certeza não pela sua.

É por causa de Josh, que voltou a olhar para o céu, as mãos ainda nos bolsos.

— Onde? — pergunta Robbie. — Você pode me contar?

— Em Poconos. Estamos numa lanchonete muito fofa. Chama A Chapa do Horizonte.

Ela espera que Robbie esteja anotando tudo. Ou pelo menos gravando na memória. E que, assim que ela desligar, ele ligue para a polícia.

— Você consegue sair daí? — pergunta ele.

— Ainda não. Nossa comida está quase pronta.

— Merda. — Robbie para de falar, perdido. — Como posso ajudar? Diga o que preciso fazer.

Charlie não sabe como responder. Seus códigos acabaram. Eles não pensaram além disso porque, sério mesmo, tudo não passava de uma piada. Só algo em que Robbie tinha pensado para amenizar a dor da despedida. Mas agora a sua vida talvez esteja literalmente dependendo do que ela dirá em seguida.

— Você deveria ver um filme — diz ela. — *A Sombra de uma Dúvida*.

Ela espera que Robbie pegue a deixa. Ele já viu esse filme, é claro. Ela o fez assistir no primeiro mês de namoro, para que entendesse o porquê de ela ter aquele nome. Agora torce para que ele entenda que a história do filme está se tornando realidade. A vida imitando a arte da pior maneira possível.

— Devo chegar em casa daqui a umas quatro horas — diz ela, dessa vez inteiramente para Josh. Um lembrete não muito sutil de que o namorado espera que ela esteja em casa em certo horário e que vai ficar preocupado caso não esteja. — Ligo para você quando chegar lá.

— Charlie, espere…

Ela desliga antes que Robbie possa dizer qualquer coisa, incapaz de vê-lo parecer tão desesperado e perdido. Também queria evitar uma despedida chorosa. Ela não dirá suas últimas palavras esta noite. Não se conseguir evitar.

— Terminou? — pergunta Josh.

Charlie faz que sim com a cabeça.

— Que bom. Está congelando aqui fora. — Josh lhe abre aquele sorriso perfeito. — Não quero que você morra de frio.

— — — — —

CENA INTERNA
APARTAMENTO DO ROBBIE — NOITE

Robbie ainda está segurando o telefone, embora um minuto inteiro tenha se passado desde que Charlie desligou na cara dele. Um presente de aniversário que ganhou dos pais há pouco tempo, um daqueles sem fio novos e caros que pensava ser inútil. Mas agora Robbie entende para que serve. Permite que ele ande pelo quarto livre de fios enrolados.

E andar é o que ele faz.

De um lado para o outro.

De um lado para o outro.

Com força suficiente para deixar marcas no carpete caso andasse por bastante tempo, caso não fizesse nada. Mas ele sabe que essa não é uma opção. Ele *tem* que fazer alguma coisa.

Então aperta o botão que disca o último número que lhe ligou.

Continua andando enquanto o telefone toca.

De um lado para o outro.

De um lado para o outro.

Cinco minutos atrás, estava dormindo feito pedra, perdido num sonho do qual não se lembra mais.

Então o telefone que estava na mesa de cabeceira tocou, fisgando-o de volta à realidade como um anzol. Ele levou um bom tempo para atender, ressentido pelo telefone tê-lo acordado, mesmo sabendo que era provável que fosse Charlie ligando da estrada, como ele havia pedido. Estava tentado a ignorá-la e só deixar o telefone tocar. Porque Charlie estava certa. Eles estavam indo de Nova Jersey a Ohio. Uma das viagens mais tediosas deste país.

Mas esse não foi o único motivo pelo qual Robbie demorou a atender. Charlie o tinha abandonado, afinal. Não oficialmente. Mas Robbie sabe que é isso que está acontecendo. Uma separação longa, demorada e dolorosa, o contrário de um término justo. E ele passou o resto da noite sentindo tristeza e pena de si mesmo por causa disso.

Quando o telefone tocou, e ele achou que fosse Charlie, uma parte mesquinha e machucada de si não queria atender. Ele pensou que, se deixasse o telefone tocar, Charlie talvez pensasse que ele não estava em casa, que estava em algum dos muitos bares que ficam no campus, conversando com uma das muitas estudantes dispostas a ir para casa com ele. E que, caso ela pensasse assim, ficaria com ciúme. E que, caso estivesse com ciúme, então talvez também começasse a sentir saudade dele. E que, caso sentisse saudade suficiente, então talvez decidisse voltar para ele.

Robbie acabou atendendo — como sabia que faria.

Charlie era especial demais para ser ignorada.

Então ele pegou o telefone e disse oi, preparando-se para uma rápida chamada e talvez algum papo furado constrangedor. Ele com certeza foi pego de surpresa. Aquele código horrível que tinha inventado como uma forma de fazer piada.

Houve uma curva do destino.

Primeiro, pensou que Charlie estava brincando. Um pouco de humor baseado em cinema, para mostrar que ela ainda o amava e que ainda estava pensando nele. Mas, então, Charlie disse "Estou falando sério" e tudo mudou.

Então agora ele está aqui, andando.

De um lado para o outro.

De um lado para o outro.

Enquanto isso, o telefone continua tocando, e ele continua esperando que Charlie atenda e lhe diga que tudo não passou de uma brincadeira, que está tudo bem, que está um mar de rosas, querido.

Quando o quinto toque continua sem resposta, Robbie desliga o telefone, para de andar e decide agir de outro jeito.

Liga para a companhia de telefone, que pode lhe dar uma informação confiável. Dessa vez, alguém atende. Robbie informa o nome da lanchonete que Charlie lhe passou, diz que é em algum lugar na Pensilvânia e pergunta onde fica exatamente. A atendente, Deus a abençoe, acha o endereço rapidinho.

Condado de Monroe. Distrito do Pico. Estrada do Rio Morto.

— Você também teria em mãos o número do departamento de polícia do Distrito do Pico? — pergunta Robbie.

A atendente tem. Ela faz a conexão da chamada. Dois toques depois, ele está falando com uma recepcionista local.

— Estou preocupado com a minha namorada — diz ele. — Acho que ela está correndo perigo.

— Que tipo de perigo, senhor?

— Eu não sei?

— Ela está com o senhor?

— Não — diz Robbie. — Ela está em Poconos. Na sua cidade. Em uma lanchonete chamada A Chapa do Horizonte.

— Ela ligou para você de lá?

— Ligou.

— Ela disse que estava em perigo?

— Não exatamente — diz Robbie. — Ela tinha que ser vaga. Tem um homem com ela. Acho que ele estava ouvindo a nossa conversa. Eles deveriam estar indo para Ohio juntos, mas saíram da Interestadual e agora estão numa lanchonete.

A voz da recepcionista, tão calma e eficiente minutos antes, azeda em ceticismo.

— Senhor, isso não é bem uma emergência.

— É, *sim* — afirma Robbie.

Charlie mandou que ele visse *A Sombra de uma Dúvida*, o que ele supôs que fosse outro código. O nome da personagem principal era Charlie, pelo amor de Deus. E como *aquela* Charlie tinha descoberto que seu tio era um assassino, Robbie entendeu que a Charlie *dele* percebeu a mesma coisa a respeito do cara que estava lhe dando carona.

— Por favor, acredite em mim — diz ele. — Esse cara que está com ela, ela não o conhece. E eu acho que ela está com medo dele. Acho que ela pode estar mesmo em perigo. Você poderia, por favor, mandar um policial lá para ver se ela está bem?

— Qual o nome da sua namorada? — pergunta a recepcionista, sua voz voltando a ficar suave.

— Charlie.

— Charlie?

— Isso — diz Robbie. — É uma longa história.

— Senhor, essa ligação inteira tem sido uma longa história. — A recepcionista suspira. — Vou tentar mandar um policial lá para verificar se está tudo bem.

Robbie desliga sem nem ao menos agradecer, um pouco de má educação que pode ser relevado, pensa ele, levando em conta as circunstâncias. Além disso, ela só falou que *tentaria* mandar um policial à lanchonete, o que significa que talvez isso não aconteça tão cedo. Ou que nem vai acontecer. E Charlie poderia estar correndo perigo neste exato momento.

Ele se veste, colocando uma camiseta, meias e sapatos, escolhendo continuar com a calça de moletom em vez de colocar os jeans. No caminho até a porta, pega o casaco, a carteira e a chave do carro.

Precisa fazer mais do que apenas ficar aqui, andando de um lado para o outro, de um lado para o outro, pensando que Charlie vai ligar para ele de novo.

Ele precisa fazer alguma coisa.

E, com centenas de quilômetros entre eles, não há tempo a perder.

— — — — —

CENA INTERNA
LANCHONETE — NOITE

A jukebox ainda está tocando quando eles voltam para dentro, embora Don McLean já não esteja mais dizendo "bye bye" para a "Miss American Pie". Em seu lugar, os Beatles estão dizendo "Hey" para "Jude". Por causa da educação exagerada e insistente de Josh, Charlie entra primeiro, marchando e se sentindo tanto derrotada quanto assustada.

Aquilo não chegou nem perto do que tinha planejado. Agora ela não tem ideia do que fazer em seguida. A única outra opção, além de correr para fora e torcer para que Josh não a pegue, é contar para Marge.

O que não é muito uma opção.

Marge, apesar de ser uma combinação maravilhosa de atrevimento e jeitinho de vó, não é páreo para Josh. Ele a machucaria, se fosse necessário. E então machucaria Charlie. E então tudo estaria acabado.

Quanto ao cozinheiro, Charlie nem mesmo o tinha visto. A menos que seja um lutador profissional aposentado, duvida que será de grande ajuda.

Ela volta para a mesa porque, por enquanto, é tudo que lhe resta. Vai se enfiar no banco, fingir que não está morrendo de medo e tentar bolar um plano novo. Enquanto isso, continuará rezando para que Robbie tenha entendido a dica e ligado para polícia e que, em cinco minutos, esse lugar esteja cheio de policiais.

Lá fora, o telefone público começa a tocar. Charlie o ouve baixinho pela janela de vidro. Josh também escuta e lhe lança um olhar interrogativo.

— Está esperando alguma ligação?

O telefone toca uma segunda vez.

— Não — diz Charlie.

Terceiro toque.

— Tem certeza? — pergunta Josh. — Talvez você devesse atender.

Quarto toque.

Charlie olha para o telefone, sabendo que é Robbie usando a rediscagem para retornar à ligação. Ela tem certeza porque é exatamente o que faria no lugar dele.

Quinto toque.

Josh começa a deslizar para fora do banco.

— Beleza. Acho que eu vou ter que atender.

— Não — diz Charlie, esticando-se por cima da mesa para pegar o antebraço de Josh. É grosso, os músculos tensos. Acredita que o resto do corpo também seja. Forte. Mais forte que ela. Então o solta, a mão voltando pela mesa e pousando no colo.

Do lado de fora, o telefone para de tocar.

— Tarde demais — comenta Josh. — Ele desligou.

— Não era o meu namorado — diz Charlie.

— Está bem — diz ele, não parecendo convencido. — Se você está dizendo.

Ficam sentados em silêncio, Charlie olhando para a xícara de chá fervente enquanto Josh alterna entre um gole de Coca e um de café. Em algum momento, Marge, do fundo da lanchonete, aparece com a comida deles.

— O jantar está na mesa — diz ela, feliz, colocando os pratos na frente deles. — Comam antes que esfrie.

Charlie olha para a porção de batata frita, que brilha por causa do óleo. Só de olhar para elas, seu estômago parece virar do avesso. À frente, Josh coloca um guardanapo na gola da camisa como se fosse um fazendeiro num piquenique. Ele pega os talheres — um garfo e uma faca de carne surpreendentemente afiada — e olha para a comida no prato. Um círculo de carne coberto com molho, creme de milho e um morro de um negócio cinza que Charlie imagina ser purê de batata. Josh abaixa o garfo, mas mantém a faca erguida.

— Estou com uma pulga atrás da orelha — diz ele. — Lá fora, quando você estava no telefone, falando com o seu amigo.

— Namorado — diz Charlie, torcendo para que essa correção faça alguma diferença. Ela acha que vai fazer. Significa que tem alguém em algum lugar que se preocupa de verdade com ela. Alguém que ficará bravo se acontecer alguma coisa.

Josh concorda com a cabeça.

— Namorado. Isso. Quando você estava conversando com ele, usou algum tipo de código?

Charlie pega uma batata e dá uma mordida, nervosa. Ela a abaixa, tomando um gole do chá ainda quente demais.

— Como assim?

— Você sabe exatamente do que estou falando. "Houve uma curva do destino"? Ninguém fala assim. Nos filmes, talvez. Mas não na vida real.

Charlie deveria saber como pareceu ridícula ao telefone. Porque ele está certo. Ninguém fala daquele jeito, e Josh entendeu direitinho, e é por isso que a encara do outro lado da mesa, ainda segurando a faca de carne. Ele a segura com a lâmina apontada para Charlie, a luz refletindo na ponta, deixando que ela saiba como está afiada, como seria fácil perfurar a pele dela.

— Não sei o que você quer que eu responda — diz ela, o que é verdade. Ela não tem certeza se Josh quer uma explicação, que ela peça desculpas ou qualquer motivo para enfiar a faca no coração dela.

— Você não tem que dizer nada. Só acho que seria legal admitir.

— Admitir o quê?

Josh estica o braço pela mesa, pega uma das batatas e a enfia na boca.

— Que você ainda está com medo de mim.

Charlie observa a lanchonete, querendo ver Marge ou o cozinheiro ou até mesmo outro casal de clientes entrar. Mas ainda são só ela e Josh.

E uma faca.

Aquela extensão da mão dele que é afiada e brilhante.

Josh percebe que ela está olhando e diz:

— Você não precisa ficar com medo, é o que estou tentando lhe dizer. Não vou machucá-la, Charlie. Somos amigos, não somos? Ou pelo menos amigáveis.

Ele abaixa a faca, como se quisesse provar o clima amistoso entre os dois. Charlie não fica nem um pouco mais calma. Nada naquela situação tinha mudado. Ainda estão sozinhos, e Josh continua sendo o Assassino do Campus.

— Olhe — diz ele —, acho que talvez seja melhor pararmos por aqui. Acho que talvez seja melhor que, quando eu terminar de comer, você fique aqui.

Charlie balança a cabeça levemente, como se tivesse entendido errado.

— Como é?

— Você deveria ficar aqui. Eu volto para o carro, vou embora, e você arruma um outro jeito de ir para casa.

— É sério?

— É, sim. — Josh se recosta no banco, as mãos para cima e as palmas abertas, como um mágico mostrando que não tem mais cartas na manga. — Assim, não gosto da ideia de te deixar aqui. Mas está na cara que você não confia em mim. E, apesar de eu estar chateado por causa disso, também entendo que você passou por momentos difíceis. Sua amiga sendo assassinada e tudo mais. Isso torna qualquer um suspeito. Estou feliz por ter trazido você até aqui. Mas chegou o momento de seguirmos caminhos diferentes.

Charlie fica em completo silêncio, sem se mexer nem mesmo piscar.

Ele está mentindo.

Só consegue pensar nisso.

Ele não está mesmo sugerindo ir embora e deixá-la sozinha, sem nem fazer perguntas. Isso não faz sentido algum. Portanto, deve ser mentira.

Por outro lado, ela se pergunta se talvez ele esteja falando sério. Se, por algum milagrezinho que ela nunca entenderá, Josh está mesmo abrindo mão dela. Talvez tenha decidido que ela não vale o risco nem o esforço. Ou que está cansado de brincar. Ou que está ficando com pena.

— Então você está me deixando ir? Simples assim?

— "Deixar você ir" faz parecer que eu estava te fazendo refém — diz Josh. — O que nunca foi o caso. Não te obriguei a entrar no meu carro. Você entrou por livre e espontânea vontade.

Não é assim que Charlie vê as coisas. Sim, ela não pensou duas vezes ao aceitar a carona de Josh, mas só porque estava desesperada para sair de lá e porque ele lhe disse todas as mentiras certas. E continuou mentindo, para que ela permanecesse no carro bem depois de ter desconfiado de quem ele era e do que tinha feito. Então, embora não estivesse nem perto de ter sido forçada a entrar no Grand Am, com certeza foi ludibriada para que fizesse isso.

Parte dela *ainda* acha que está sendo ludibriada, que, em vez de um de seus filmes, isso é Josh brincando um pouco mais com ela. Alimentando as esperanças e então desfrutando da sua decepção quando lhe tirar todas elas.

Uma onda de calor surge na nuca de Charlie. Um espinho furioso. Combina com o seu humor. Tendo a realidade distorcida a noite inteira, ela não é nada além de espinhos. Quanto à raiva, Charlie consegue senti-la se espalhando tão rápido quanto o calor na nuca.

Está cansada de mentiras.

Cansada de ser enganada.

Cansada de estar tão triste a porra do tempo todo.

Cansada de se sentir culpada e confusa e vivendo uma vida tão patética que precisa inventar filmes na sua cabeça só para ser capaz de lidar com tudo.

Charlie está tão exausta que se sente tentada a dizer a Josh que sabe de tudo. É atingida por uma necessidade irresistível de estraçalhar a fachada de bom moço que ele tinha criado e assistir a cada caco cair, revelando o lobo atrás da máscara. E quase faz isso. O maxilar destrava, e a língua se liberta, prontos para revelar a verdade.

Mas, então, Marge aparece, passando pelas portas de vaivém com uma jarra de café.

— Deixe que eu encha para você, bonitão — diz ela, embora Josh não tenha tomado mais que poucos goles.

Ela enche a caneca até a boca e levanta a jarra, o cotovelo se movendo pela mesa. Charlie assiste à cena, o cotovelo tão pontudo e magro como a faca que foi deixada ao lado do prato de Josh. Continua em movimento mesmo depois de acertar a xícara de chá de Charlie.

Todo o resto acontece tão rápido quanto é inevitável.

Cotovelo em movimento.

Xícara deslizando.

As duas coisas continuando até a xícara ser jogada para fora da mesa e o chá escorrer pelo casaco vermelho de Charlie.

Ela se levanta do banco, deixando pingar o chá que, embora não esteja mais fervendo, está quente o suficiente para queimar através das roupas molhadas. Marge se afasta, surpresa, uma mão marcada pela idade tapando a boca enquanto a outra continua a segurar a jarra de café.

— Ah, merda — diz ela. — Me desculpe, querida.

Charlie desliza para fora do banco, passando seu guardanapo na parte da frente do casaco.

— Está tudo bem — diz ela, mais aliviada do que brava. O acidente de Marge lhe dá uma chance de se levantar, sair de perto de Josh e se recompor. — Onde fica o banheiro?

Marge aponta para um pequeno buraco próximo à porta de vaivém.

— Bem ali, querida.

Charlie anda em linha reta até lá, ainda pressionando o guardanapo no casaco, embora esteja tão encharcada que chá escorre pelos seus dedos. No buraco, vê duas portas, uma marcada com RAPAZES e a outra, não combinando, diz BONECAS. Ela abre a porta e se apressa para dentro, nem se dando ao trabalho de olhar para Josh novamente.

Mesmo que esse seja o momento perfeito para, como ele disse, seguirem caminhos diferentes, Charlie sente que ele não vai a lugar algum.

Quando sair do banheiro, ainda estará esperando por ela.

— — — — —

CENA INTERNA
LANCHONETE — NOITE

Marge prometeu que não interferiria, mesmo tendo percebido o problema no momento em que eles entraram na lanchonete. Pela linguagem corporal, estava claro que tinha alguma coisa errada com eles dois. A garota de casaco vermelho parecia assustada, e o homem que estava com ela, ríspido. De acordo com a experiência de Marge, essa nunca é uma boa combinação.

Ainda assim, segurou a língua, que lhe arranjou mais problemas do que consegue contar. Ela só fala alguma coisa quando está realmente preocupada, como quando aquele outro casal saiu tropeçando nos próprios pés por conta da bebida. Eles nunca ouvem — pessoas dessa idade nunca escutam —, mas ela tinha que dizer *alguma coisa*, mesmo que só por desencargo de consciência. Deu um conselho. Eles a ignoraram. O que vier depois disso não é da sua conta.

E esses dois não eram da conta dela. Para Marge, pareciam um casal que tinha acabado de brigar no carro e precisava parar em algum lugar para acalmar os ânimos. Ela vê casais assim o tempo todo.

Não ficou preocupada de verdade até anotar o pedido do homem que tem um jeito ríspido.

— Qual é o prato do dia?

Marge estava olhando para a garota quando ele perguntou, pensando em como ela parecia uma refém e no quanto aquilo a preocupava. Então a garota foi até o telefone público, e ele a seguiu, como algum tipo de stalker, com medo de que sua presa estivesse fugindo. Mais um motivo para ficar preocupada.

Depois disso, Marge soube que realmente precisava fazer alguma coisa, mesmo sabendo que não deveria. Não conseguia se controlar. Lavar as próprias mãos e não fazer nada não estão em seu sangue.

Então pegou uma jarra de café fresco, flexionando o cotovelo no processo. Eram pontudos, os cotovelos dela. Marge sabia disso porque foi o que ouviu durante toda a sua vida de casada. Howard, abençoado seja seu querido coração que se foi, sempre reclamava que ela lhe dava cotoveladas enquanto dormia.

— Poxa, Marge — costumava dizer —, você aponta essas coisas antes de vir para a cama?

Só lhe resta imaginar o que ele diria agora que o câncer a reduziu a nada além de pele e ossos.

Jarra em mãos, Marge voltou para a mesa deles e botou um daqueles cotovelos pontudos para trabalhar. Odiou fazer aquilo, derrubar a xícara de chá daquele jeito. Ainda mais naquele belo casaco vermelho. Mas, da forma como Marge vê, ela não teve escolha. Precisava que aquela garota ficasse sozinha. E conseguiu.

Agora a garota está no banheiro, e Marge, pegando uma toalha de rosto limpa na cozinha, que está abarrotada de pratos sujos, porque ela pediu para o adolescente que normalmente lava a louça que não viesse. É uma terça-feira à noite, em novembro. Não é como se tivesse uma fila se formando na porta. O que é bom, pensa Marge enquanto pega uma garrafa de água com gás no minibar que fica embaixo da máquina de refrigerante.

Significa que ela não será incomodada por outros clientes.

Ela e a garota do casaco vermelho terão bastante tempo para uma longa conversa.

— — — — —

CENA INTERNA
BANHEIRO DA LANCHONETE — NOITE

O banheiro é pequeno e não tem janelas. Uma cela de cadeia com paredes rosas que fazem Charlie pensar em caixas de AAS. Há uma única cabine, também rosa, e uma pia que é branca, porém manchada de ferrugem ao redor do ralo. Na parede ao lado da saboneteira, há uma placa.

FUNCIONÁRIOS DEVEM LAVAR AS MÃOS.

Charlie tira o casaco e o segura, para examinar o dano sob a luz pálida que vem de uma luminária em formato de disco voador.

A mancha é grande e chama atenção. Um molhado escuro mais ou menos no formato do estado do Texas. Os olhos de Charlie queimam em lágrimas ao ver o quanto o chá penetrou no tecido. E embora veja como é irônico que seja isso, entre todas as coisas, que vai fazê-la perder o controle hoje à noite, ela também entende por quê.

Este casaco, nada a ver com ela em todos os sentidos, é a única recordação de Maddy que lhe restou. Agora está, se não completamente arruinado, pelo menos danificado. Ela pode voltar a usá-lo — e não há dúvidas de que vai usar —, mas como as lembranças que tem de Maddy.

Irrevogavelmente arruinadas.

Há uma batida na porta do banheiro, acompanhada logo em seguida pela voz rouca de cigarro de Marge, a garçonete.

— Tudo bem aí, querida?

— Tudo bem — diz Charlie, sem saber por quê, já que não, nada está bem. Tudo está o mais longe possível de bem.

— Eu trouxe uma toalha de rosto e uma água com gás — diz Marge. — Caso você precise.

Charlie abre a porta do banheiro, e Marge entra com um pedido de desculpa estampado na cara. Ela pega o casaco de Charlie, vai até a pia, reclamando do que ela mesma fez, despeja água com gás na mancha e começa a esfregar.

— Eu me sinto péssima — diz ela. — Péssima mesmo. Antes de ir, me passe o seu endereço. Vou enviar um cheque, para que você possa comprar um bom casaco novo.

Charlie não tem coragem de dizer a Marge que o casaco é quase tão velho quanto ela e, portanto, não pode ser substituído tão fácil. Nem diz à garçonete que ela nem mesmo gosta do casaco, que só o usa porque a faz pensar em Maddy.

— É muita bondade sua — diz ela. — Mas não precisa. Acidentes acontecem.

— Não comigo. Trabalho nisso há décadas e posso contar nos dedos de uma mão quantas vezes derrubei algo em um cliente. Esse casaco é tão lindo também. — Marge o abre, verificando a etiqueta. — Pierre Balmain. Chique.

— Ganhei de uma amiga — diz Charlie.

— Essa é uma amiga bem generosa.

— Ela era — diz Charlie. — Eu só não lhe dei o valor que merecia na época.

Charlie se força a não chorar. Não aqui. Não em um banheiro de lanchonete meia-boca na frente de uma estranha. Mas não consegue pensar em outra coisa que não seja no quanto Maddy teria amado esse lugar. Tão retrô sem ser propositalmente irônico. Ela teria se dado bem com Marge e colocado Peggy Lee para tocar na jukebox e rido descontroladamente quando visse a placa BONECAS na porta do banheiro feminino. Imaginar Maddy ali com ela, em vez de Josh, faz com que as lágrimas que ameaçam cair dos olhos de Charlie continuem vindo. Quando uma delas escapa descendo pela bochecha, ela logo a seca.

Na pia, Marge joga um pouco mais da água com gás no casaco e para de esfregar.

— Qual é o seu nome, docinho?

— Charlie.

— Charlie? — pergunta Marge, sem nem tentar disfarçar a surpresa. — Na minha vida conheci muitos Charlies, mas nenhum deles se parecia com você. Nome de família?

— Tipo isso — responde Charlie.

— Isso é bom. Família é importante. Para mim, família é tudo.

Marge para de falar, parecendo relutante a dizer no que mais está pensando, o que Charlie presume que seja a primeira vez. A garçonete não parece ser do tipo que segura a língua.

— Olhe, Charlie, eu sei que deveria cuidar da minha vida, mas está tudo bem? Vi você com seu amigo, e você parecia, bem, um pouco aflita.

"Um pouco" é a única parte da frase que pega Charlie de surpresa. Ela está *muito* aflita, principalmente por estar sob a mira de uma faca de dois gumes entre o medo e a raiva. Esse é um outro choque — como ficou furiosa quando estava na mesa. Era um sentimento novo para ela. Desde que Maddy tinha morrido, só tinha ficado furiosa consigo mesma.

Mas Josh com certeza mereceu essa ira, mesmo que ela estivesse cagando de medo na presença dele, apavorada pelo que ele fez e ainda pode fazer. Charlie nunca soube que poderia se sentir furiosa e assustada ao mesmo tempo. Agora sabe, e o resultado é o que Marge viu na mesa.

Aflição.

— Como eu disse, não é problema meu, mas ele... — Marge pausa, tentando ser delicada. — Ele está te tratando bem?

Charlie sabe que poderia — e deveria — contar a ela sobre Josh. Marge acreditaria. Ao observar a garçonete esfregando seu casaco furiosamente, as rugas de preocupação se juntando às outras, Charlie começa a duvidar de que o acidente na mesa tenha sido um acidente. Marge é uma profissional, e aquilo foi um erro de principiante. É mais provável que ela tenha visto Charlie parecendo aflita, ficado preocupada e dado um jeito de ficarem sozinhas. Agora que estão, tudo que Charlie precisa fazer é lhe contar o que está acontecendo, pedir para usar o telefone da lanchonete e ligar para polícia sem que Josh desconfie de nada. Então, esta noite longa e horrível chegará ao fim.

Mas talvez já tenha chegado. Tudo depende de Josh estar falando sério quanto a deixá-la para trás. Charlie duvida que esteja. Ele tem mentido a noite toda. Por que parar agora? De qualquer forma, não significa que ela deva meter Marge no meio. Fazer isso talvez piore as coisas. Se Josh não está planejando deixá-la para trás e acha que Charlie contou suas suspeitas para Marge, as duas poderiam estar em perigo.

Charlie não quer que isso aconteça. Marge é uma boa pessoa. Uma pessoa *legal*. E pessoas legais não deveriam ser colocadas na situação pela qual ela está passando.

— Só estou cansada — diz Charlie. — Tem sido uma viagem longa.

— Eu entendo — diz Marge. — Ainda mais a essa hora da noite. Tudo que estou dizendo é que você é bem-vinda para ficar aqui um pouco mais. Caso não se sinta segura com ele.

— Eu estou bem — reafirma Charlie. — De verdade.

Marge esfrega o casaco mais duas vezes antes de verificar o resultado.

— Bem, sorte a minha. Parece que a água com gás funcionou.

Ela segura o casaco, revelando apenas uma parte molhada onde estava a mancha de chá. Devolvendo-o para Charlie, diz:

— Espere até secar, e deve parecer novinho em folha.

Charlie observa a parte molhada. A lã agora está levemente puxada e salpicada com fiapos da toalha, mas ela não liga. Maddy diria que isso lhe deu personalidade.

Marge para à porta.

— Eu não queria deixá-la desconfortável com todas essas perguntas.

— Eu sei. E não deixou. Está tudo bem.

— Eu só estava cuidando de você — diz Marge. — Mulheres precisam fazer isso, sabe. Cuidar umas das outras. Tem um lugar reservado no inferno para aquelas que não cuidam.

— Eu agradeço — diz Charlie. — Sério mesmo. Mas está tudo bem. Obrigada por limpar o meu casaco.

Marge acena com a cabeça e sai do banheiro.

— À disposição, docinho.

Sozinha, Charlie coloca o casaco e olha o próprio reflexo no espelho do banheiro, chocada por estar tão pálida. Como Greta Garbo. Essa é mais uma das coisas que vovó Norma costuma dizer. *Você está tão pálida quanto a Garbo.*

Neste caso é verdade, embora ficasse bonito em uma beleza fria como a de Greta Garbo. Charlie só parece estar passando mal, como se fosse desmaiar. Ela acha que é porque vai mesmo. As pernas estão fracas e moles, e a visão entra e sai de foco, graças às lágrimas. Charlie não ficaria surpresa se, a qualquer momento, se estatelasse no chão. Levando em conta esta noite, quem poderia julgá-la?

Encarando o fantasma que um dia ela foi, Charlie garante a si mesma que fez a coisa certa ao não dizer a Marge a verdade sobre Josh. É melhor assim. Agora só uma delas está correndo perigo.

Ela também sabe que é uma mentira. Assim como pensar que ninguém acreditaria nela se tentasse pedir ajuda. Ou que Josh usará seu charme e mentirá para sair dessa situação. Ou que ele não pretende deixá-la para trás, apesar de dizer na cara dura que vai.

É tudo mentira.

Mentiras diferentes das que Josh vem lhe dizendo a noite toda, mas ainda assim mentiras. Desculpas esfarrapadas para esconder a verdade: que parte dela *não* quer se livrar de Josh.

Ainda não.

Charlie tinha saído de casa com apenas uma vaga ideia de todos os perigos que jovens mulheres enfrentam. Youngstown não era Mayberry. Coisas ruins acontecem lá o tempo todo. Estupros e abusos e centenas de pequenas ameaças direcionadas às mulheres. Mas Charlie não tinha lhes dado muita atenção. Nem mesmo depois que sua professora de saúde do ensino médio deu uma aula sobre abuso sexual. Ou no dia em que partiu para a Olyphant, e a vovó Norma lhe deu uma garrafinha rosa de spray de pimenta. Ou na aula de autodefesa que toda estudante da Olyphant tinha que fazer na semana de orientação.

Maddy precisou ser assassinada para que Charlie entendesse a dura verdade de que existem homens por aí que não vão pensar duas vezes antes de machucar mulheres.

Homens como Josh.

Depois do assassinato de Maddy, Charlie presumiu que não havia nada que pudesse fazer quanto ao que tinha acontecido. Ela amava Maddy, Maddy a amava, e elas teriam sido amigas para sempre, independentemente do que Robbie achava. Mas então ela não estava mais lá, e tudo que restou foi uma raiva avassaladora. Então Charlie internalizou esse sentimento e se culpou.

Por abandonar Maddy.

Por mandar ela se foder enquanto ia embora.

Por não ser capaz de identificar Josh depois de tê-lo visto do lado de fora do bar.

Charlie se culpou e se odiou e se puniu, porque é isso que mulheres são ensinadas a fazer. Culpar a si mesmas. Culpar as vítimas. Dizer a si mesmas que, já que todas as Angela Dunleavys, Taylor Morrisons e Madeline Forresters do mundo tiveram as mesmas aulas sobre abuso sexual, receberam as mesmas latinhas de spray de pimenta e participaram das mesmas aulas de autodefesa, a violência que sofreram, ou o estupro, ou o assassinato, deve ter sido culpa delas.

Ninguém diz às mulheres que nada disso é culpa delas, que a culpa é toda dos homens monstruosos que fazem coisas horríveis e dessa sociedade escrota que os cria e molda e inventa desculpas para eles. As pessoas não querem admitir que há monstros entre elas, então eles continuam a vagar livremente, e o ciclo de culpa e violência continua.

Uma ideia surge na cabeça de Charlie, tão repentinamente que ela consegue de fato ouvi-la. Um leve clique na parte de trás da cabeça enquanto suas sinapses explodem como fogos de artifício.

Se Josh for embora, ela estará a salvo. Mas nada vai impedi-lo de machucar outra pessoa. Alguém como Maddy. Há muitas delas pelo mundo. E nenhuma estará a salvo enquanto Josh vagar em liberdade.

Marge estava certa. Há *mesmo* um lugar reservado no inferno para mulheres que não ajudam as outras. Charlie sabe muito bem, tendo passado os dois últimos meses habitando esse lugar. Agora é a hora de sair pela porra da porta.

Algo no peito de Charlie começar a se fortalecer.

Seu coração.

Aos cacos após a morte de Maddy, agora está sendo colado de volta, os pedaços afiados se encaixando, conectados pela raiva.

Mais uma olhada no espelho confirma isso. Ela está *mudando*. O rosto ganhou um pouco de cor. Um corado rosa — mais claro que as paredes do banheiro — se espalha pelas bochechas, testa e dorso do nariz.

Assim como o coração, seus olhos também se fortaleceram. Onde antes havia apenas desespero, Charlie agora vê um lampejo de chamas.

Sente-se corajosa.

Destemida.

Perigosa.

Vestindo o casaco vermelho de Maddy, sente-se quase possuída por todas as mulheres fortes que admirou nos filmes. Stanwyck em *Pacto de Sangue*. Hayworth em *A Dama de Shangai*. Crawford em, bem, qualquer um. O tipo de mulher que os homens não sabem se querem beijar ou matar. Mulheres que agarram e lutam pela vida porque não têm outra escolha.

Agora é a vez de Charlie.

Já não é mais a menininha assustada que sente aversão a si mesma de quando deixou o campus. Ela é algo mais.

Uma *femme fatale* do caralho.

Ela vai sair desse banheiro, então da lanchonete, e voltar para o carro com Josh.

Não sabe como nem quando, mas vai fazê-lo pagar pelas suas ações.

E pretende aproveitar o momento.

— *Charlie?*

CENA INTERNA
BANHEIRO DA LANCHONETE — NOITE

Charlie volta ao presente quando ouve seu nome. É Marge, que o pontua com uma batida na porta.

— Ainda está tudo bem aí?

— Aham, estou bem — diz Charlie. — Só estou me recompondo.

Ela olha seu reflexo no espelho. Ainda é o fantasma pálido e frágil de quando entrou no banheiro. Todas as personalidades fortes que vestiu em seu filme se descascaram como a pele de uma cobra. A única semelhança entre aquela Charlie e a que vê agora diante de si é o entendimento de que não pode deixar Josh partir.

Não sozinho.

Ela não sabe bem se realmente pensou isso ou se foi parte de seu filme mental. Ela acha que pouco importa, levando em conta que veio dela de qualquer jeito. Uma descoberta ainda é uma descoberta, mesmo se for entregue de uma maneira nada ortodoxa.

E a descoberta que está tomando conta de Charlie é que Josh precisa ser detido. E é ela quem deve fazer isso. Não pode contar com a esperança de que Robbie tenha ligado para a polícia e a qualquer momento agora um policial vá aparecer e prender Josh.

Nem pode pedir ajuda à querida Marge. Marge pode ser rápida com uma xícara de chá pelando, mas isso não significa nada quando Josh está ao alcance de uma faca.

Mais cedo, Charlie tinha brincado com a ideia de que fora o destino que a colocou no carro de Josh. Achou que fosse uma punição pela forma como havia tratado Maddy. Mas Charlie agora acha que, se o destino mexeu uns pauzinhos para criar essa situação, foi por um motivo completamente diferente.

Não como castigo.

Redenção.

No momento, Charlie tem uma chance de limpar a consciência. A culpa que a tem consumido nos últimos dois meses pode desaparecer em questão de minutos. A alma completamente lavada. Tudo que precisa fazer é garantir que Josh não vá embora sozinho.

Deve isso a si mesma.

E a Maddy.

E à família de Maddy. E às outras mulheres que Josh matou. E àquelas que ele talvez mate no futuro caso ela permita que ele vá embora.

Mas ela não vai deixar que isso aconteça.

Vai sair desse banheiro, então da lanchonete, e voltar para o carro com Josh.

Não é esperto. Não é cauteloso. Provavelmente não é nem corajoso. Agora, pouco importa. É o que Charlie sente que precisa fazer. E, a essa altura, ela não tem mais nada a perder.

Dá uma última olhada no espelho, na esperança de que seus olhos se fortaleçam assim como aconteceu em seu filme. Pelo contrário, estão úmidos e avermelhados. Nada fortalecedor ali. Na verdade, todo o seu corpo parece mole e vulnerável. Mas isso não impede Charlie de abrir a porta do banheiro e voltar para a parte principal da lanchonete.

Josh ainda está à mesa. Inclinado sobre a caneca de café, olhando-a, esperando pelo retorno de Charlie enquanto a jukebox toca as últimas notas de uma música do Rolling Stones.

Sympathy For The Devil.

Irônico, considerando que o diabo está no banco de canto da mesa. E ele pode ser qualquer coisa, menos simpático.

Charlie para em frente à jukebox e passa pela seleção de músicas. A maior parte é rock clássico, mas há algumas músicas recentes de Bryan Adam, Mariah Carey e, do ponto de vista de Josh, a dupla de calamidades Amy Grant e Paula Abdul. Charlie considera a ideia de colocá-las para tocar uma seguida da outra, só para irritá-lo. Uma ideia diferente se forma quando vê outra música. Uma que não pode deixar de ouvir.

Ela coloca na máquina uma das moedas de 25 centavos que Josh lhe deu para usar no telefone público e então seleciona o número da faixa. Um segundo depois, a música preenche a lanchonete.

Um riff de guitarra que ela já tinha ouvido duas vezes naquela noite.

Come As You Are.

Josh levanta a cabeça quando ouve. Devagar. Como o vilão de um filme que sabe que foi descoberto. Raymond Burr em *Janela Indiscreta* quando percebe que foi capturado pela câmera de Jimmy Stewart.

Ele vira um pouco a cabeça, escutando, garantindo que seus ouvidos não estão o enganando.

— Ótima música, não acha? — diz Charlie enquanto desliza de volta para o banco. — Quer esperar que ela termine ou a gente deveria ir agora?

— A gente?

Charlie engole em seco, sabendo que está prestes a cruzar uma linha invisível que pode mudar para sempre o resto de sua vida. Pode até fazer com que ela seja morta. Mas não há como evitar.

Ela não pode esperar até que outras pessoas detenham Josh.

Precisa fazer isso com as próprias mãos.

Embora não saiba como.

— É — diz ela. — No sentido de você e eu entrando no seu carro e viajando até Ohio, como combinamos.

— Isso não vai rolar — diz Josh. — E já expliquei o porquê, Charlie.

— E eu estou explicando que você não vai se livrar de mim tão fácil. — O corpo de Charlie treme de medo enquanto ela fala. Vai mesmo fazer isso. Vai continuar com o plano. — Entenda como eu vejo as coisas. A situação não mudou. Preciso chegar em casa. Você pode me levar até lá. Agora podemos parar de perder tempo ou podemos esperar que a polícia chegue aqui.

— Que polícia?

— Aquela para a qual o meu namorado ligou depois que usei aquele código que você, espertinho, descobriu — diz Charlie, mesmo que não tenha ideia se Robbie fez isso mesmo. Presume que, se tivesse feito, algum policial já teria aparecido.

Josh fica quieto, sem dúvida recapitulando a conversa ao telefone. Charlie sabe que ele estava prestando atenção. É por isso que escolheu com cuidado aquelas palavras. Agora Josh está se perguntando o que, exatamente, aquelas palavras podem ter significado.

— Você está blefando — diz ele. —Além disso, por que eu deveria ficar preocupado com a polícia?

— Me diz você, *Jake*.

Pela primeira vez desde que se conheceram, Josh parece preocupado. Ele tenta esconder ao tomar um gole de café e se recostar no banco, os braços cruzados, mas Charlie sabe que ele está preocupado. Consegue ver nos olhos dele.

— Você não sabe do que está falando — diz ele. — Você está confusa, Charlie. E meio triste.

Charlie dá de ombros. Já foi chamada de coisa pior.

— Então nos resta esperar.

Eles permanecem daquele jeito, um encarando o outro, até que a música termina. Só então, quando a lanchonete mergulha em silêncio, Josh percebe que talvez Charlie seja mais durona do que parece e que talvez — só talvez — não esteja blefando. Ele acena para Marge, que estava observando os dois, atrás do balcão.

— Pode trazer a conta, por favor?

— Claro! — diz Marge, parecendo surpresa, provavelmente porque eles mal tinham comido. Charlie se sente mal por isso. Todo aquele trabalho para nada. Marge traz a conta e a coloca na mesa. Para Charlie, diz: — Não contei o seu pedido. Depois do que fiz com o seu casaco, é o mínimo que posso fazer.

— Você já fez muita coisa — diz Charlie, falando sério. Sem Marge, talvez não soubesse o que precisava fazer. Pelo que sabe, a garçonete a ajudou a perceber que essa situação pode ser mais uma benção do que uma praga.

— Não foi nada — diz Marge, sem desviar dos olhos de Charlie. — Quando posso, eu ajudo.

Do outro lado da mesa, Josh verifica a conta e pega a carteira. Vendo-o contar as notas, Charlie diz:

— Não se esqueça de deixar uma boa gorjeta. — Josh bate uma nota de 20 dólares na mesa. Satisfeita porque a gorjeta é realmente boa, Charlie pergunta: — Pronto pra ir?

Josh não se mexe. Está preocupado — olhando para além dela, por cima de seus ombros, para fora da janela. Charlie gira no banco até ver para onde ele está olhando.

Uma viatura.

Municipal.

Estacionando em frente à lanchonete.

Charlie não consegue acreditar no que está vendo. Não estava blefando *mesmo*, embora tivesse certeza de que estava. Mas Robbie tinha entendido sua mensagem em alto e bom som e ligado para a polícia, algo que a faz se sentir orgulhosa, aliviada e grata.

Josh acena para Marge, que agora está atrás do balcão, limpando-o, empenhada, embora provavelmente ninguém tenha sentado lá há horas.

— Você está trabalhando demais, Marge — diz ele, acariciando o espaço ao seu lado. — Venha aqui. Descanse um pouco.

— Acho que meu chefe não ia gostar muito disso — diz ela.

— Ele está aqui?

— Não.

— Então a chefe é você.

A atenção de Charlie está dividida entre a viatura do lado de fora e a garçonete entretida atrás do balcão. Sua cabeça vai de um lado para o outro, como se estivesse numa partida de tênis, tentando pegar tudo.

O policial saindo da viatura.

E então Marge deixando o pano no balcão.

E então o policial caminhando em direção à porta da frente, sem nem um pouco de pressa.

E então Marge vindo na direção da mesa deles, sentando-se ao lado de Josh e dizendo:

— Acho que não vai doer se eu descansar um pouco.

Quando o policial entra na lanchonete, Charlie é atingida por uma terceira distração.

A faca de carne.

Não está mais na mesa.

Josh está com ela de novo, segurando-a do mesmo jeito que um assassino de filme segura um canivete, a ponta vagamente apontada na direção de Marge.

O olhar de Charlie salta por toda a lanchonete, indo da faca apontada para Marge e então para o policial encostado no balcão. Ele é alto, magricelo e novo. Parece um menino do coral.

— Boa noite, Tom — diz Marge. — Não sabia que você viria hoje. Pensei que às terças você fosse naquela pizzaria.

No começo, Charlie se pergunta se o policial consegue ver a faca de carne na mão de Josh e como nos últimos segundos ela parece ter ficado ainda mais perto de Marge. Até seguir o olhar do policial do balcão à mesa, não tinha percebido que tudo abaixo dos ombros de Josh está tapado pelo encosto do banco.

— Estou aqui a trabalho — diz o policial Tom, olhando não para Marge, mas para Josh, sentado ao lado dela. — Recebemos uma denúncia quanto a uma possível situação de risco aqui.

— *Aqui*? — pergunta Marge, descrente. — Não está acontecendo nada aqui. Uma noite parada como sempre.

— Só estamos de passagem, policial — adiciona Josh.

O policial Tom se vira para Charlie.

— Isso é verdade, senhorita?

— Eu? — Charlie vira a cabeça de um jeito que consegue ver tanto o policial quanto, pela sua visão periférica, a faca que Josh está segurando, que parece ter se aproximado ainda mais de Marge. Mas, de novo, pode ser só a imaginação de Charlie. Já tinha sido enganada por ela antes. — Isso — diz ela. — É verdade.

Charlie nota o coldre na cintura do policial e o revólver registrado pela polícia que está preso nele. Questiona-se o quanto de experiência um policial tão jovem pode ter. Se ele já teve que enfrentar um homem com uma faca. Ou lidar com uma situação que tivesse reféns. Ou atirar em alguém por causa do serviço.

Ela olha mais uma vez para a cena toda, indo da arma do policial Tom até a faca de Josh apontada para Marge e então de volta para o policial, tentando calcular a distância entre todos eles.

Pensa se deveria gritar para o policial Tom que Josh é um assassino.

Pensa se ele seria capaz de sacar a arma antes de Josh usar a faca de carne para esfaquear o estômago de Marge.

Pergunta-se então se o policial Tom atiraria em Josh.

Charlie imagina o resultado final. Ela se encolhendo de medo embaixo do banco, as mãos nas orelhas enquanto Josh está morto em cima da mesa e Marge sangra no chão e a fumaça da pólvora ainda está saindo do revólver do policial Tom.

Imagina se isso, este momento, é só um de seus filmes. Não importa se Josh pode ver o policial e Marge também e que os dois conversaram com ele. Tudo isso poderia fazer parte do filme. Um sonho febril feito de esperança e negação e a força de seu pensamento.

Não ficaria surpresa caso fosse. Já vivenciou seus filmes o suficiente para saber como acontecem. Surgem quando ela está nervosa e assustada e precisa se proteger das durezas da realidade, o que é uma forma de resumir seu estado atual.

Sentada naquele banco, olhando para o policial que talvez exista ou não, Charlie busca por um sinal de realidade do mesmo jeito que um alcoólatra quer beber. Uma ânsia intensa que ameaça esmagá-la. Mas perguntar ao policial Tom se ele está mesmo ali não é uma boa ideia. Charlie aprendeu a lição no banheiro da parada. Sabe que dizer o que está pensando só vai fazer com que ela pareça maluca e, acima de tudo, nada confiável.

Além disso, no meio ainda tem Marge. A pobre e coitada Marge, que ainda não percebeu que a centímetros de seu diafragma há uma faca afiada o suficiente para lhe arrancar o baço. Se Charlie disser ou fizer qualquer coisa suspeita, Josh pode machucá-la. Talvez até a mate. Charlie não pode deixar isso acontecer. Sua consciência, já tão pesada, não aguentaria.

— Então não há nada de errado aqui? — pergunta o policial.

Charlie força um sorriso.

— Não mesmo.

— Você tem certeza disso? — O olhar dele mira Josh por um momento. — Você se sente segura na presença deste homem, senhorita?

— É claro que sim — diz Josh.

— Eu perguntei à senhorita — diz o policial Tom.

Do outro lado da mesa, Josh lança a ela um olhar angustiado. Sorriso frio, olhos escuros, olhar de peso. A faca que ele segura continua reluzindo.

— Eu me sinto perfeitamente segura — responde Charlie. — Mas obrigada pela preocupação.

O policial a estuda, seu olhar surpreendentemente afiado enquanto decide se deve acreditar nela.

— Tenho certeza de que foi um trote — diz Marge, tomando a decisão por ele. — Alguma criança entediada tentando causar confusão. Agora, se você parar de incomodar meus clientes, eu lhe preparo um café para viagem. Por conta da casa.

Ela se levanta.

Josh coloca a faca de carne na mesa de novo.

Charlie solta um suspiro aliviado.

Marge se junta ao policial Tom no balcão e coloca café em um copo para viagem.

— Obrigada por se preocupar conosco. Mas está tudo bem. Não é mesmo, gente? — Ela se vira para Charlie e Josh, piscando um olho só exageradamente.

— Estamos bem — diz Josh.

— Sim, bem — diz Charlie, um eco baixo. Ela olha para Josh. — Na verdade, estávamos de saída. Não é?

Josh, surpreso, pega a deixa antes de responder:

— Sim, estávamos.

Ele desliza para fora do banco. Charlie faz o mesmo e o segue para a porta, sabendo que está prestes a perder sua última chance de resgate.

É um risco que precisa correr.

Dois anos atrás, numa de suas eletivas de psicologia, ela tinha lido sobre vítimas de sequestro que continuaram com seus captores por muito tempo depois de poderem ter escapado. Síndrome de Estocolmo. A mente desvirtuando com o tempo até que a vítima passa a simpatizar com aqueles que a sequestraram. Na época, Charlie julgou aquelas jovens mulheres. E eram todas jovens mulheres. Mulheres fracas, vulneráveis e vitimizadas que não tiveram o bom senso de fugir na primeira oportunidade.

— Eu nunca deixaria isso acontecer comigo — disse a Maddy.

Mas agora ela entende.

Essas mulheres não ficaram porque eram fracas.

Ficaram porque tinham medo.

Porque tinham medo do que aconteceria se a tentativa de fuga desse errado, de que fosse pior do que a situação atual. E sempre podia piorar.

Neste caso, "piorar" significa Josh fazer algo precipitado e machucar não apenas ela, mas também Marge e o policial Tom durante o processo. E isso não tem nada a ver com eles.

Isso é entre ela e Josh.

Por causa disso, é melhor sair da lanchonete e voltar para o carro, onde ela é a única que corre perigo. Às vezes, não dá para ser esperta, corajosa e cautelosa ao mesmo tempo. Às vezes, só dá para escolher uma dessas coisas.

Ao seguir Josh até a porta, Charlie está escolhendo ser corajosa.

Quando chega ao expositor de sobremesas, ainda aceso e girando preguiçosamente, o policial Tom a chama de onde está no balcão.

— Você esqueceu sua mochila, senhorita.

— Ah, meu Deus — diz Charlie, torcendo para parecer autêntico. — Obrigada!

Ela volta para a mesa e pega a mochila que tinha deixado lá de propósito. Então, depois de olhar por cima dos ombros para garantir que Marge e o policial Tom não estivessem olhando, ela pega a faca de carne que estava na mesa e a enfia em um dos bolsos da mochila.

MEIA-NOITE

CENA INTERNA
PONTIAC GRAND AM — NOITE

Pelo retrovisor do Grand Am, Charlie observa a lanchonete desaparecer — um borrado cromado e neon que logo será substituído pelo céu noturno, pelo luar e pelas árvores de um cinza fantasmagórico no acostamento da estrada. Eles voltaram para o meio do nada. Só os dois.

Viajam em silêncio, ambos olhando para a frente, os olhos fixos na claridade dos faróis que ilumina a estrada. Charlie não faz ideia se estão indo em direção à rodovia ou para bem longe dela. Não que isso importe. Ela já desconfia que, seja lá aonde estiverem indo, com certeza não é Ohio. E não haverá volta.

— Quanto você sabe? — pergunta Josh depois de eles já terem viajado quase dois quilômetros sem ver outro lugar ou carro.

— Tudo — diz Charlie.

Josh assente, nem um pouco surpreso.

— Foi o que pensei. Por que voltou para o carro?

— Porque eu tinha que voltar.

É realmente simples assim. Charlie não podia arriscar que Josh fizesse algo a Marge ou ao policial Tom. E sem dúvida não podia deixá-lo partir sozinho, não quando poderia fazer com outra pessoa as mesmas coisas que fez com Maddy. Então agora ela está aqui, sentada ao lado de um assassino.

Chame de destino.

Chame de carma.

Independentemente do que seja, ela entende que é quem precisa deter Josh. É um dever que cabe apenas a Charlie.

Isso não a deixa nem um pouco menos assustada. Sente mais medo agora do que sentiu durante toda a viagem. Porque agora sabe quais são os riscos.

Impedir que Josh saia impune ou morrer tentando.

O problema é que Charlie não sabe como, exatamente, deveria tentar impedi-lo. Está sentada, e sua mão, enfiada no fundo do bolso do casaco, os dedos se fechando e se abrindo ao redor do cabo da faca de carne. Parte dela está tentada a atacar Josh agora e enfim colocar um ponto-final nisso. Mas ela não o faz porque a ideia de esfaquear alguém — literalmente enfiar uma faca em outro corpo humano — a assusta tanto quanto pensar no que Josh pode tentar fazer com ela.

— A maioria das pessoas não teria feito isso — diz ele.

— Acho que isso faz com que eu seja destemida.

Josh ri por causa disso. Quando olha para ela, é com o que Charlie pode apenas identificar como admiração.

— Sim, com certeza você é destemida. — Ele pausa, como se pensasse se deveria dizer o que está pensando, por fim decidindo seguir o fluxo. — Gosto de você, Charlie. Por isso essa situação é tão merda. Gosto de conversar com você.

— Você gosta de mentir para mim — rebate Charlie. — Tem uma grande diferença aí.

— Você me pegou. Eu disse um monte de coisas que não eram verdade. Não vou negar.

— Como seu nome ser Josh.

— Essa foi uma delas, sim. Meu nome verdadeiro é Jake Collins. Mas você já sabia disso.

Charlie faz que sim com a cabeça. Sabia mesmo. Apesar de todos os joguinhos mentais de Josh, uma pequena parte dela sabia que estava certa a respeito disso.

— Seu verdadeiro nome. Sua verdadeira carteira de motorista. Aquele jogo de vinte perguntas. Por que você me fez pensar que eu tinha imaginado tudo aquilo?

— Porque eu não podia deixá-la sair do carro — confirma Josh. — Você parecia prestes a sair em disparada, então inventei uma desculpinha. Acho que deu certo.

Realmente deu. E Charlie se sente burra e está brava consigo mesma por ter acreditado, embora não devesse. Não é burrice acreditar no melhor das pessoas. Ninguém deveria ficar bravo consigo mesmo por pensar que alguém é bom, e não naturalmente mau.

— E tem alguma coisa que você me contou esta noite que *seja* verdade? — pergunta ela.

— Aquela história da minha mãe. Era tudo verdade. Ela foi embora no Halloween, exatamente como eu disse. Dá para contar nos dedos as pessoas para quem contei aquilo.

— Por que contou para mim?

— Porque gosto de conversar com você — diz Josh. — Isso também não foi mentira.

Dentro do bolso do casaco, Charlie continua a apertar e soltar os dedos ao redor do cabo da faca. Mais cedo, fez o mesmo com a maçaneta da porta do passageiro. Antes pronta para fugir, agora pronta para lutar.

Mas Josh não demonstra sinal algum de que permitirá isso. Só dirige, sem pressa, pronto para dizer alguma outra coisa de que não tem tanta certeza se quer.

— Meu pai sempre me culpou pela minha mãe ter ido embora — diz. — Ele disse que a culpa era minha. E continuou dizendo até o dia em que morreu.

— Outra de suas mentiras.

— Na verdade, não — diz Josh. — Ele teve mesmo um derrame. Foi o que o matou. E eu teria largado tudo para cuidar dele, se precisasse. Embora ele me odiasse e, bem, acho que eu o odiava também.

— Porque ele culpava você pelo que sua mãe fez? — pergunta Charlie.

Josh faz que não com a cabeça.

— Não. Porque ele me convenceu a me culpar. Não importava que minha mãe tivesse decidido sozinha abandonar tudo. Eu pensava que era por minha causa. E ainda penso.

Charlie conhece bem demais aquele sentimento. Tão pesado, assolador e exaustivo que ela faria qualquer coisa para se livrar dele.

Até mesmo morrer.

Ela sabe disso, porque quase morreu. Não nesta noite. Antes. Quatro dias atrás.

— Eu quase me matei — diz ela.

As palavras pegam Josh de surpresa. E Charlie ainda mais. Nunca tinha admitido isso antes. Nem mesmo para si mesma.

— Por quê? — pergunta Josh, a surpresa ainda marcando a voz. Charlie percebe algo mais também: um tom de preocupação.

— Porque eu queria que a culpa fosse embora.

— Então foi por isso que aceitou carona de um estranho.

— Sim — diz Charlie. — Foi exatamente por isso.

Josh fica em silêncio por um tempo, pensando.

— Como aconteceu?

— Uma overdose acidental — diz Charlie. — Remédio para dormir.

Foram os comprimidinhos brancos, prescritos para neutralizar a inquietação causada pelos comprimidinhos laranjas. Charlie não tinha tomado muitas vezes, preferindo passar as noites vivendo vinganças imaginadas que tinham zero semelhança com a realidade que está vivenciando agora.

Mas então veio a noite em que o vulto humano contra o qual normalmente lutava foi substituído por um reflexo seu. Assustou-a tanto que Charlie colocou uma fita VHS, rastejou de volta para a cama e engoliu uma mão cheia de comprimidinhos brancos.

Disse a si mesma que só precisava dormir.

Que era apenas uma coincidência que a fita escolhida fosse *Cantando na Chuva*. Uma vez, ela disse a Maddy que aquele era o último filme que queria ver antes de morrer, porque era o que mais tinha chegado perto do paraíso.

Charlie continuou a mentir para si mesma, até quando seu corpo se rebelou e ela vomitou os comprimidos e então deu descarga nos poucos que permaneceram no fundo da privada. Permitiu-se pensar em todas as desculpas que existiam. Sentia-se cansada demais para pensar no que estava fazendo. Não estava pensando direito. Tudo não passou de um acidente infeliz.

Aquele era o verdadeiro motivo pelo qual Charlie queria sair da Olyphant o mais rápido possível. Porque não podia esperar até o Dia de Ação de Graças ou até quando Robbie pudesse. Porque foi ao painel de caronas e colocou um panfleto e aceitou a oportunidade de pegar carona com Josh.

Charlie tinha medo de que, se nada mudasse, ela fosse vivenciar outro acidente infeliz, dessa vez com um resultado diferente.

Mas, conforme a vergonha e a tristeza daquela manhã voltam, ela sabe a verdade.

Nada daquilo foi acidental.

Por um breve e devastador momento, ela teria preferido morrer a passar mais um minuto assolada pela culpa.

Agora, entretanto, quer viver. Mais do que tudo.

— Estou feliz que isso não tenha acontecido — diz Josh. — E sinto muito por não termos nos conhecido em circunstâncias melhores. Acho que eu teria gostado disso.

Charlie continua em silêncio. É melhor do que admitir que sente o mesmo. Houve momentos na viagem em que ela realmente *gostou* de Josh, antes das suspeitas e do medo. Sentiu uma afinidade por ele, provavelmente porque é tão diferente dos outros quanto ela. E também solitário. Consegue perceber isso agora. Semelhantes se reconhecem. De um jeito estranho e deturpado, às vezes Josh parece entendê-la melhor do que Maddy.

Ou talvez seja apenas Maddy que faz com que ela se sinta próxima de Josh. Há uma razão para Josh tê-la escolhido como uma de suas vítimas. Talvez ele tenha se encantado por Maddy pelos mesmos motivos que Charlie. E é possível que esse seja outro motivo pelo qual ela tenha voltado ao carro com ele na lanchonete, embora isso desafiasse a lógica e a razão.

Ela quer saber por quê.

Por que Josh escolheu Maddy.

Por que ele a abordou do lado de fora do bar.

Por que decidiu matá-la.

Mas, em vez de tentar dizer essas coisas, Charlie deixa que o silêncio tome conta. Ele preenche o carro, inquieto, os dois sem tirar os olhos da estrada, que parece ter se estreitado. Dos dois lados, a floresta fica mais próxima. Acima, galhos formam um arco, conectando-se como casais idosos de mãos dadas. Flocos de neve ainda pairam nas sempre-vivas. De vez em quando, torrões se soltam dos galhos e atingem o teto do carro, com um som abafado.

— E agora? — pergunta Charlie, por fim.

— A gente dirige.

— Mas não para Ohio.

— Não, Charlie. Temo que não.

— O que vai acontecer quando pararmos de dirigir?

— Acho que você já sabe a resposta.

Charlie mais uma vez aperta os dedos ao redor da faca que está no seu bolso. Dessa vez não a solta. Segura firme. Mais pronta do que jamais estará.

— Talvez você devesse parar de dirigir agora — diz ela.

Josh olha para ela.

— Tem certeza de que quer isso?

— Não — diz Charlie. — Mas passei por um monte de coisas que eu não queria.

— Como o que aconteceu com os seus pais.

— Sim. E com Maddy.

Charlie finalmente sente — o fortalecimento de seu coração pelo qual estava esperando. Tudo de que precisou foi dizer em voz alta o nome de Maddy para o homem que a matou. Ainda assim, não se parece em nada com o que vivenciou em seus filmes. Está brava, sim, mas também triste. Tão exaustivamente triste.

— Sim — responde Josh. — E...

Um veado de repente passa pela estrada, bem em frente ao carro, os faróis fazendo seus olhos brilharem.

Josh pisa no freio, e Charlie é arremessada para a frente por um segundo antes de o cinto de segurança travar e puxá-la de volta. Ela bate a cabeça no encosto do banco. Ao lado, Josh vira o volante para a direita, tentando desviar do veado. O animal cruza a estrada e entra na floresta, mas o carro continua em movimento. Derrapando no começo, então girando, a parte de trás do Grand Am chicoteando em um arco pela estrada.

Quando o carro para, ainda está na rodovia, mas de frente para a direção errada.

Ficam parados lá por um momento, o carro inerte, o motor roncando, os faróis apontando para a direção pela qual acabaram de vir.

— Você está bem? — pergunta Josh.

— Acho que sim — responde Charlie antes de pensar em duas coisas, uma seguida da outra.

A primeira: se Josh está planejando matá-la, por que se importa se ela está bem?

A segunda: ele parou de dirigir.

Josh solta o cinto de segurança.

— Talvez tenhamos acertado aquele veado. Vou ver a frente do carro.

Ele pausa, esperando que Charlie diga alguma coisa. Mas ela não consegue dizer nada porque aquele segundo pensamento que teve se repete na sua cabeça como se fosse uma sirene.

Paramos de dirigir. Paramos de dirigir. Paramos de dirigir.

E um terceiro pensamento se junta a esse.

Não sei o que vai acontecer agora.

Mas Charlie sabe.

Soube no momento em que saíram da lanchonete.

Josh tentará matá-la, e ela tentará matá-lo, e só um deles sairá vivo.

Com a mão dentro do bolso do casaco, os dedos agarrando a faca bem forte, Charlie observa Josh desistir de esperar por uma resposta e então sair do carro. Ele cruza a parte da frente, o moletom brilhando na claridade dos faróis. Quando se abaixa para examinar o para-choque, Charlie percebe que um vapor sobe do capô do Grand Am. Ela leva um segundo para perceber o porquê.

O motor.

Ainda está ligado.

Pronto para dirigir.

Para colocar um fim nisso, aqui e agora, tudo que precisa fazer é deslizar para trás do volante, mudar para a primeira marcha e pisar no acelerador.

Charlie se move rapidamente.

Soltando o cinto de segurança.

Deslizando por cima do compartimento do meio.

Pegando o volante, para alavancar.

Está quase atrás dele quando Josh a nota. Em um piscar de olhos, ele está ao lado do carro, abrindo a porta do motorista antes que Charlie consiga travá-la. Enquanto Josh força seu caminho de volta para dentro, Charlie rapidamente retorna ao banco do passageiro.

Josh olha para ela com arrependimento.

— Olha, Charlie — diz ele. — Não quero te machucar, está bem? Mas eu posso. Te machucar, quero dizer. Sou bem capaz disso. Então podemos fazer de duas maneiras. Você pode ficar tranquila, que é o que eu recomendo. Ou você pode tentar revidar, e eu vou ser obrigado a pegar pesado, o que, reitero, eu realmente, *realmente mesmo*, não quero fazer.

Encolhendo-se contra a porta do passageiro, Charlie tenta enfiar a mão de volta no bolso.

— Deixe essas mãos onde eu possa vê-las — diz Josh. — Não dificulte as coisas para o seu lado.

Ele enfia uma mão no bolso da frente da calça. Tira algo e joga para Charlie. Não querendo pegar, ela recua e deixa o objeto cair, fazendo barulho.

Ela olha para baixo e vê que é um par de algemas.

— Pegue as algemas e as coloque — diz Josh.

Charlie balança a cabeça, e uma lágrima escapa de seus olhos. Uma surpresa. Ela não sabia que tinha começado a chorar.

— Você precisa ser esperta agora — diz Josh num tom de aviso. — Pegue as algemas.

— Eu... — A voz de Charlie some, cortada por medo, raiva e tristeza. — Eu não quero fazer isso.

— Por favor, não me obrigue a pegar pesado — diz Josh. — Você não quer isso. Eu não quero isso. Então vou contar até três e, quando eu terminar, aquelas algemas precisam estar nos seus pulsos.

Ele espera.

Então começa a contar.

— Um.

Ainda balançando a cabeça e ainda chorando, Charlie alcança as algemas a seus pés.

— Dois.

Ela se abaixa, uma mão pegando as algemas e a outra se enfiando de volta no bolso do casaco.

— Três.

Charlie se senta, as algemas geladas na mão esquerda, o cabo da faca quente na direita.

Ela não se move.

— Cacete, Charlie. Só coloca a porra das algemas.

Josh se estica sobre o compartimento do meio, em segundos se movendo do lado do motorista para o do passageiro.

Charlie tira a faca do bolso.

Ela fecha os olhos.

Então, com um grito tão alto que chacoalha as janelas do carro, ela move a faca para a frente e a enfia no estômago de Josh.

Pensou que entraria com mais facilidade. Nos filmes, as facas entram suavemente, como se cortassem manteiga. A verdade é que exige força. Uma força que faz grunhir e ranger os dentes, para fazer a faca passar pelo moletom de Josh, então pela pele e depois ainda mais fundo, acertando lugares em que Charlie não quer pensar. Ela para apenas quando sente sangue nas mãos e escuta Josh gemer seu nome.

— *Charlie.*

CENA INTERNA
PONTIAC GRAND AM — NOITE

Charlie abre os olhos.

Vira a cabeça.

Devagar.

Bem devagar.

O olhar indo centímetros para a esquerda, parando quando o purificador de ar em formato de pinho que balança no retrovisor interno atinge sua visão periférica.

Charlie respira, inalando o cheiro de pinho que está forte demais.

— Eita. Você está aí, Charlie? — pergunta uma voz próxima a ela.

Sua cabeça termina de virar. Rápido dessa vez. Um giro de pescoço que a deixa cara a cara com Josh. Ele está sentado atrás do volante, parecendo entretido e ansioso. Como se estivesse esperando por esse instante há um bom tempo e, agora que ele chegou, está feliz.

— Isso é real? — pergunta ela.

Josh observa as costas das mãos, entretendo-a.

— Parece bem real para mim. Você estava...

— No cinema?

— Isso.

— Eu não sei.

Mas espera muito que sim. Quer pensar que não é capaz de fazer na vida real o que tinha acabado de fazer na imaginação.

— Como você pode não saber? — pergunta Josh.

— Foi...

Assustador.

Tão assustador e detalhado e confuso. O suficiente para Charlie se sentir tonta. Nuvens cinza aparecem e somem do seu campo de visão. Uma dor de cabeça que a toma por inteiro as acompanha. Ela se sente como Dorothy acordando no fim de *O Mágico de Oz*, de repente em um mundo tingido de sépia que minutos antes tinha sido estonteantemente colorido.

— Não sei o que está acontecendo — diz ela.

E ela não sabe mesmo. Não faz ideia se está na realidade, em um filme ou uma lembrança. Pode ser os três, o que é uma boa maneira de descrever o cinema. Filmes são uma mistura de vida e fantasia e ilusão que se torna um tipo de sonho compartilhado. Charlie imagina esse momento sendo projetado numa telona, assistido por todas aquelas belas pessoas no escuro.

Àquela altura, nada mais a surpreenderia.

O carro ainda está parado no meio da estrada. Pelo para-brisa, Charlie vê árvores dos dois lados do Grand Am, seus galhos nus e cinzas como esqueletos contrastando com o céu.

— Não precisamos parar de dirigir — diz Josh, uma entonação de esperança na voz. — Podemos continuar viajando.

— Até Ohio?

— Se é o que você quer, claro.

— Ou podíamos ir ao cinema — sugere Charlie.

A sugestão faz Josh rir.

— Eu não acharia isso ruim. Nem um pouquinho.

— Então você não vai tentar me matar?

— Não posso — diz Josh. — Você já me matou.

Charlie olha para as mãos. Uma segura um par de algemas. A outra está banhada de sangue. Do outro lado do carro, Josh engasga com o nome dela.

— *Charlie.*

— — — — —

CENA INTERNA
PONTIAC GRAND AM — NOITE

Os olhos de Charlie se abrem sozinhos. Um estalo obstinado.

À sua frente, virado de lado no banco do motorista, está Josh. A cabeça apoiada na janela, que está embaçada por causa dos seus gemidos de dor. Quando ele espasma, o cabelo desenha o formato de uma água-viva no vidro.

A faca ainda está na lateral do seu corpo, saindo para fora como um termômetro culinário. Josh a encara, de olhos arregalados e suando, os dedos da mão esquerda tentando alcançá-la.

— Charlie — geme ele —, me ajude.

Ela continua sem se mover, a não ser pelos cílios, que ela pisca rapidamente, torcendo para que isso a tire desse filme que parece um pesadelo. Porque só pode ser isso.

Um filme.

Tem que ser.

Não pode ser verdade.

Embora seja o que parece. Sangue começa a encharcar o moletom de Josh. Uma mancha molhada ao redor da faca que é mais escura do que o sangue falso que se usa em filmes. Quase preto. Como se não fosse sangue de verdade, mas um tipo de líquido originário.

Assistir à cena faz Charlie se afastar em direção à porta do passageiro. Ela procura a maçaneta, encontra-a e puxa. A porta se abre, e a luz interna do Grand Am é acesa, lançando uma claridade brutal ao interior do carro. Agora que não está mais escuro, o sangue parece um brilho Technicolor sob a luz interna.

Charlie volta a piscar, mais rápido dessa vez. Os cílios trabalhando de um jeito que faz tudo tremer como um projetor que não está rodando a toda velocidade. Ela desliza de costas para fora, caindo do carro e pousando na estrada com uma onda de dor na lombar.

Rasteja para longe do carro, de lado, feito um caranguejo. Não quer estar aqui. Quer estar em qualquer outro lugar. Qualquer outro *momento*. Quer acordar e descobrir que está numa realidade completamente diferente. Uma sem Josh e aquele carro e aquele sangue.

Quando pensava em dar uma facada em Josh, não sabia de verdade como se sentiria caso realmente seguisse em frente com isso. Vitoriosa, talvez. Ou satisfeita. Ou orgulhosa.

Em vez disso, está apenas apavorada.

Mas é um tipo diferente de medo.

Não está mais com medo do que pode acontecer com ela. Está com medo do que fez.

Charlie fica de pé.

Dá uma última olhada no Grand Am.

Então começa a correr.

— — — — —

CENA INTERNA
PONTIAC GRAND AM — NOITE

Ele tira a faca do próprio estômago com uma rápida puxada. Melhor isso do que tentar puxá-la aos poucos, o que dói mais do que ajuda. E já está doendo muito. O ar puro atinge a facada, uma onda fresca de agonia pulsa por ele, e não lhe resta nada a fazer além de berrar.

Quando acaba e a dor escaldante diminui para um fervilhar mais suportável, ele respira fundo algumas vezes e verifica o estrago. A primeira coisa que percebe — porque é impossível não perceber — é o sangue. O lado onde Charlie o esfaqueou está carmesim da cintura até a axila. Não sabe se é porque o moletom absorve muito bem ou se ele realmente perdeu tudo aquilo de sangue. De qualquer forma, a visão o deixa tonto.

É preciso um certo esforço para levantar o moletom e ver o verdadeiro ferimento à faca. O tecido encharcado de sangue gruda na pele como cola. Ele considera deixar da forma como está. Um curativo improvisado. Mas ele já tinha levado uma facada antes e sabe que não fazer nada só vai levar a mais perda de sangue, depois infecção, depois à morte.

Queira ou não, essa porra precisa levar pontos.

Então ele puxa o moletom para cima do mesmo jeito que fez com a faca — em uma única puxada. Liberando outra explosão de dor, olha para baixo e vê o ferimento de quase três centímetros no lado esquerdo do abdômen.

A parte boa é que a faca era pequena.

A parte ruim é que era comprida.

O ferimento é fundo o suficiente para que ele se preocupe com a possibilidade de a faca ter atingido um órgão importante ou danificado alguns nervos, embora, se fosse esse o caso, ele acha que estaria sentindo ainda mais dor. Ou que estaria morto. E, já que está vivo, e não paralisado de agonia, presume que teve sorte.

Ele alcança algo embaixo do banco do motorista, a mão esquerda tateando à procura do kit de primeiros socorros que mantém ali em caso de emergência. Cada movimento resulta numa nova onda de dor que o faz xingar tudo relacionado àquela noite.

Era para ser moleza. Agora é só um show de horrores. E ele sabe exatamente de quem é a culpa.

De Charlie.

Não estava mentindo quando disse que gostava de conversar com ela. Não consegue se lembrar de quando foi a última vez que se divertiu na companhia de alguém. As pessoas, de modo geral, são umas cuzonas. É por isso que faz o que faz. A maioria dos seres humanos não consegue deixar de ser um bando de porcos cuzões, egoístas e gananciosos. É seu dever garantir que paguem por isso.

Mas Charlie é diferente. Tão estranha e traumatizada e, como ele sabe agora, secretamente fodona. Isso o fez abaixar a guarda. Disse a ela coisas que nunca tinha dito a mais ninguém, nunca mesmo. Tudo que isso lhe deu em troca foi uma faca no estômago.

Embaixo do banco, os dedos roçam em um plástico liso. O kit de primeiros socorros. Finalmente. Ele o pega, larga do lado do corpo que não foi ferido pela faca e abre. Vasculha a caixa, encontrando uma garrafinha de álcool isopropílico, um pacote de gazes, esparadrapo, uma agulha e um rolinho de linha. Tudo de que precisa para um pouco de cirurgia amadora.

Agora vem a parte difícil. A etapa que ele não quer cumprir, mas precisa, se quiser alcançar Charlie. E ele precisa que isso aconteça.

A história deles ainda não acabou.

Fortalecendo-se com uma respiração irregular, derruba o álcool sobre o ferimento e grita por causa da dor. Suas mãos tremem tanto que são necessárias quatro tentativas antes que consiga passar a linha na agulha. E, quando consegue, ele geme, range os dentes e começa a dar os pontos.

CENA EXTERNA
ESTACIONAMENTO DA LANCHONETE — NOITE

A lanchonete está escura quando Charlie chega lá. Tão escura que ela quase não a viu em sua corrida desesperada pela rodovia. Estava procurando a claridade, não o formato. O neon e o rosa e o azul ao redor da entrada. A luz berrante da placa. O brilho quente vazando pelas janelas. Agora não há mais nada disso. Tudo foi substituído por uma escuridão inquietante.

Está fechada.

Não há ninguém aqui.

Mas então ela encontra um único carro ainda no estacionamento. O Cadillac azul-claro que tinha notado quando foram lá pela primeira vez. Ela espera que isso signifique que ainda há alguém ali.

Charlie vai em direção à porta, as pernas pesadas e o peito apertado. Correu por, pelo menos, 30 minutos. O máximo que já tinha corrido na vida.

Apesar do frio, Charlie está banhada de suor. Sente-o sob o casaco. Uma umidade pegajosa que faz a camiseta grudar na pele. Ela coloca uma palma no coração e percebe que ainda está segurando as algemas. Aperta-a tão forte que precisa forçar os dedos a soltá-la.

Sem saber mais o que fazer, enfia as algemas no bolso da frente do jeans. Uma boa ideia. Servirão como evidência. Prova de que Josh tinha tentado prendê-la e que ela o matou em legítima defesa.

O pensamento tira o ar de seus pulmões.

Ela acabou de matar alguém.

Não, ela não viu Josh morrer. Não conseguiu ficar lá tempo suficiente para confirmar. Mas sabe que ele está morto. Um fato que a faz olhar para as mãos cobertas de sangue seco. Então usa o casaco para limpá-las, mesmo que no fundo saiba que não há por que fazer isso. Não importa se matou um assassino. Suas mãos ficarão sujas para sempre.

Charlie tenta abrir a porta da frente da lanchonete. Embora as cortinas tenham sido abaixadas, tampando as janelas, e a placa da porta tenha sido virada para o lado que diz FECHADO, a maçaneta ainda destrava quando ela tenta abrir.

Empurrando um pouco a porta, ela olha o lado de dentro. As únicas luzes que vê são as que vêm do expositor de sobremesas, as tortas ainda iluminadas, ainda girando, e da jukebox. Todas as mesas estão vazias. Cadeiras foram viradas de cabeça para baixo e posicionadas em cima do balcão. Sob os pés dela, o chão brilha, úmido. Acabou de ser limpo.

— Olá? — Charlie para, esperando uma resposta. Quando ninguém aparece, ela entra e diz: — Por favor. Preciso de ajuda.

Vira-se para a mesa à qual ela e Josh se sentaram só uma hora antes, chocada com quanta coisa pode mudar naquele curto período de tempo. Sessenta minutos antes, era apenas uma universitária assustada. Agora é uma assassina.

Charlie ouve um barulho vindo do fundo da lanchonete, logo atrás da porta da cozinha. Ela se vira para ver a porta aberta balançando enquanto Marge sai por ali, ainda de uniforme. Nas mãos, segura um pano molhado. Quando vê Charlie, para um pouco depois da porta, surpresa.

— Charlie? — pergunta ela. — Querida, o que aconteceu?

Charlie só pode imaginar como a garçonete a vê.

Ofegante.

Suada.

Ensanguentada.

— Josh — diz ela. — Ele me atacou. E eu... Eu dei uma facada nele.

Marge leva uma das mãos ossudas à boca.

— Você está bem?

O corpo de Charlie responde por ela. As pernas, bambas pelo choque, o medo e toda aquela correria, cedem. O resto dela oscila. No começo só um pouco, então bastante. Uma inclinação inesperada e surpreendente durante a qual consegue vomitar uma frase inteira.

— Acho que deveríamos ligar para a polícia.

— É claro — diz Marge, apressando-se na sua direção. — É claro, mas é claro que sim.

Charlie ainda está mole quando Marge a alcança e fica por trás, saindo de vista. No começo, pensa que a garçonete está tentando mantê-la de pé. Mas então uma das mãos de Marge cobrem sua boca e seu nariz.

Naquela mão está o pano que ela segurava, agora molhado contra a pele de Charlie, fedendo a mofo e algo mais. Algo forte que faz Charlie estremecer e ficar cada vez mais tonta.

Ela continua mole. A lanchonete não gira tanto quanto desvanece, as paredes, o chão, o teto, tudo virando um borrão. A jukebox é a última a desaparecer. Suas luzes coloridas brilham como um fósforo logo antes de ser assoprado.

E então Charlie também desaparece.

— — — — —

UMA DA MANHÃ

```
CENA INTERNA
DORMITÓRIO — DIA
```

Charlie acorda na cama.

Na *sua* cama.

A cama no dormitório da Olyphant. Sabe disso sem nem precisar abrir os olhos, por ter afundado no meio, como se fosse uma rede, o que sempre a ajudou dormir melhor mesmo que isso significasse que acordaria com a lombar doendo.

Mas dessa vez nada dói. Parece que está flutuando. Não na cama, mas um pouco acima, planando como Linda Blair em *O Exorcista*.

Tem mais alguém ali. Parada ao lado da cama. Cheirando a cigarro e Chanel nº 5.

Maddy.

— Acorde, preguicinha — diz ela.

Charlie abre os olhos de uma só vez enquanto assimila de bom grado a visão da amiga. Maddy está usando um terno Chanel. Um clássico. Do tipo que Jackie Kennedy usou em Dallas, só que o dela é verde-limão, e o tecido da manga está dobrado. Numa mão de luva branca há uma taça de champanhe. A outra segura um prato com uma fatia de bolo.

— Feliz aniversário, Charlie.

Maddy sorri.

De orelha a orelha.

Os lábios vermelhos repuxados numa careta que deixa à mostra um espaço escuro onde um dos dentes caninos deveria estar. Ainda está sangrando — um gotejar constante que chega a transbordar pelo lábio inferior de Maddy e escorrer pelo queixo antes de cair sobre o bolo numa cobertura carmesim.

```
CENA INTERNA
LANCHONETE— DIA
```

Charlie acorda assustada.

Não na própria cama. Não no dormitório.

Está numa cadeira de madeira. Barulhenta. Desconfortável. O encosto reto feito uma vareta a obriga a se sentar de um jeito ereto nada natural, a coluna reclamando do esforço. Ela tenta relaxar, mas não consegue. É como se tivesse sido colada na cadeira.

É só quando tenta mexer os braços que percebe que eles foram amarrados com cordas. Elas dão a volta em seus pulsos e nos braços das cadeiras, unindo-os, tão apertadas que afundam na pele e impedem que o sangue circule nas mãos. Os dedos ficaram brancos. Ela os mexe, mas não sente nada.

O mesmo acontece com os dedos dos pés, graças à corda que está ao redor dos tornozelos, açoitando as pernas contra a cadeira.

Há mais cordas enroladas na parte superior do seu corpo — uma logo abaixo da costela e outra bem na base do pescoço. Está tão apertada que mal consegue respirar. O pânico a domina como água, ameaçando afogá-la.

— Socorro! — grita, a voz gorgolejante, como se houvesse mesmo água em seus pulmões. — Por favor, alguém me ajude!

Marge responde da escuridão, a voz rouca, abafada.

— Ninguém vai te ouvir, querida. Ninguém além de mim.

Uma luz é acesa. Uma única lâmpada suspensa no teto que lança uma luz forte e impiedosa aos arredores.

Um pequeno cômodo.

Perfeitamente quadrado.

Nas paredes, estantes vão do chão ao teto. Nelas, há latas, caixas, bandejas e recipientes. Marge está encostada em uma delas, observando Charlie.

— Seja bem-vinda de volta — diz.

Pela porta às costas dela, Charlie consegue ver uma sala refrigerada do outro lado de um corredor estreito. A porta está bem fechada, e de lá sai um barulho abafado e contínuo. À direita há uma pilha de caixotes de madeira, atrás da qual Charlie consegue ver uma fresta da cozinha.

Ela ainda está na lanchonete.

Não faz ideia do porquê.

Amarrada, Charlie tenta se mexer, a cadeira balançando.

— O que está acontecendo? — pergunta ela.

— É melhor se você não falar nada — diz Marge.

Sem chance de isso acontecer. Não enquanto Charlie está amarrada a uma cadeira no que parece ser uma despensa.

— Não sei por que a senhora está fazendo isso, mas não é tarde demais para mudar de ideia. A senhora pode só me soltar, e eu vou embora, e nunca vou contar a ninguém.

Marge não recebe a ideia muito bem. A garçonete arma uma carranca e enfia uma das mãos no bolso do avental.

— Você vai me machucar? — pergunta Charlie.

— Ainda não sei — responde Marge. — Talvez. Vai depender de você.

Charlie não sabe o que fazer com essa informação. Ela permanece fixa aos pensamentos de Charlie como uma pedra num riacho — pesada e imóvel, mesmo com a correnteza passando ao redor.

— O que você quer de mim?

Um feixe de luz surge na sala refrigerada atrás de Marge, ficando cada vez maior. Charlie presume que seja de um carro entrando no estacionamento, os faróis altos brilhando pela janela circular da porta que leva à parte principal da lanchonete. O que significa que a porta e o salão estão à esquerda. Bom saber, para quando Charlie tentar fugir. Se tiver a oportunidade. As cordas que a prendem continuam apertadas, não importa o quanto se esforce.

A luz desaparece.

Charlie ouve — ou acha que ouve — a porta de um carro sendo aberta bem aos poucos. Só tem certeza quando dois segundos depois escuta uma batida.

Sem sombra de dúvida é a porta de um carro.

Tem alguém lá fora.

E, pela cara de preocupação estampada no rosto de Marge, ela não está esperando quem quer que essa pessoa seja.

Charlie escuta o coração bater nos ouvidos. Pode ser alguém que possa ajudar. Pode significar que será resgatada. Ela abre a boca para gritar, mas Marge vai para cima dela antes que consiga emitir qualquer som e enfia um pedaço de pano na boca de Charlie. O gosto é um pouco parecido com detergente. O suficiente para fazer Charlie engasgar enquanto Marge une as pontas do pano num nó, atrás da cabeça dela.

No lado de fora, alguém tenta abrir a porta da lanchonete, descobrindo que está trancada. Não se deixando abalar, a pessoa bate no vidro.

— Oi? Tem alguém aí?

Charlie arfa em meio ao pano, sentindo ainda mais o gosto de detergente no fundo da língua.

Ela reconheceria aquela voz mesmo a um quilômetro de distância.

Robbie.

— Oi? — chama ele de novo, enfatizando com mais uma batida na porta.

Charlie fica completamente quieta e imóvel, perguntando-se se está enganada. Não é possível que seja Robbie. Deve ser outra pessoa. A polícia. Um motorista esfomeado. Qualquer um que não seja o namorado dela, que teria precisado dirigir mais de uma hora para chegar aqui. Ela quebra a cara quando a pessoa do lado de fora diz:

— Charlie? Você está aí?

É *mesmo* Robbie.

Charlie pensa: ele está aqui para salvá-la.

Ela pensa: ele nem precisa se esforçar para conter Marge.

Ela pensa: em questão de segundos, isso tudo vai acabar.

Mas então surge outro pensamento, um menos esperançoso do que os outros.

Ela pensa: este momento — aqui e agora — poderia ser outro de seus filmes. Não importa que Marge também o ouça, os lábios formando um bico irritado. Isso talvez também faça parte do filme. Uma esperança sem sentido projetada na parte interna de suas pálpebras.

Robbie a chama de novo, fazendo Marge enfiar a mão no bolso do avental e tirar de lá o que estava escondendo.

Uma arma.

É pequena. Quase delicada. Há detalhes de ferro no cabo e um brilho lustroso no cano cinza-claro.

— Dê um pio — sussurra Marge —, e eu atiro nele.

Ela sai da despensa e entra no salão principal. Sozinha, Charlie sente esperança e medo colidirem em seu peito enquanto, quieta por causa da mordaça improvisada, escuta Marge destrancar a porta da frente e abrir uma pequena fresta.

— Desculpe — diz Marge, usando sua voz de garçonete atrevida e cansada. — Já fechamos.

Charlie a imagina parada em frente ao expositor de sobremesas, a arma escondida atrás do avental, enquanto Robbie tenta passar por ela, entrando na lanchonete.

— Uma garota veio aqui mais cedo? — pergunta Robbie.

— Muitas garotas vêm aqui, querido.

— Quantas vieram esta noite?

— Não é como se eu ficasse contando.

Charlie está tentada a emitir algum barulho, seja gritando através da mordaça ou tombando a cadeira ou tentando se jogar contra uma das prateleiras. Sabe que Robbie poderia conter Marge facilmente. Ele é bem maior que ela e provavelmente tem uns 25 quilos só de músculo. A única coisa que a mantém quieta é a arma.

Antes de hoje à noite, Charlie não teria acreditado que alguém como Marge fosse capaz de fazer mal a alguém. Mas, em questão de algumas horas, ela aprendeu a lição. Agora sabe que pessoas comuns são capazes de fazer coisas violentas e cruéis. Veja Charlie, por exemplo. Acabou de enfiar uma faca no estômago de um homem e o deixou para morrer.

Então, não, ela não vai forçar a barra com Marge. Vai ficar quietinha e sem se mover porque se recusa a deixar que Robbie seja ferido. Já tem arrependimentos o suficiente para uma vida toda. Não aguenta mais nenhum.

— Mais cedo minha namorada ligou para mim daqui — explica Robbie. — Cerca de duas horas atrás.

— Você tem certeza de que ela estava ligando daqui, querido? Há muitos lugares como este por aqui.

— Tenho — diz Robbie. — Ela me disse o nome. A Chapa do Horizonte. Disse que estava em perigo.

— Que tipo de perigo?

— Ela não disse. Mas sei que ela estava aqui, em perigo, e eu… — Robbie, beirando parecer histérico, para de falar, para se recompor. — Não tive notícias dela desde então e estou muito preocupado.

— Como ela é? — pergunta Marge, como se já não soubesse.

— Ela é nova. Vinte anos. Cabelo castanho. Aparência pálida. O nome dela é Charlie, e ela estaria usando um casaco vermelho.

— Agora eu me lembro dela — diz Marge. — Bonita. Gente boa. Me deu tchau no caminho até a porta. Estava aqui com outro camarada. Grandão. Muito bonito.

— Mas eles já foram embora?

— Não tem ninguém aqui além de mim, querido.

Robbie pausa, pensando. Mesmo que não consiga vê-lo, Charlie sabe que ele está com a cabeça abaixada, passando o dedão da mão direita no lábio inferior. Sua postura de sempre de quem está perdido nos próprios pensamentos.

— Ela parecia estar com medo? — pergunta ele. — Ou, tipo, parecia estar em perigo?

— Pelo que me lembro, não — diz Marge. — Não ficaram muito tempo aqui. Só pediram coisas para comer e beber, devoraram e foram embora.

— Você chegou a ver qual era o modelo do carro deles? — pergunta Robbie. — Ou em que direção foram?

— Não vi nada. Eu estava na cozinha quando eles saíram. Voltei, e a mesa estava vazia. Pagaram a conta e foram embora.

Um grito se forma no fundo da garganta de Charlie, subindo, ameaçando se libertar. *Ela está mentindo!* é o que quer dizer. *Estou aqui! Estou bem aqui!*

Ela se força a engolir aquelas palavras, mesmo que Robbie esteja se preparando para ir embora.

— Se ela voltar, você poderia lhe dizer que o Robbie está procurando por ela? — pede ele.

— Vou dizer — diz Marge. — Mas não ficarei aqui por muito mais tempo. Estou me preparando para ir embora daqui a pouco. Desculpe por não poder ajudar mais.

— Tudo bem — diz Robbie. — Obrigado pelas respostas.

— Sem problema, querido. Espero que vocês entrem em contato logo, logo.

Charlie ouve a porta sendo fechada, a tranca voltando a ser travada e o motor do carro sendo ligado. O feixe de luz volta a aparecer na porta da sala refrigerada antes de sumir de vista. Logo depois, Marge volta à despensa, a arma mais uma vez no avental e agora com uma garrafa marrom-escura e um guardanapo em mãos.

— Seu namorado mandou lembranças — diz ela. — Carinha dedicado ele. Espero que você esteja lhe dando valor.

Charlie faz que sim com a cabeça, incapaz de falar e muito perplexa para fazer qualquer outra coisa.

Ela dá valor, sim, a Robbie. Mais do que ele poderia saber. Ele veio atrás dela. Embora ela estivesse o largando — e partindo seu coração no processo —, ele veio até aqui para ajudá-la. Uma lágrima escorre pela sua bochecha, percorrendo todo o caminho até a boca antes de ser absorvida pela mordaça.

— Não há por que chorar — diz Marge, mais julgando do que consolando. — Você ficou quietinha, e eu não o machuquei. Mantive minha parte do acordo.

Ainda assim outra lágrima cai. Charlie não consegue impedir. Estava tão pronta para deixar para trás o que ela e Robbie tinham. Porque se sentia culpada. E achava que não o merecia. E que era só questão de tempo até ele terminar com ela. Mas então ele apareceu ali, e agora ela entende que estava errada. Sim, ainda se sente culpada e, não, não o merece. Mas ele nunca teve a intenção de abandoná-la. Ele veio resgatá-la. E agora talvez seja tarde demais.

— Vamos embora — diz Marge. — Mas, para fazer isso, preciso usar isso daqui de novo.

Ela mostra a garrafa e o guardanapo, fazendo questão que Charlie veja.

— Vou tirar a mordaça agora. Se você gritar, vou atirar. Se tentar me atacar, vou atirar. Está claro?

Charlie faz que sim com a cabeça.

— Ótimo — diz Marge. — Espero de coração que você esteja falando sério. Porque estou avisando, querida, você não quer me ver puta da vida.

Ela abre a garrafa, liberando um vapor nocivo que atinge Charlie do outro lado da despensa. Marge coloca o guardanapo na abertura da garrafa antes de virá-la, molhando o tecido. E então vai em direção a Charlie.

— Por favor — diz Charlie, usando toda a força para formar as palavras por trás da mordaça. — Isso não.

Marge arranca a mordaça da boca de Charlie. Agora livre para falar normalmente, ela diz:

— Por favor, só me deixe ir embora.

— E por que eu faria isso, docinho? — pergunta Marge. — Você nem mesmo deveria ter partido. Eu sabia que você voltaria, mas não pensei que seria sozinha.

Charlie leva um tempo para entender o que a garçonete está dizendo. Seu cérebro ainda vacilando por causa da noite repleta dos seus filmes, de estresse, choque e seja lá o que for o líquido que Marge está despejando naquele guardanapo. Provavelmente clorofórmio. Algo que uma garçonete comum de uma lanchonete meia-boca não teria.

Mas estava esperando por ela. Aquela curva do destino não fora ao acaso. Josh a tinha trazido ali de propósito.

Toda aquela noite tinha sido planejada antecipadamente.

— Você está trabalhando com Josh?

— Quem?

— Jake — diz Charlie, corrigindo-se. — Jake Collins. Você está trabalhando para ele?

— Na verdade, ele está trabalhando para mim.

Marge está em cima dela agora, aproximando e pressionando o guardanapo na boca e no nariz de Charlie. Ela tenta segurar a respiração, mas não consegue por muito tempo. A pressão da mão de Marge faz seu corpo lutar por oxigênio. Charlie berra debaixo do guardanapo conforme o vapor toma conta de seu nariz, boca e peito.

Tudo começa a desaparecer. O rosto de Marge, a despensa e até mesmo seus próprios pensamentos. Conforme os arredores começam a evaporar mais uma vez, Charlie consegue pensar numa única coisa, estimulada pelo que Marge acabou de dizer.

Ele está trabalhando para mim.

Charlie pensa que aquilo significa que Josh não é o Assassino do Campus.

Ou, pelo menos, que não é o único.

— — — — —

CENA EXTERNA
ESTACIONAMENTO DA LANCHONETE — NOITE

Quinze minutos depois, Charlie cambaleia para fora da lanchonete ainda tonta por causa do clorofórmio, que continua em seu sistema por mais tempo que um de seus filmes. Aqueles dos quais desperta quase que imediatamente. Mas o clorofórmio leva o tempo que for necessário para ir embora. No momento, apenas uma parte de seu mundo foi recuperada. Apenas o que está imediatamente à frente. Tudo além disso continua fora de foco. Nada além de manchas borradas.

Mas ela está consciente de Marge logo atrás, segurando a arma na parte inferior das costas de Charlie. A ponta do cano encosta na coluna dela enquanto as duas andam, de forma nada elegante, em direção ao Cadillac da garçonete.

Quando recobrou um pouco da consciência na despensa, Charlie viu-se de pé, apoiada numa prateleira como se fosse uma múmia em exibição. Uma descrição apropriada, uma vez que novamente estava envolta em cordas. Dessa vez nos tornozelos, unindo-os bem junto, por isso a dificuldade.

Os pulsos também estavam amarrados, forçando-a a manter os antebraços para a frente de um jeito nada confortável. Marge claramente não a tinha revistado, senão teria encontrado as algemas de Josh que ainda estavam no bolso de Charlie e as teria usado. Seria mais confortável para Charlie — embora suspeite que fazê-la se sentir confortável não seja uma preocupação de Marge.

Além da arma, Marge também ostenta uma jaqueta preta por cima do uniforme. Pendurada no ombro está uma bolsa volumosa. Seja lá o que tem dentro, faz barulho à medida que elas andam próximo à parte de trás do carro. Charlie também escuta algo sendo esmagado sob os pés. Quando olha para baixo, nota cacos de vidro vermelho espalhados pela superfície do estacionamento.

— Entre — diz Marge enquanto abre a porta de trás do lado do passageiro.

Charlie olha para o interior do carro e pensa em fugir. Sabe que isso não é possível. Não com as pernas e braços amarrados daquele jeito. Mesmo se fosse, Marge poderia facilmente enfiar uma bala nas suas costas.

E mesmo assim Charlie considera a possibilidade.

Só saltitar para longe de Marge, torcendo para que a velha não seja boa de mira e de algum jeito erre o tiro enquanto Charlie sai do estacionamento em direção à estrada, sem parar até chegar à rodovia. Com certeza alguém pararia para ela. Um caminhoneiro ou um policial como Tom ou alguém que estivesse saindo de um expediente que acabou tarde da noite. Algum bom samaritano que pisaria nos freios no momento em que a visse mancando pelo acostamento, o pânico estampado em seus olhos.

Charlie para ao lado do carro, fazendo as contas, estimando a agilidade com que talvez consiga fazer isso.

Não leva muito tempo para perceber que é impossível.

Mesmo que leve apenas dez segundos para sair do estacionamento, ela sabe que Marge consegue usar esse tempo precioso para entrar no carro, ligar o motor e começar a persegui-la. Mesmo se Marge levasse mais tempo — um, cinco, dez minutos —, Charlie ainda estaria mancando pela Estrada do Rio Morto, sem garantias de que encontraria um motorista caridoso. Ainda mais a uma hora dessas.

— *Entre* — diz Marge de novo, dessa vez cutucando-a com o cano da arma.

Charlie obedece, com muita relutância e ainda mais dificuldade. Com os braços atados, é forçada a se virar, curvar a cintura e deslizar para dentro. Então dobra as pernas até que estejam inteiramente dentro do carro, apoiando-se desajeitadamente no banco de trás.

Marge fecha a porta, dá a volta pela frente do carro e se senta no banco do motorista. Antes de virar a chave, aperta o botão que trava as portas.

Charlie foi pega. De novo.

Rapidamente elas saem do estacionamento, os pneus espalhando cascalho enquanto Marge vira para a estrada, em direção à rodovia.

Charlie olha pela janela, vendo o mesmo cenário pelo qual o Grand Am passou quando ela e Josh estavam indo para a lanchonete, na direção oposta. Isso foi duas horas mais cedo, e agora ela está num carro diferente, com um sequestrador diferente.

A única coisa que não muda é o medo que sente.

— — — — —

```
CENA INTERNA
VOLVO — NOITE
```

    Robbie observa o Cadillac amassado deixar o estacionamento. Como não quer que a garçonete perceba que está sendo seguida, ele planeja deixá-la pegar um pouco de distância antes de ir atrás dela.

    Não deve ser difícil acompanhá-la. Não há outros carros na estrada, pelo menos isso. Há também o fato de que ele quebrou um dos faróis traseiros do carro dela no estacionamento, um truque que aprendeu graças a Charlie. Num filme que ela o fez ver. Um em preto e branco da década de 1940 que, no geral, deixou-o entediado. Mas ele se lembrou desse truque, e agora o farol quebrado pisca para ele enquanto o Cadillac desliza estrada abaixo.

    Não foi fácil chegar à lanchonete tão rápido. Depois de sair do apartamento, Robbie entrou no Volvo e acelerou até a I-80. Na Interestadual, dirigiu como o diabo fugindo da cruz, sem se preocupar com a ideia de ser parado pela polícia. Na verdade, torceu para que aquilo acontecesse, pensando que talvez fosse ser escoltado até lá.

    Não sabia o que esperar quando chegou à Chapa do Horizonte. Tinha torcido para encontrar o estabelecimento aberto e cheio de gente, Charlie se deliciando com um milk-shake, tudo não passando de um mal-entendido. Em vez disso, a lanchonete estava fechada, e a única pessoa por ali parecia ser aquela garçonete, que claramente estava mentindo. Com aquelas poucas frases, ela contou que Charlie tinha dado tchau ao sair *e* que não a tinha visto ir embora.

    Então, depois de quebrar um dos faróis traseiros, decidiu dirigir uns 100 metros estrada à frente e esperar, a fachada da lanchonete ainda visível. Queria ver a garçonete indo embora. Pensou que a seguiria, faria mais algumas perguntas e chamaria a polícia caso necessário. Mas não é como se a polícia tivesse sido útil na primeira vez que ligou. Levando em consideração o jeito como a recepcionista o dispensou, ele duvidava de que um policial tenha chegado a passar na lanchonete.

E é por isso que se sentou no carro, o motor desligado, mas as chaves ainda na ignição, esperando pela garçonete. O que o pegou de surpresa foi ver Charlie com ela, sendo conduzida para fora da lanchonete como se fosse um presidiário no corredor da morte caminhando em direção à câmara de gás. Foi uma cena tão horrível que ele quase saltou para fora do carro e correu para resgatá-la.

Mas então viu a arma que a garçonete estava apontando para as costas de Charlie e decidiu que ir até lá era a pior coisa que poderia fazer naquele momento. Conforme Charlie entrava no banco de trás, Robbie tentou vê-la bem. Embora fosse difícil afirmar àquela distância e no meio da noite, ela não parecida ter sido ferida fisicamente.

Ele espera que continue assim.

O que ele não entende — e não entendeu desde que Charlie ligou — é que porra aconteceu desde que ela saiu do campus e parou ali. O pouco que lhe contou na ligação sugeria que tinha alguma coisa a ver com o cara que havia lhe dado carona.

Josh.

Robbie acha que era esse o nome que ela tinha mencionado.

Mas ele não viu sinal de qualquer cara quando bisbilhotou o interior da lanchonete enquanto a funcionária mentia para ele. Nem mesmo parecia que tinha mais alguém dentro daquele Cadillac conforme ela acelerava para fora do estacionamento.

Ele consegue apenas supor que esse tal de Josh — seja lá quem ele for e onde possa estar agora — está trabalhando com a garçonete.

O que eles querem fazer com Charlie, entretanto, não tem como saber.

Não sem antes chegar a seja lá onde for que esse Cadillac está indo.

À frente, o farol quebrado desaparece abaixo do horizonte. Hora de agir. Robbie rapidamente dá a partida, engata a marcha e começa a perseguição.

```
CENA INTERNA
PONTIAC GRAND AM — NOITE
```

Ele dirige em direção à lanchonete, mesmo que, na verdade, isso não se qualifique nem um pouco como dirigir. Não passa de girar o volante de um lado para o outro. E ainda está fazendo um trabalho de merda. Movendo-se pela Estrada do Rio Morto na velocidade de uma lesma, mal consegue manter o Grand Am dentro da pista.

A culpa é da facada. Toda vez que pisa no acelerador ou muda de marcha, a dor se espalha pela lateral do seu corpo, fazendo parecer que tudo entre o ombro e o joelho está em chamas.

Pelo menos parou de sangrar, graças aos pontos, à gaze e à abundância de esparadrapo. Tendo usado várias gazes, a fita grudou à pele dele, puxando-a toda vez que se mexe e criando uma outra camada de dor ainda mais pontiaguda.

Mas ainda é melhor do que o que sentiu quando estava se costurando. Já tinha levado pontos várias vezes. Até então nada de novo. E, quando ainda estava na ativa, servindo em Beirute, as circunstâncias o levaram a dar pontos em outras pessoas. Mas nunca teve que fazer as duas coisas ao mesmo tempo.

Não foi nada bonito.

Quando se está prestes a se machucar, os nervos enviam uma mensagem para o cérebro que lhe diz para parar de fazer seja lá o que estiver causando a dor.

Simples.

Mas não tão simples é se obrigar de qualquer jeito, não importa o que seu cérebro diga, sabendo que você está prestes a causar em si mesmo uma dor imensurável. Ele parou quando a agulha entrou e de novo quando saiu, repetindo esse processo cinco vezes antes que o corte na lateral estivesse inteiramente fechado.

Agora ele está dirigindo.

Ou tentando.

Indo em direção à Chapa do Horizonte em vez de um hospital, que é aonde realmente deveria estar indo. Mas ele não gosta de hospitais. Não curte todas aquelas perguntas que fazem no pronto-socorro. E a primeira que vai ouvir quando derem uma olhada naquele ferimento fechado com pontos amadores e muita fita é:

— Quem lhe deu essa facada?

Por causa disso, prefere pular o hospital por ora.

Talvez amanhã chegue um momento em que ele não consiga mais evitar. Caso isso aconteça, com certeza inventará alguma desculpa para essa faca de carne enfiada no estômago. Não pretende mencionar Charlie. Isso não seria nada inteligente.

Então só lhe resta seguir até a lanchonete, saindo da pista a cada alfinetada de dor que queima sua lateral. Precisa chegar até lá porque é onde Marge está. E provavelmente Charlie também, levando em conta como não há nenhum outro lugar nessas redondezas.

Apenas A Chapa do Horizonte.

O lugar onde Charlie deveria ter ficado.

Pelo menos era esse o plano. Encontrá-la, colocá-la no carro a qualquer custo e levá-la até a lanchonete. Feito, feito e feito.

Uma vez lá, quando Marge apareceu para anotar os pedidos, ele deu aquele sinal que Charlie, também familiarizada com códigos, não percebeu.

Qual é o prato do dia?

Traduzindo: é esta a garota.

O resto dependia da resposta de Marge. Caso ela tivesse lhe dito "Não temos esse tipo de coisa aqui. O que tem no cardápio é o que fazemos", significaria que não seguiriam com o combinado. Em vez disso, ela respondeu "Bife à Salisbury", o que significava que dariam continuidade ao plano e que ele deveria deixar Charlie na lanchonete.

O que definitivamente não estava no plano era Marge, de propósito, derrubar chá em Charlie, para que elas pudessem ter um momento a sós. Ele sabe por que ela fez isso. Não achou que ele estivesse fazendo um bom trabalho e que Charlie talvez agisse imprevisivelmente por causa disso.

Acontece que ela estava certa.

Ele foi pego de surpresa quando Charlie colocou aquela maldita música para tocar na jukebox, revelando que sabia, se não de tudo, então pelo menos o suficiente. Também não poderia ter previsto que ela insistiria em voltar para o carro com ele. Apenas concordou porque sabia que poderia trazê-la de volta facilmente, em questão de minutos. Além disso, pareceu melhor do que só ir embora enquanto ela ainda estava no banheiro e nunca mais vê-la de novo. Pensou que talvez seria legal dirigir e conversar um pouquinho mais. Uma boa despedida antes que ele sacasse as algemas.

Mas então Charlie lhe deu uma facada, e agora ele tem cinco pontos artesanais na lateral do corpo, esparadrapo puxando a pele e um moletom rachado de sangue seco.

E lá se foi a boa despedida.

Quando a lanchonete aparece quase um quilômetro à frente, ele vê que o lugar está escuro, e o estacionamento, vazio. Ainda assim há uma circulação de tráfego incomum para essa estrada a essa hora. No meio do caminho entre o Grand Am e a lanchonete, há um Volvo parado no acostamento, os faróis apagados e o motor desligado. À distância, um carro que está com um dos faróis traseiros quebrado segue em direção à rampa de saída para a Interestadual.

Ele pisa no freio e apaga os faróis do Grand Am, curioso para saber o que vai acontecer.

Quando o carro com o farol traseiro quebrado desaparece, o Volvo entra em ação e segue silenciosamente para a estrada. Conforme o carro vai na mesma direção do outro, ele nota um adesivo da Olyphant University no para-choque traseiro.

O namorado, supõe.

Veio resgatar Charlie.

Outra suposição que faz é que esse tal namorado dela não veio até aqui só para ficar na cola de um carro aleatório. Isso significa que aquele com o farol quebrado é Marge, com Charlie a reboque.

Ele se permite dar um sorriso marcado pela dor.

Talvez, no fim das contas, consiga mesmo se despedir.

Ele espera até que o Volvo esteja a uma boa distância antes de ligar os faróis do Grand Am novamente. Então volta a dirigir. Dessa vez de verdade, apesar de a tática anterior doer bem menos. Ele cerra os dentes, segura o volante com força e aguenta firme a dor.

Não há outra escolha. Sabe que precisa acompanhar o Volvo e que esta noite, que para começar já virou a porra de um desastre, acabou de ficar muito mais complicada.

— — — — —

```
CENA INTERNA
CADILLAC — NOITE
```

O mundo de Charlie continua borrado nos cantos, mesmo que não haja mais clorofórmio em seu organismo. Agora essa sensação é causada pela velocidade do Cadillac. Do lado de fora, tudo — na maioria árvores, mas também clareiras e terrenos vazios — é reduzido a linhas cinzas.

Não sabe aonde Marge a está levando. E também já não sabe mais onde estão. Charlie pensou que estavam indo em direção à rodovia, mas Marge passou reto pela saída, transformando-a em mais uma linha cinza.

Agora só resta a Charlie imaginar, com medo, não apenas aonde estão indo, mas também o que vai acontecer uma vez que chegarem lá. Foi assim que se sentiu na primeira vez que saiu da lanchonete. Morta de medo e confusa e quase passando mal por causa do mal-estar. Dividida entre querer continuar viajando para sempre e só colocar um ponto-final àquilo.

A principal diferença entre as duas situações, além da pessoa que está dirigindo, é que antes Charlie tinha uma arma. Agora não tem nada.

Ela olha para as mãos, que estão manchadas de rosa por causa do sangue. Sim, sabe que Josh talvez ainda esteja vivo e que ela tinha agido em legítima defesa. Mas isso não muda o fato de que usou as próprias mãos para esfaquear outro ser vivo, e ela teme que a lembrança desse ato permaneça consigo para o resto da vida.

Pior é saber que um ato isolado de violência não mudou nada. Ainda está sendo feita de refém e, de alguma forma, Josh ainda está envolvido. Marge nunca mais tocou no assunto — e nada disse desde que entraram no carro —, deixando Charlie imaginar o que tudo significa. Os cenários em que pensou são muitos, todos perturbadores. Agora não tem certeza de qual a assusta mais: o que já aconteceu ou o que ainda está por vir.

No banco da frente, Marge continua a dirigir em silêncio. Parece estar perdida nos próprios pensamentos enquanto segura o volante e encara a estrada escura à frente. Nem mesmo olha de vez em quando pelo retrovisor para ver como Charlie está.

Não que Charlie consiga ir a algum lugar amarrada daquele jeito e com todas as portas trancadas. Tudo que lhe resta é sentir medo, os braços e as pernas presos contra as amarras enquanto observa Marge levá-las para sabe Deus onde.

— Aonde você está me levando? — pergunta ela, mais brava do que Marge provavelmente gostaria. Não consegue se controlar. Um pingo de sentimento de traição alfineta o medo. Tinha gostado de Marge. Confiou nela. Charlie havia pensado que ela tinha jeito de vó e que era gentil, não muito diferente de vovó Norma. Como resultado, Charlie tinha saído do caminho para protegê-la quando deveria ter focado a própria segurança.

Quando Marge não responde, Charlie tenta de novo:

— Me diga por que está fazendo isso!

Ainda sem resposta. O único sinal de que Marge pode, pelo menos, ouvi-la é um olhar ameaçador que ela lança para Charlie pelo retrovisor. Uma cara feia, só que mais furiosa.

Outra coisa em que Charlie repara é uma mudança no cabelo de Marge. Aquele coque está um tanto torto no topo da cabeça.

Uma peruca.

Ela se mexe de novo quando Marge vira para a esquerda abruptamente, conduzindo o Cadillac para uma estrada secundária meio escondida pelas árvores. À frente, Charlie vê uma placa enorme que toma conta de toda a beira da estrada. Há dois refletores desligados embaixo. Ainda assim, há luar suficiente para que ela consiga entender o que está escrito.

Pousada Oásis da Montanha.

Charlie reconhece o nome. É a mesma pousada que estava no outdoor pelo qual passaram na Interestadual. Assim como aquele outdoor caindo aos pedaços, esta placa já teve dias melhores. Está faltando o "O" em Oásis, que deixou para trás apenas uma letra fantasma na pintura desbotada pelo sol.

Atrás da placa, uma corrente frouxa atravessa a estrada. Presa a ela, caída ao chão, está outra placa.

ENTRADA PROIBIDA

Marge não para, os pneus esmagando a corrente.

A mata é fechada aqui — uma extensão densa de sempre-vivas que sobe a encosta da montanha. Entre as árvores, Charlie enxerga vislumbres de uma grande estrutura localizada na metade do caminho até a encosta. Um barulho de água corrente que vem de algum lugar próximo as acompanha. Em pouco tempo há uma clareira, e a Pousada Oásis da Montanha aparece diante delas em toda a sua glória acabada.

O outdoor na Interestadual não fez jus à realidade.

A pousada é *grande*. Uma montoeira desajeitada de janelas, paredes e madeiras expostas que sobem cinco andares acima da base acimentada até o telhado de ardósia. Fica bem em um cume, equilibrada precariamente, como um conjunto de Lincoln Logs[6] prestes a desmoronar. Próximo, um riacho largo passa ao leste da pousada antes de cair por um penhasco num desfiladeiro quase 15 metros abaixo.

Um dia isso tudo provavelmente foi bonito. Agora só parece estranho. Escura e silenciosa no topo do cume, pálida sob o luar, a pousada parece um mausoléu para Charlie. Um cheio de fantasmas.

Conforme se aproximam, o carro atravessa uma ponte que cruza o desfiladeiro bem na base da cachoeira. A ponte é estreita, tem apenas um corrimão baixo feito de madeira para impedir que os carros caiam na água e é tão perto da cachoeira que respingos da queda-d'água atingem o para-brisa enquanto o carro passa. Charlie olha pela janela e vê água escura correndo com força quase cinco metros abaixo.

---

[6] Marca infantil de peças de madeira que servem para montar casas e construções (N. da R.).

Do outro lado da ponte, a estrada começa a subir, seguindo um caminho tão cheio de curvas fechadas que pode muito bem ter sido projetado por um descascador de maçã. Curva sinuosa atrás de curva sinuosa, o Cadillac aos poucos sobe a encosta.

Em vez de outro corrimão de madeira, uma curva na estrada bem próxima à cachoeira é cercada por um muro de pedra. Quando Marge passa por ela, mais respingos atingem o para-brisa.

Depois de mais duas curvas fechadas, o Cadillac chega ao topo do cume. Lá a estrada faz mais uma curva, dessa vez para um círculo que leva diretamente à frente da pousada. Em seus dias de glória, muitos carros devem ter dado a volta nesta rotatória. Agora são só elas duas, passando por baixo de um pórtico de entrada, onde Marge pisa no freio e desliga o motor.

— Por que viemos aqui? — pergunta Charlie.

— Para conversar.

Marge coça o couro cabeludo, dois dedos enterrados embaixo da peruca, fazendo-a deslizar para a frente e para trás na cabeça. Em vez de ajeitá-la, Marge a tira e joga no banco do passageiro, onde fica como uma bola peluda parecida com um animal morto. O cabelo natural de Marge é muito branco e surge do couro cabeludo em chumaços finos e pontudos de um milímetro.

— Você está doente — comenta Charlie, mudando de entonação, desejando que a simpatia amoleça Marge.

Não é o que acontece. Marge balbucia uma única risada amarga e diz:

— Não brinca.

— Câncer?

— Estágio quatro.

— Quanto tempo você ainda tem? — pergunta Charlie.

— O médico diz que semanas, talvez. Se eu tiver sorte, dois meses. Como se tivesse alguma sorte nisso.

Apesar de estarem no que Charlie supõe ser o destino final delas, Marge não dá a entender que sairá do carro. Charlie espera que isso signifique que ela está repensando seja lá o que tenha planejado, provavelmente porque estão conversando, e não mergulhadas em silêncio. Vê isso como um sinal para continuar falando.

— Há quanto tempo você está doente?

— Há muito tempo, pelo que parece — diz Marge. — Quando os médicos identificaram é uma outra história.

— É o porquê de você estar fazendo isso? Porque sabe que não tem muito tempo?

— Não — diz Marge. — Estou fazendo isso porque sei que posso sair impune.

Ela abre a porta do carro e sai, pegando a bolsa, mas deixando a peruca. Então vai para o outro lado do carro e abre a porta de trás, apontando a arma para a cabeça de Charlie enquanto ela desliza para fora.

Mais uma vez com a arma apontada para as costas de Charlie, Marge a conduz para a entrada da pousada — um par de portas altas de mogno, cada uma com vitrais idênticos.

— Empurre a porta — instrui Marge. — Já está aberta.

Charlie usa o ombro para empurrar a porta. Dentro, está um completo breu.

— Entre — diz a garçonete.

Mais uma vez Charlie faz o que foi mandado. Sabe que não deve tentar fugir. Porque Marge está certa — ela pode sair impune do que quiser. Está com uma doença terminal. Já sentenciada à morte.

E se Charlie aprendeu alguma coisa com os filmes é que poucas coisas são mais perigosas do que alguém que não tem nada a perder.

```
CENA INTERNA
SAGUÃO DA POUSADA — NOITE
```

No interior da pousada, está tudo muito escuro. Charlie só consegue enxergar o que está bem no retângulo de luz pálida do luar que vem da porta aberta. Ainda assim, consegue perceber que o saguão da pousada é tão grande quanto o seu exterior faz parecer. Cada passo no chão de taco ecoa até o teto lá em cima.

O lugar inteiro cheira a negligência, os odores do lado de dentro intensificados pela escuridão. O cheiro de poeira é palpável e esmagador. Há outros cheiros também. Mofo. Podridão. Resquícios de animais que conseguiram entrar. O nariz de Charlie treme. Ela tenta coçá-lo, mas sua capacidade de locomoção é inútil graças à corda ao redor dos pulsos.

Atrás dela, Marge procura algo dentro da bolsa, nunca desviando a arma de Charlie. Por fim, pega uma lanterna enorme e a liga. Conforme a luz passa pelo saguão, Charlie consegue ver rapidamente o chão coberto de poeira, paredes vazias e apoios de madeira desaparecendo nas sombras acima.

Marge volta a apontar a arma para as costas de Charlie, conduzindo-as aos fundos do saguão. Há uma outra porta ali — um conjunto de portas francesas cercadas de fileiras de janelas altas. O vidro das portas está opaco por causa da sujeira de ambos os lados. Cortinas cobrem as janelas próximas, completamente fechadas, o tecido cinza e turvo por causa do pó. O resultado é tanta falta de claridade que esta pode muito bem ser outra parede.

O cenário já tinha sido preparado para recebê-las. Sob a luz da lanterna, Charlie vê uma grande lona estendida no chão. Em cima, há uma cadeira de madeira, um banco e duas lamparinas de querosene.

Marge deixa a bolsar cair no chão, revira mais o seu interior e puxa uma caixa de fósforos, que usa para acender as lamparinas. A luz combinada das duas ilumina bastante o saguão, revelando um amplo ambiente que ficou ainda mais cavernoso por estar tão vazio. O que Charlie supõe um dia ter sido cheio de cadeiras, vasos de flores e hóspedes indo de um lado para o outro agora é uma grande extensão de vazio.

À direita, a recepção está coberta de pó e sem sinal de uso. Atrás há espaços vazios na parede onde uma vez quadros foram pendurados. À esquerda há um saguão, agora vazio, exceto por um bar de madeira e luminárias verde-esmeralda penduradas onde as mesas deviam ficar.

Mais perto dos fundos, a recepção e o saguão abrem caminho para corredores largos que levam às duas alas da pousada, uma de cada lado. Charlie tenta olhar para cada um, procurando um jeito de fugir, mas não consegue enxergar além da entrada. Mesmo com o brilho trêmulo das lamparinas, não passam de túneis cobertos pela escuridão.

Marge, aparentemente cansada de procurar as coisas na bolsa, despeja o que tem dentro numa pilha em cima da lona.

Há um frasco de clorofórmio, é claro, e o pano já usado.

O pior são os itens agora espalhados pelo chão.

Uma faca.

Maior do que a que Charlie tinha usado em Josh.

Uma faca de trinchar.

Marge a tira da bainha de couro, expondo uma lâmina larga e uma ponta tão afiada que parece ser capaz de perfurar ossos.

Ela a coloca ao lado de um alicate bomba d'água.

Charlie se encolhe ao ver aquilo, os músculos gritando com a urgência de correr.

Não importa se Marge ainda está com a arma, que fugir é impossível e que ela não sabe para onde correr mesmo se conseguisse fazer isso.

Tudo com que Charlie, os espasmos de seu corpo e seu cérebro acelerado se importam é dar o fora dali.

Agora.

Neste instante.

Ela dá a largada enquanto Marge ainda está de joelhos no chão, indo para a saída mais próxima.

As portas francesas.

Charlie saltita em sua direção, torcendo para que estejam destrancadas, preparada para se jogar caso não estejam. Quando tromba nas portas, elas chacoalham, mas não abrem. Ela joga um ombro nelas. Um painel de vidro se solta e se estilhaça no chão do outro lado.

Pela abertura que o vidro deixou, Charlie vê uma passarela de pedras, uma piscina sem água e cadeiras empilhadas como se fossem lenha. Não sabe se a passarela leva a outra parte da pousada, mas pouco se importa. Qualquer lugar é melhor que aqui.

Charlie tenta se jogar na porta novamente, mas Marge está lá antes que consiga. Ela pega a gola do casaco de Charlie, puxando-a para trás e lançando-a ao chão.

Uma onda de dor atinge Charlie quando sua cabeça bate no chão coberto pela lona. Pontos brancos voam diante de seus olhos, ocultando a localização de Marge, que está montando em cima dela, surpreendentemente forte e chocantemente pesada.

Pelos pontos brancos, Charlie vê Marge virando o frasco de clorofórmio no pano usado mais cedo antes de tapar seu nariz e sua boca.

Mais pontos brancos.

Reunindo-se.

Ficando maiores.

Em pouco tempo Charlie não enxerga nada além de branquidão conforme o clorofórmio lança seu feitiço. Marge não mantém o pano por tempo suficiente para apagá-la por completo. Apenas a deixa sem forças. Uma boneca de pano sendo arrastada pelo chão.

Charlie sente o corpo ser erguido sobre uma cadeira. Mais corda é amarrada ao redor do seu tronco e do encosto, mantendo-a no lugar. Os pontos começam a desaparecer, um por um, como as estrelas no amanhecer. Quando Charlie consegue ver com clareza de novo, foi completamente amarrada à cadeira.

Marge está logo à frente, a arma substituída pelo alicate.

O medo toma conta de Charlie como se fosse lava.

— Quem é você e por que está fazendo isso?

— Eu lhe disse — diz Marge. — Estamos aqui para conversar.

— Sobre o quê?

Marge senta no banco em frente a Charlie. Há uma dureza nela que vai além de seu corpo seco. Está na mandíbula, na carranca gravada nos lábios e na escuridão de seus olhos.

— Quero conversar — diz ela — sobre a minha neta.

DUAS DA MANHÃ

```
CENA INTERNA
PONTIAC GRAND AM — NOITE
```

Dirigir — dirigir de verdade — o deixou muito mal. Ele é uma bagunça suada e dolorida quando chega à entrada da Pousada Oásis da Montanha. Parado no carro perto da placa que está sem o "O", ele só quer uma cama quentinha, uma cerveja gelada e uns comprimidos de Tylenol Extra Poder de Alívio.

Ele para de dirigir porque não está gostando da situação. Marge lhe disse que só queria conversar com Charlie. Bem, não é preciso trazer uma pessoa a um hotel abandonado em Poconos para fazer isso. Poderiam ter ficado na lanchonete.

Mesmo que fosse mais fácil conversar em outro lugar, não há nenhuma explicação boa para que o namorado de Charlie tenha sentido a necessidade de sorrateiramente segui-las até ali. O Volvo passou pela placa um minuto antes, indo devagar, os faróis apagados para que Marge não percebesse.

Há mais alguma coisa acontecendo aqui, e ele sente que precisa verificar.

Deve isso a Charlie.

Ela não estaria aqui se não fosse por suas mentiras, truques e meias verdades. Não se orgulha de ter feito essas coisas. Fazia parte do trabalho. Pelo menos, foi o que disse a si mesmo quando tentava arrumar desculpas. Mas a verdade é que nada disso foi certo. Sabia e mesmo assim seguiu em frente.

Porque o trabalho era moleza.

Foi o que Marge lhe disse quando conversaram por telefone. Ela tinha ligado para ele do nada, dizendo que pegou seu contato com um amigo que tem um irmão policial em Scranton e que ele tinha sido muito bem recomendado.

— Até hoje nunca deixei um homem fugir — disse ele.

— E uma mulher? — perguntou Marge.

— Muitas delas fugiram — respondeu ele, tentando fazer uma piada sobre seu histórico de encontros lamentáveis.

Marge não achou graça.

— Essa é jovem. Vinte anos. Não deve dar trabalho. Acha que pode ajudar?

— Normalmente só rastreio fugitivos — disse a ela. — A pedido de forças policiais. Isso que você está pedindo parece mais um sequestro.

— Prefiro ver como uma companhia.

Teria desligado se Marge, então, não tivesse feito a oferta. Vinte mil dólares. Metade adiantado e o resto mediante entrega. Por Deus, ele não tinha como recusar. Os negócios estavam parados o verão inteiro, e a poupança, completamente zerada. Uma parcela do seu carro estava atrasada, e não conseguiria pagar o aluguel no final do mês se não surgisse outro trabalho.

— Me dê os detalhes — pediu ele.

Marge lhe contou sobre o assassinato da neta pelas mãos de um serial killer, sem deixar de lado nenhum dos detalhes sangrentos. Esfaqueada. Um dente arrancado. O corpo descartado num campo.

— Nunca verei a justiça sendo feita — disse ela. — Não enquanto estou viva. A não ser que eu consiga conversar com uma pessoa específica.

Aquela pessoa era a melhor amiga de sua neta, que tinha visto o assassino, mas não conseguia se lembrar de um único traço dele.

— Você acha que ela está mentindo? — perguntou Josh.

— Acho que só precisa de alguém que clareie seus pensamentos — respondeu Marge.

O problema, de acordo com ela, era que a garota tinha sumido. Não foi ao enterro e já não atendia mais as ligações.

— Preciso que você a encontre e a traga para mim — disse Marge. — Quero ver se ela consegue se lembrar de qualquer coisa que possa ajudar a encontrar o homem que matou a minha Maddy.

— Você não acha que isso é trabalho da polícia?

Marge fungou.

— Estou disposta a pagar vinte pratas para que isso não seja da sua conta.

Ele aceitou, e o resto já dá para saber. O trabalho acabou não sendo essa moleza toda, e Charlie *era* um problema, embora seja um que ele não consegue parar de admirar. Agora ele está dirigindo por uma placa de ENTRADA PROIBIDA e entrando numa situação para a qual não está realmente preparado, tanto física quanto mentalmente.

Assim como o namorado de Charlie, desliga os faróis do Grand Am e deixa que a luz fraca da lua o guie. Não é a melhor das ideias. Quando está passando pela ponte em frente à cachoeira, uma onda de dor o atinge, fazendo-o ir em direção ao corrimão de madeira e quase cair no desfiladeiro.

Passada a ponte, ele começa o caminho lento e cheio de curvas que sobe a montanha até a pousada. O corpo dói a cada curva fechada, os pontos na lateral do corpo se esticando. No topo da montanha, ele estaciona o Grand Am logo na entrada da rotatória em frente à pousada e então desliga o motor. Tanto o Cadillac quanto o Volvo do namorado de Charlie estão lá, estacionados embaixo do pórtico, ninguém dentro deles.

Antes de sair do carro, ele pega a faca de carne com a qual Charlie o tinha esfaqueado. Estava no chão do lado do passageiro esse tempo todo, ainda coberta de sangue. Ele a limpa no moletom.

Com a faca em mãos, sai do carro, sem ter certeza do que estará esperando por ele quando entrar na pousada.

A única certeza que tem é que é culpa sua Charlie estar naquela situação.

E agora cabe a ele tirá-la dali.

— — — — —

CENA INTERNA
SAGUÃO DA POUSADA — NOITE

Charlie encara Marge, a ficha caindo em lugares confusos de seu cérebro. Não é de se estranhar que a garçonete não tenha lhe parecido estranha quando foi à mesa deles. Charlie já a tinha visto antes daquela noite. Não pessoalmente, mas em fotos. Uma jovem posando ao lado de uma piscina, acompanhada de Bob Hope.

— Você é a vovozinha — diz ela.

— Nunca tivemos a honra de nos conhecer — diz Marge. — Mas ouvi tudo sobre você, Charlie. Minha Maddy falava muito de você. Ela disse que você era muito esperta. Eu a avisei sobre isso. Eu disse a ela: "Tenha cuidado com os espertinhos, amorzinho. Eles sabem como machucá-la." E eu estava certa.

Mas Charlie não era esperta. Não em comparação a Maddy. Ela era esforçada. Menos naquela única vez.

E mesmo assim foi o suficiente.

Um deslize. Um humor de merda. Um erro.

E tudo mudou.

Agora ela está sendo feita de refém por uma mulher que quer fazer sabe Deus o quê, e tudo em que Charlie consegue pensar é que merece tudo isso.

— Eu sinto muito — diz ela.

Não é um apelo. Ela não espera que três palavras façam Marge mudar de ideia. É só uma afirmação, dita com toda a sinceridade que ela tem.

— Minha neta está morta — rebate Marge. — Sentir muito não significa merda alguma.

— Eu também a amava — diz Charlie.

Marge faz que não com a cabeça.

— Não o suficiente.

— E Josh... Quero dizer, Jake. Ele também é da família de Maddy?

— Aquele lá? — diz Marge enquanto coça o couro cabeludo cheio de tufos de cabelo. — Ele era só alguém que contratei para trazer você aqui. Nunca nem o tinha visto na minha vida até esta noite. Ele não é responsabilidade minha.

Marge olha para a mancha no casaco de Charlie, onde ela tinha limpado o sangue de Josh das mãos. Quando estava fresco, tinha se misturado ao vermelho do tecido. Agora que está seco, ele se destaca, escuro e incriminador. Ver aquilo faz o estômago de Charlie revirar.

Ela deu uma facada em um homem inocente.

Provavelmente o matou.

Saber que pensou ter sido legítima defesa agora pouco importa.

Ela é uma assassina.

— Esse seu casaco era meu, aliás — diz Marge. — Eu o dei para Maddy quando ela fez 16 anos. Foi como eu soube quem você era assim que pisou na lanchonete.

Charlie se lembra de estar no banheiro, vendo Marge verificar a etiqueta do casaco. Na hora pensou que a garçonete estava olhando para saber se tinha como ser substituído. Agora sabe que Marge na verdade estava só confirmando a identidade de Charlie.

— Você pode pegá-lo de volta — diz Charlie, embora seja a única coisa que tem que a lembre Maddy. — Eu *quero* que você o pegue de volta.

— Eu preferiria ter minha neta de volta — diz Marge. — Você sabe como é enterrar alguém que você ama, Charlie?

— Sei.

Charlie sabe muito bem. Aqueles dois caixões. Aqueles túmulos lado a lado. Aquele enterro duplo para o qual estava tão despreparada que seu cérebro foi reprogramado. A origem de todo e qualquer um de seus filmes pode estar naquele terrível momento, e nenhum comprimidinho laranja mudará isso.

— Eu achava que sabia — diz Marge. — Enterrei meu marido, e doeu para caralho. Mas nada me preparou para perder Maddy. Depois do médico e da enfermeira, fui a primeira pessoa que a pegou no colo. Ela chegou a contar isso para você? O pai dela, aquele caloteiro, já tinha se mandado, então eu estava lá quando ela nasceu. Ela veio ao mundo gritando e esperneando, uma bagunça, mas, quando a enfermeira a colocou nos meus braços, tudo que vi foi a beleza dela. Num mundo sombrio, ela era luz. Brilhante e ardente. E então foi apagada. *Simples assim.*

Marge estala os dedos, e o som ecoa feito um tiro pelo saguão cavernoso.

— Minha filha passou por uma fase complicada. Não tem como negar. Ela estava um caco quando Maddy nasceu, então assumi o fardo de criá-la. Durante os quatro primeiros anos de Maddy, fui a mãe dela. E esse tipo de laço? Nunca se desfaz. Nunca mesmo.

Ela pega a faca e a ergue, levando-a tão perto que Charlie consegue ver o próprio reflexo na lâmina.

— Quando descobri que Maddy estava morta, senti como se alguém tivesse enfiado essa faca bem no meu coração e o arrancado fora. A dor... Era grande demais.

Charlie pensa sobre quatro dias antes. Enchendo a palma da mão em concha com comprimidinhos brancos. Engolindo todos eles. Vendo Gene Kelly rodopiar sob a chuva conforme suas pálpebras foram ficando pesadas. Tudo enquanto torcia para que isso colocasse um fim em cada coisa podre que estava sentindo.

— Eu também me senti assim — diz ela. — Eu queria morrer.

— Bem, eu *estou* morrendo — diz Marge. — Seja lá quem foi a primeira pessoa que disse que a vida é uma merda, ah, caramba, ela realmente acertou em cheio. A vida é uma merda *mesmo*. Uma bem feia.

Porque esse sentimento que tive? De desejar me ver livre desse sofrimento? Foi embora no dia em que enterramos Maddy. Enquanto eu assistia a abaixarem o caixão dela na cova, uma ficha caiu dentro de mim. No lugar daquele sentimento, tinha raiva. Como se a pessoa que arrancou meu coração tivesse preenchido o espaço vazio com carvão aceso. Ele *queimava*. E eu abraçava o sentimento. Depois de enterrarmos Maddy, olhei para a minha filha, minha única filha, que tinha acabado de enterrar a única filha *dela*. Olhei para ela e prometi que faria a pessoa responsável pagar pelo que tinha feito. Jurei que descobriria quem matou a minha Maddy. Eu acharia essa pessoa e tiraria um dente dela, assim como ela fez com Maddy. E aquele dente se tornaria o meu bem mais precioso, porque seria a prova. A prova de que a pessoa que assassinou minha neta teve o que mereceu.

Marge pausa para olhar para Charlie, que retribui o olhar, sabendo que são parecidas. Duas mulheres enlouquecidas pelo luto.

— O engraçado é que, assim que encontrei um propósito de novo, o médico me ligou para contar do câncer — diz Marge. — Minha filha está em negação. Ela continua dizendo que um milagre pode acontecer. Mas isso é papo-furado. Não há milagre algum vindo na minha direção. Minha hora está quase chegando. E é por isso que você está aqui.

Ela abaixa a faca e pega o alicate, deixando claro para Charlie exatamente o que está acontecendo.

Vingança.

Do mesmo tipo que ela tinha fantasiado durante aquelas noites insones quando tanto a raiva quanto aqueles comprimidinhos laranjas a mantinham acordada. Nunca passou pela cabeça de Charlie que alguém que tinha conhecido e amado Maddy sentiria aquela mesma sede de vingança.

E que ela seria o alvo.

Ainda assim, Charlie também consegue compreender. Como culpou a si mesma pelo que aconteceu com Maddy, é normal que Marge faça o mesmo. E como Charlie, no período mais crítico de sua culpa e luto, tinha tentado colocar um fim à vida, faz sentido, de um jeito estranho, que Marge também queira colocar um fim à vida dela.

— Você me trouxe até aqui para me matar, não é?

Charlie está surpresa com o quanto parece calma, levando em consideração o medo que revira dentro dela. É como se sentiu quando Josh os levou para longe da lanchonete. Uma combinação de horror e inevitabilidade.

Aceitação.

É o que Charlie pensa que tomou conta dela. Um entendimento sombrio de que é desse jeito que as coisas vão terminar.

— Não, querida — diz Marge. — Estou aqui em busca de informações.

A resposta dela não faz Charlie se sentir nem um pouco melhor. Nem o jeito como Marge mexe no alicate à frente dela, abrindo e fechando-o como se fosse o bico de um pássaro faminto.

— Eu não sei de nada — diz Charlie.

— Ah, mas sabe, sim — diz Marge. — Você estava lá. Viu o homem que matou minha neta. Agora vai me dizer quem ele é.

— Mas eu *não* sei.

— Alguma coisa você sabe. Você *viu* alguma coisa. Mesmo que pense que não viu. Maddy me contou tudo sobre isso, sabe. Seus delírios. Como às vezes você vê coisas que não estão lá de verdade. Mas o homem que matou Maddy, ele estava lá. Ele era *real*. E você o viu com os próprios olhos, mesmo que seu cérebro lhe diga o contrário. — Marge dá um tapa na testa de Charlie. — Essa informação está aí dentro em algum lugar. Você vai dizê-la para mim. Ainda que eu mesma tenha que arrancá-la.

— Maddy não ia querer que você fizesse isso.

Marge lhe lança outro olhar sombrio.

— Talvez não. Mas ela já não está mais entre nós, graças a você. Agora, vou fazer algumas perguntas sobre o que você viu naquela noite. E se houver alguma coisa que você acha que não é capaz de lembrar, bem, eu vou fazer com que se lembre.

Charlie encara o alicate, que ainda está abrindo e fechando. Ele faz um barulhinho toda vez que as pontas se encontram.

Clique.

Pausa.

Clique.

— Vamos começar com uma bem fácil — diz Marge. — Só para colocar essa memória para funcionar. Você estava com a minha neta na noite em que ela foi morta?

— Sim — diz Charlie. — Estava.

— Onde?

— Num bar. Eu não queria ir, mas Maddy insistiu.

— Por que ela insistiu? — pergunta Marge. — Sei que tem um motivo.

— Porque ela não gostava de andar sozinha.

— E ainda assim foi o que acabou acontecendo, não é mesmo? — diz Marge com um inclinar de cabeça curioso, como se ainda não soubesse a resposta.

— Foi — diz Charlie, sabendo que é melhor não mentir. Se tem alguma coisa que vai tirá-la dessa situação é a verdade.

— E por que isso aconteceu?

— Porque eu a deixei sozinha.

— Por conta própria — diz Marge, sem se incomodar em dizer a frase em tom de interrogação. É um fato. Um contra o qual Charlie tentou lutar pelos últimos dois meses.

— Eu me arrependo — diz ela, a voz falhando. — Eu me arrependo tanto. E, se pudesse voltar no tempo e mudar o que aconteceu, eu voltaria.

— Mas você não pode — diz Marge. — Aconteceu, e você tem que viver com isso. Essa é a sua vida agora.

Charlie entende isso. Tão profundamente que deseja poder fugir neste exato instante. Anseia pela distração tranquilizadora de um filme — mesmo que seja um dos seus. Se pudesse, invocaria um deles, arrancando-a do atual estado de incerteza, medo e, suspeita ela, em breve, dor. Mas não é assim que eles funcionam. Mesmo que o projetor de sua cabeça seja ligado, a realidade em que Marge pretende machucá-la não mudará.

Dessa vez os filmes não poderão salvá-la.

— O que você disse para a minha neta antes de largá-la sozinha? — pergunta Marge.

Charlie engole em seco, enrolando. Não quer dizer aquelas palavras em voz alta. Não porque teme o que Marge vai fazer quando as ouvir — embora Charlie tenha muito medo disso. Quer permanecer calada porque não quer ouvi-las novamente. Não quer lembrar das últimas palavras que disse à melhor amiga.

— Ande — diz Marge. — Me conte.

— A polícia já lhe disse o que eu falei.

— Quero ouvir de você. Quero ouvir exatamente o que você falou para Maddy.

— Eu... — Charlie engole de novo, a garganta apertada e a boca seca. — Eu disse para ela ir se foder.

Por um longo tempo, Marge não diz nada. Há apenas silêncio, carregado na escuridão. A única coisa que Charlie ouve é o alicate sendo aberto e fechado.

Clique.

Pausa.

Clique.

— Por causa disso — diz Marge, enfim — eu deveria arrancar a sua língua. Mas aí você não teria como me falar do homem no beco. Como ele era?

Charlie se mexe na cadeira.

— Por favor, não faça isso.

— Responda à pergunta, querida — diz Marge, segurando o alicate agora aberto, o espaço entre as pontas exatamente do tamanho de um dos dentes no fundo da boca de Charlie. — Se você responder, vai ser mais fácil para nós duas.

— Eu não consegui vê-lo direito — diz Charlie.

— Mas você o *viu*.

— Vi uma invenção da minha cabeça. Era diferente do cara que estava lá.

— Ou talvez fosse o mesmo.

— Não era — afirma Charlie. — Ele parecia ter saído direto de um filme. Usava chapéu.

Marge se aproxima.

— De que tipo?

— Um Fedora.

— E o que ele vestia?

Charlie fecha os olhos, internamente implorando para que seu cérebro invoque o que viu naquela noite. Não o filme da sua cabeça, mas a realidade que ela não conseguiu entender. Nada lhe vem à mente. Tudo que vê é a mesma figura sombria que a assombrou nos últimos dois meses.

— Eu não vi.

— Ah, mas você viu, *sim* — diz Marge, mais brava agora. Uma raiva tão palpável que Charlie consegue sentir nos próprios ossos. — Agora trate de se lembrar.

— Não consigo. — A voz de Charlie não passa de uma rouquidão desesperada. — Não consigo lembrar.

— Então vou fazer com que se lembre.

Marge se lança na direção dela. Charlie se sacode na cadeira enquanto Marge chega mais perto. As pernas da cadeira arranham o chão, rangendo por causa do peso. Mas Charlie não consegue se soltar das amarras.

Não assim.

Não com Marge em cima dela agora, alicate em mãos, as pontas ainda abrindo e fechando.

Charlie fecha os olhos e, numa última tentativa de se salvar, joga todo o peso para a esquerda, tentando derrubar a cadeira, embora o esforço seja em vão. Seu dente pode muito bem ser arrancado enquanto ela está no chão.

Marge usa uma das mãos para manter a cadeira firme e, com a outra, enfia o alicate entre os lábios de Charlie sem nem piscar. Charlie vira a cabeça, mas as pontas fisgam o canto da sua boca, como se fosse um peixe preso a um anzol. Marge continua a pressionar, primeiro virando o alicate e então batendo-o contra os dentes de Charlie.

Um grito se forma nos pulmões de Charlie, preenchendo-os. Ela não quer gritar. Sabe que não vai ajudar em nada. Mas mesmo assim ele surge, subindo pelo peito, sufocando-a enquanto escala a garganta, abrindo os lábios dela.

Marge aproveita a abertura e enfia o alicate.

Charlie o morde, os dentes pressionando o metal.

A garçonete puxa as alças.

O alicate abre, afastando a mandíbula de Charlie como se fosse um macaco hidráulico.

Ela tenta gritar de novo, mas agora o alicate está dentro de sua boca, abrindo e fechando até que prende a língua de Charlie.

Em vez de gritar, um outro som explode da boca de Charlie — um berro estranho e grotesco que continua enquanto a parte interna e serrada do alicate aperta a língua dela, e Marge continua a puxar, puxar e puxar. Tão forte que Charlie teme que vai arrancá-la. A dor causa ainda mais pontos brancos, e Charlie sabe que o surgimento deles significa que vai desmaiar de novo. Não por conta do clorofórmio, mas pela dor.

O alicate desliza pela língua com uma força agonizante e trava num molar no fundo da boca de Charlie. Marge o puxa, e Charlie solta outro berro de desespero que é rapidamente silenciado pelo alicate raspando o esmalte do dente. Um som horroroso que ecoa no crânio de Charlie.

Mas então surge um outro barulho.

Um distante.

Vidro sendo quebrado em algum lugar do saguão.

Marge também o escuta, porque o alicate solta o dente e fica inerte dentro da boca de Charlie.

Há mais barulho agora. Uma porta sendo aberta em algum lugar e vidro sendo esmagado.

Marge procura de onde vêm os barulhos. Solta o alicate no chão e pega a arma no bolso do avental. Depois, sem falar nada, levanta-se, pega uma das lamparinas e sai à procura da fonte do barulho.

Charlie — sentindo dor, amarrada na cadeira, pontos brancos ainda rodopiando diante de seus olhos — só pode assistir a Marge desaparecer por uma das alas da pousada. O brilho da lamparina que carrega forma uma bolha de luz ao seu redor. É só quando Marge e a claridade da lamparina desaparecem que Charlie nota uma terceira pessoa.

Uma forma saindo da escuridão, na direção oposta.

Josh.

Vê-lo incita uma dúzia de pensamentos diferentes na cabeça de Charlie. Choque por ele estar ali. Alívio por estar vivo. Preocupação quanto ao que pode fazer com ela em retaliação à facada.

Metade do moletom está duro por causa do sangue. A outra metade parece estar encharcada de suor. Josh se move na direção dela, o ferimento da facada permitindo que apenas metade de seu corpo se movimente direito. A outra metade se arrasta atrás dele. Ainda assim, quando sua silhueta meio boa, meio mancando chega perto, Charlie estremece.

Depois do que fez com ele, ela espera o pior.

Mas tudo que Josh faz é estudar o saguão antes de sussurrar:

— Onde ela está?

Charlie aponta com a cabeça a ala pela qual Marge desapareceu.

Josh coloca as mãos sobre os ombros de Charlie, quase como se estivesse verificando os estragos.

— Você está bem? Ela machucou você?

Não é uma pergunta fácil de se responder. A dor latejante na boca, onde o alicate apertou e puxou, lhe diz que sim, Marge a machucou. Mas não tanto quanto poderia. Ainda não. Para poupar tempo — e para poupar a boca dolorida — Charlie apenas faz que não com a cabeça.

— Ótimo — diz Josh.

Ele tira algo do bolso.

A faca.

A mesma que ela enfiou nele.

Diferente de Charlie, Josh faz um melhor uso dela ao cortar as amarras dos seus pulsos. Corta cuidadosamente, cerrando a corda de um jeito que não a machuca. Charlie não consegue acreditar no que está vendo.

Josh está a salvando.

Usando a mesmíssima faca com a qual ela tentou matá-lo.

— Vou tirá-la daqui — diz ele enquanto as cordas ao redor dos pulsos de Charlie finalmente caem ao chão.

Josh vai para as costas dela, tentando cortar as cordas que prendem seu tronco à cadeira.

— Desculpe — diz Charlie, aliviada ao descobrir que a dor na boca diminui quando fala. — Sinto muito pelo que fiz com você.

— Sou eu quem tem que pedir desculpas. Eu nunca deveria ter deixado você entrar no meu carro. Ela me disse que só queria conversar com você. Eu só não sabia que seria desse jeito.

— E eu não sabia que você era um…

— Caçador de recompensas? — diz Josh. — Imaginei.

— Por que você não me contou?

— Porque não podia. Você não está foragida. E esse trabalho não foi pedido da polícia. Você é só uma universitária que uma velha me contratou para levar até uma lanchonete onde Judas perdeu a porra das botas. Um trabalho particular que aceitei porque precisava do dinheiro. Posso perder minha licença caso alguém descubra.

— Então tudo que você me contou no carro...

— Não passou de um jeito de trazê-la aqui da maneira mais fácil possível — diz Josh. — Nunca tive a intenção de machucá-la, Charlie. Usar a força seria o último recurso. Então tive que ser criativo. Mas manipulá-la assim foi uma coisa bem merda de se fazer, e por isso peço desculpas.

Charlie não perdoaria tão facilmente se as circunstâncias fossem outras. Mas é difícil continuar brava quando a corda ao redor de seus braços cai da cadeira, no seu colo. Porque as mãos dela estão livres, Josh deixa que ela tente desenrolar a corda enquanto volta para a frente e começa a cerrar as amarras ao redor dos tornozelos.

Ele está terminando de soltar uma quando Charlie percebe o brilho de uma lamparina por cima dos ombros de Josh.

Marge.

Ela está do outro lado da lona, a lamparina a querosene em uma das mãos e a arma na outra.

Ver Josh lá, prestes a soltar Charlie e arruinar os planos dela, parte alguma coisa na psique da mulher perturbada pelo luto. Charlie vê acontecer. Um estalo interno que sacode seu corpo inteiro.

E, antes que o sentimento passe, Marge levanta a arma, mira e atira.

— — — — —

CENA EXTERNA
POUSADA — NOITE

Robbie quase entrou pelas portas da frente. Depois de silenciosamente manobrar o Volvo até uma vaga atrás do Cadillac amassado, ele pretendia apenas entrar de uma só vez no prédio, enfrentar aquela garçonete velha, se necessário, e resgatar Charlie.

Mas então pensou na arma.

Sabe que a garçonete tem uma. Viu-a cutucar as costas de Charlie no estacionamento da lanchonete.

E já viu filmes o suficiente com Charlie para saber que as coisas não costumam terminar bem para os personagens que invadem pela porta da frente. Ainda mais se o vilão tem uma arma. E, como a única arma que Robbie tem é a chave de roda que usou para quebrar a lanterna traseira do Cadillac, ele optou por pegar um caminho alternativo.

Agora escala pela floresta à direita da pousada. Seu plano é encontrar um caminho que lhe permita pegar a garçonete de surpresa. Mas esse lado da pousada não é muito bom. É apenas uma faixa cheia de pedras e árvores entre o prédio e o riacho que leva à cachoeira das redondezas, que emite um som ensurdecedor. Robbie não consegue escutar mais nada, o que é bom porque disfarça o som de sua chegada, mas ruim porque o mesmo se aplica a qualquer pessoa que possa estar tentando pegá-lo de surpresa.

A escuridão não ajuda. As árvores aqui são em sua maioria sempre-vivas com galhos bem cheios que tampam o luar e preenchem o chão com sombras. Usando apenas tênis, os pés de Robbie frequentemente deslizam na neve que tinha caído mais cedo. Nunca um bom sinal quando se está a apenas alguns metros da água. Uma pisada em falso poderia mandá-lo deslizando para o riacho, o que significaria que tudo estaria acabado. Bem, é claro que Robbie era a estrela do time de natação e atual técnico, mas nem mesmo um medalhista de ouro das Olimpíadas seria capaz de aguentar a correnteza daquela cachoeira.

Conforme avança lentamente pela neve e pela escuridão, sempre atento às corredeiras à direita, Robbie sabe que teria sido mais fácil usar o telefone público do lado de fora da lanchonete e ligar para a polícia.

Mas também não teria sido nada inteligente.

Já tinha tentado antes, e isso em nada ajudou. Ainda há o fato de que, se tivesse esperado no estacionamento da lanchonete até que os policiais chegassem, ele não teria nem ideia do lugar para onde a garçonete tinha levado Charlie. Sem dúvida nem saberia da existência desse lugar se não tivesse seguido o Cadillac até aqui.

Seguindo o caminho até a parte de trás da pousada, no fundo Robbie sabe que tomou a decisão certa. É melhor que esteja aqui, onde de fato pode fazer alguma coisa, do que na lanchonete, esperando os policiais que poderiam ou não acreditar nele.

Mas também sabe que precisa tomar cuidado. Não apenas com seus movimentos, mas com a maneira de pensar. Ele é um cara inteligente. Pelo amor de Deus, está estudando para ser professor de matemática. Consegue pensar em um jeito de sair dessa situação. Devagar e firme. Isso sempre funciona.

Mas então um som irrompe da pousada.

Um tiro.

Robbie tem certeza.

Nem mesmo o barulho estrondoso da cachoeira consegue disfarçar aquele som.

Ao ouvi-lo, ele sabe que devagar e firme não vão dar certo.

Precisa ser rápido.

E mesmo assim pode ser tarde demais.

— — — — —

CENA INTERNA
SAGUÃO DA POUSADA — NOITE

Na câmara ressoante do saguão, o tiro soa tão alto quanto fogos de artifício.

Em seguida há uma explosão de sangue fresco no rosto de Charlie e um gemido emitido por Josh.

Baixo. Surpreso.

Ele tomba para a direita e acerta o chão com um baque que não se parece em nada com o jeito como os cadáveres caem nos filmes. É um barulho deplorável. Ao mesmo tempo silencioso e barulhento. Como um saco de roupas sujas caindo na cama.

Charlie olha para baixo e vê Josh de cara no chão, um buraco de bala e uma mancha de sangue que se espalha no moletom dele. Mais sangue jorra por baixo de Josh, encharcando a lona.

Desesperada, Charlie se inclina para a frente e puxa a corda que está ao redor dos tornozelos. Precisa ajudar Josh. Se é que ainda dá para ajudar. Ele não se mexe quando Charlie olha para ele, nem mesmo emite som algum.

Do outro lado da lona, Marge ainda aponta a arma. Seu rosto está estampado com surpresa, como se também não conseguisse acreditar no que acabou de fazer. Assim como aconteceu com Josh, ela precariamente se curva para o lado.

Apesar de ter dado um jeito de continuar em pé, a lamparina cai de suas mãos e se estilhaça no chão.

Querosene vaza da lamparina caída. Uma corrente de líquido prateado que se espalha pela lona.

A substância vai até as cortinas das janelas antes que o fogo apareça. No começo, é uma chama azul que refaz a trilha do querosene. O fogo começa a ficar laranja conforme atinge a lona, fazendo seu próprio caminho até, logo, logo, as cortinas.

Elas pegam fogo rapidamente, as chamas escalando pelo tecido em direção ao teto. Em questão de segundos, todas as cortinas estão tomadas. Uma delas cai, atingindo o chão numa onda de fogo, fumaça e cinzas.

Um novo foco de incêndio começa onde ela caiu, espalhando-se pela lona. Assim que toma conta das laterais, começa a trabalhar no chão de taco.

Quando outra cortina cai, um terceiro foco se forma, resultando na mesma coisa.

Charlie sabe que continuará acontecendo até que toda a área e os arredores estejam tomados pelas chamas. E, quando o fogo atingir a outra lamparina, a situação ficará ainda pior.

Olhando para Josh, Charlie percebe que uma parede crescente de chamas está indo naquela direção.

— Ajude a gente! — grita ela para Marge, que se afastou das chamas, chocada.

Perdida nos próprios pensamentos, Marge ou não a escuta ou se recusa a prestar atenção.

Charlie arranca os últimos resquícios de corda de suas pernas e corre para Josh, que permanece sem emitir som algum e sem fazer qualquer movimento. Sem pensar, ela o pega pelos tornozelos e começa a arrastá-lo para longe do fogo. O caminho por onde passam é marcado por uma mancha de sangue na lona, que é rapidamente devorada pelas chamas que os seguem.

Em pouco tempo, estão fora da lona, deslizando pelo chão de taco do saguão. Não estão em segurança. Longe disso. Mas não estão perto do fogo, que é o que importa agora.

Marge também deu um jeito de ir até a entrada do saguão, encarando, com agonia nos olhos, o incêndio que aumenta. A arma ainda em mãos, ainda apontada, e por um momento inacreditável Charlie pensa que ela vai tentar atirar nas chamas. Mas então Marge se vira, apontando bem para ela.

Charlie levanta as mãos.

— Por favor — diz ela. — Por favor, não faça isso. Ele precisa de ajuda.

Na lateral, o incêndio cresce ainda mais. Tanto a cadeira quanto o banco estão pegando fogo, chamas saltando do lugar onde Charlie estava sentada minutos antes. Todas as cortinas, menos uma, caíram das paredes, revelando mais chamas refletidas nos vidros e fazendo tudo parecer ainda pior. Espirais de fumaça sobem em direção ao telhado, acumulando-se no teto pontiagudo e nas vigas à mostra.

Charlie vê toda aquela madeira lá em cima e só consegue pensar numa coisa: esse fogo só vai crescer cada vez mais.

— Por favor — pede ela a Marge. — Me deixe ir. Deixe a gente ir.

Charlie acha que está convencendo a garçonete. Marge parece genuinamente perdida quanto ao que fazer. Até mesmo começa a abaixar o braço, o cano da arma indo em direção ao chão.

Mas então a última cortina despenca, levando o varão junto. Uma das pontas acerta a janela, e o som de vidro quebrando faz Marge mudar de ideia. Mais uma vez Charlie consegue perceber. Outro estalo interno.

Marge levanta a arma.

Enquanto Marge aperta o gatilho, Charlie sente uma mão pegá-la pelo tornozelo, puxando-a para baixo. Ela atinge o chão no momento em que a bala passa por cima de sua cabeça, apenas a centímetros de distância. Ao seu lado está Josh.

Ainda vivo.

De olhos abertos.

A boca abrindo para dizer uma única palavra:

— Corra.

— — — — —

**CENA INTERNA
POUSADA — NOITE**

Charlie dispara em direção ao primeiro lugar que vê: uma das alas da pousada que não está pegando fogo, a entrada nebulosa por causa da fumaça. Joga-se nela, tossindo antes de se lançar no vazio escuro e desconhecido do corredor.

Lá dentro, apressa-se pela escuridão, ainda enrolada em cordas. Uma parte está amarrada à cintura e balança atrás dela conforme corre. Não sabe para onde esse corredor leva. Longe do saguão em chamas, Charlie não consegue enxergar nada. Deixa que o instinto a conduza, torcendo para que não a deixe na mão.

A parede de janelas continua ali, as cortinas fechadas. Charlie sente que balançam conforme ela passa. E, embora ainda estejam intactas por ora, sabe que é só questão de tempo até que o fogo as alcance.

A pousada inteira vai pegar fogo.

Não há dúvida quanto a isso.

Para Charlie, a única dúvida é se consegue encontrar uma saída antes que isso aconteça.

Ou antes que Marge a alcance.

Charlie não ficou para ver se Marge a seguiu por essa parte da pousada. Acha que não. Supõe que notaria uma presença.

Então ela corre.

Às cegas.

Os braços jogados para a frente, as pontas dos dedos correndo pelas paredes, procurando uma porta.

Encontra uma onde o corredor de repente faz uma curva de 90 graus, indo para outra direção enquanto Charlie continua andando em linha reta, dando de frente não com uma parede, mas uma porta vaivém.

Sem saber mais aonde ir, Charlie passa por ela, entrando em outro cômodo. Uma leve luz cinza passa por um par de portas no outro lado. Charlie corre nessa direção, conseguindo dar três longas passadas antes de bater em alguma coisa invisível pelas sombras no meio do ambiente. Ela a acerta com o quadril, dor tomando conta da lateral de seu corpo.

Charlie para, recompõe-se e repara nos arredores que mal são visíveis na pálida luz que vem das portas do outro lado.

Ela está numa cozinha. Uma bem grande. Como a de um restaurante. Há um fogão largo, uma fileira de fornos e uma geladeira grande o suficiente para conter três pessoas de pé.

A coisa na qual trombou é uma ilha no meio da cozinha. As palmas de suas mãos aquecidas pelo medo deixam marcas na superfície de aço inoxidável. Charlie as observa desaparecer quando escuta um barulho.

Bem perto.

Passos.

Movendo-se de forma calculada em direção à porta pela qual Charlie acabou de passar.

Ela sabe que é Marge. Tem que ser. Veio procurá-la como Charlie deveria saber que faria. De repente se sente idiota por pensar que poderia escapar tão facilmente.

Charlie se agacha e desliza para baixo da ilha. Prendendo a respiração, escuta Marge entrar na cozinha, a sola de seus sapatos rangendo no chão.

Rangido.

Ela está mais perto agora.

Rangido.

Ainda mais perto.

Rangido.

Os sapatos de Marge ficam à vista. Tênis brancos. Sapatos confortáveis de garçonete. A frente do esquerdo está manchada de sangue.

Charlie fica completamente imóvel, embora seu corpo lhe implore que corra. Se continuar quieta e sem se mexer, talvez Marge pense que o cômodo está vazio. Talvez vá embora. Talvez Charlie consiga fugir.

Mas Marge dá mais um passo.

Rangido.

E mais dois.

Rangido, rangido.

Agora ela está bem ao lado de Charlie, o sapato manchado de sangue a centímetros de seu nariz. Deitada de barriga para baixo com uma das bochechas encostada no chão, o coração de Charlie bate tão forte que ela consegue ouvi-lo ressoar no azulejo frio abaixo dela.

Ela teme que Marge também consiga ouvi-lo, porque os tênis não saem do lugar. Continuam onde estão. Assustadoramente perto.

Charlie não se mexe.

Não respira.

Continua desse jeito até que os tênis seguem em frente.

Rangido.

Rangido.

Rangido.

E então... Nada.

Depois de outro minuto de silêncio, Charlie se permite soltar o ar.

Depois de dois minutos, ela se mexe.

Depois de cinco minutos, cada segundo contado mentalmente, ela desliza para fora da ilha.

Charlie fica de joelhos, planejando espiar, por cima da ilha, o resto da cozinha.

A primeira coisa que vê é um par de tênis, um deles manchado de sangue.

Charlie olha para cima e encontra Marge sorrindo para ela de cima da ilha. Em suas mãos há um alicate pingando sangue.

— Peguei você — diz ela.

Charlie grita, afasta-se e tromba em outro balcão.

Conforme outra onda de dor a atinge, ela percebe que a ilha está vazia.

Nem sinal de Marge.

Nem sinal de ninguém.

— Ah, não — murmura Charlie para si mesma. — Não, não, não, não. Agora, não. Por favor, agora, não.

Mas já é tarde demais.

Já está acontecendo.

No pior momento possível, seus filmes voltaram.

— — — — —

CENA INTERNA
SALÃO DE FESTAS — NOITE

Charlie irrompe pelas portas do outro lado da cozinha.

Ela está num salão de festas agora.

Talvez.

Vê paredes cobertas por espelhos, detalhes folhados a ouro, chão polido embaixo de um lustre enfeitado com teias de aranha, completamente ciente de que nada daquilo pode ser real. Incluindo o par de portas francesas do outro lado do cômodo que parece levar ao lado de fora.

Charlie corre em direção a elas, assistindo, esperando, perguntando-se se tudo vai desaparecer e se transformar em outra coisa.

Quando chega ao meio da pista de dança, bem embaixo do lustre, Charlie nota seu reflexo em um dos painéis espelhados da parede.

Um espelho do outro lado do cômodo pega aquele reflexo.

Um reflexo de um reflexo.

O qual, por sua vez, é capturado pela parede original novamente, lançando mais uma versão sua no espelho do lado oposto.

Charlie encara uma dúzia de diferentes versões de si. Fazem exatamente o que ela está fazendo. Acompanham seus movimentos. Giram embaixo do lustre como um pião.

Ela para de se mexer.

As outras Charlies fazem o mesmo.

Porque Marge também entrou no salão de festas.

Charlie a vê nos espelhos. Não apenas uma Marge, mas muitas, todas apontando aquela graciosa arma vintage bem para ela.

Todas as Marges puxam o gatilho.

Uma das Charlies se parte em centenas de pedaços.

Sai outro tiro, desta vez do outro lado do salão de festas, e uma segunda Charlie é atingida, uma teia de aranha de rachaduras tapando seu rosto.

E então mais uma é estraçalhada.

E mais outra.

Charlie se move em direção às portas francesas.

Rápido.

Ofegando.

Ela empurra as portas e sai do salão.

— — — — —

```
CENA EXTERNA
BECO — NOITE
```

Charlie cambaleia para fora, tropeça e cai de cara no asfalto gelado.

Antes de se levantar, dá uma olhada pelas portas francesas para o salão de festas do qual acabou de sair.

Marge não está lá dentro.

O salão está vazio.

Todos os espelhos estão intactos.

Um filme. Como já esperava.

Então Charlie se levanta, dá meia-volta, e seu coração para de bater.

Ela está do lado de fora, mas não é como pensou que seria.

Em vez de estar na floresta exuberante que cerca a pousada, Charlie se encontra do lado de fora do bar em que estava na noite em que Maddy foi morta. Está exatamente do mesmo jeito, desde o cheiro de vômito e cerveja do lado de fora ao cover do The Cure no lado de dentro.

E lá, bem no meio do beco, está Maddy, exatamente do mesmo jeito que estava na última vez em que Charlie a viu.

Parada com uma silhueta escura.

Imersa na luz branca inclinada.

Cabeça baixa enquanto acende um cigarro.

Dessa vez, entretanto, ela lança um olhar na direção de Charlie, por cima do ombro do homem sombrio, olhando diretamente para ela.

Então ela sorri.

Um sorriso tão deslumbrante.

Ela poderia ter sido uma estrela, Charlie sabe disso. Tinha a aparência necessária. A beleza dela era incomum, incandescente — perfeita para as telonas. Mas seria a personalidade de Maddy que assinaria o contrato. Ela era insistente e direta ao ponto, fascinante e caótica. Pessoas que admiram tais características — pessoas como Charlie — teriam gostado dela.

Mas agora nada disso vai acontecer, e Charlie não consegue deixar de lamentar por aqueles que perderam a oportunidade. A maior parte do mundo nunca pôde viver Madeline Forrester.

Mas Charlie viveu.

Ela a viveu e a amou e sente falta dela com todo o seu coração.

— Me desculpe — diz ela, mesmo sabendo que Maddy não está lá de verdade. A presença dela é só mais um de seus filmes. Mas pouco importa. Charlie ainda sente a necessidade de dizer isso. As últimas palavras que ela queria ter dito quando Maddy ainda estava viva. — Você não era uma péssima amiga. Me desculpe por ter falado isso. Não era sério. Você era uma amiga incrível. Você fez com que eu me sentisse...

— Viva? — pergunta Maddy.

— Sim — diz Charlie.

E não apenas isso. Viva de um jeito que parecia um filme, o que é o melhor de todos os jeitos possíveis.

— Eu sei — diz Maddy. — Eu sempre soube. Até o meu último minuto.

O homem que está com ela continua parado no tempo, ainda de costas e irreconhecível, cabeça abaixada, as mãos em concha ao redor do isqueiro. Charlie sabe que, mesmo que se aproxime, como um diretor entrando no enquadramento, não será capaz de ver sua aparência. Ele continuará sendo uma sombra, não importa o quão perto chegue.

Então é para Maddy que olha, brilhando sob a luz. Ela é tão radiante que a silhueta escura de chapéu Fedora some. Escuridão banida pela luz.

Maddy está sozinha agora, ridiculamente alta por causa dos saltos e com um cigarro Virginia Slim nas mãos.

— Você sente minha falta? — pergunta ela.

Charlie faz que sim com a cabeça, sem deixar que uma lágrima escape no meio do processo.

— Claro que sim.

— Então fique aqui.

Charlie gostaria disso. Se pudesse, viveria nesse filme tanto quanto fosse possível. Mas ela sabe que não pode.

— Você não é real — diz ela para Maddy. — É só um filme da minha cabeça.

— Mas isso não é melhor do que a realidade?

— É, sim. Mas preciso viver no mundo real.

— Mesmo que ele seja assustador? — pergunta Maddy.

— Ainda mais se for assustador.

Naquele momento, ela precisa conhecer completamente os arredores. Não apenas onde está, mas também quem pode estar por perto.

Clareza.

É do que a situação precisa. Sua vida depende disso.

— Mas talvez essa seja a última vez que você vai me ver — diz Maddy.

Charlie sente mais lágrimas chegando. Não as deixa escapar, determinada a fazer com que essa despedida de faz de conta seja o completo oposto da versão real.

Sem raiva.

Sem lágrimas.

Apenas amor e alegria e gratidão.

— Então que seja inesquecível — diz Charlie.

Maddy faz uma pose, ficando de perfil, uma mão na cintura e a outra elegantemente estendida conforme a fumaça serpenteia do cigarro entre seus dedos. Ela é, pensa Charlie, perfeita.

— Que espelunca! — diz Maddy.

Charlie sorri e fecha os olhos, sabendo que, quando voltar a abri-los, Maddy terá ido embora para sempre.

— Acho que adoro você — diz ela.

CENA EXTERNA
VARANDA DA POUSADA — NOITE

Assim como suspeitava, Maddy já não está mais lá quando Charlie abre os olhos. Em vez de estar num beco, encontra-se numa passarela de pedras do lado de fora da Pousada Oásis da Montanha. O ar gelado da noite chicoteia seu rosto, trazendo-lhe uma clareza muito necessária.

Seus filmes acabaram.

Possivelmente de uma vez por todas.

Por causa das pedras sob seus pés, Charlie suspeita que está perto da varanda aos fundos da pousada. Tinha visto uma passarela parecida mais cedo, quando estava tentando fugir pelas portas francesas no saguão. Dando mais força à teoria, ondas escuras de fumaça voam na sua direção, vindas do canto da pousada. Acompanhando-as há o crepitar, os estalos e os pipocos de algo em chamas.

Ela desce pela passarela e vira no canto, a fumaça ficando cada vez mais densa, e o som de fogo, mais alto. Em pouco tempo Charlie está na mesma área da piscina que viu mais cedo, embora agora esteja bem diferente.

A fumaça toma conta dessa parte, saindo pelo saguão ali perto. Pela névoa asfixiante, Charlie consegue ter vislumbres da parede de janelas. Logo atrás delas, chamas enormes lambem o ar. Pelo que consegue ver, pensa que a névoa tomou conta do resto do saguão. Chamas engolem a recepção e escalam as colunas de apoio que vão até o teto. Lá dentro, uma parte do telhado cede e cai ao chão, causando uma nuvem de faíscas. Uma onda de calor atinge Charlie, fazendo-a recuar vários passos.

É quando ela percebe as portas francesas.

Não estão apenas quebradas, como a maioria das janelas.

Tinham sido abertas.

E embora Charlie torça para que Josh tenha sido o responsável, ela desconfia que foi outra pessoa.

Marge.

Do lado de fora.

Com ela.

Charlie se move para trás através da fumaça, os tênis cambaleando na passarela de pedras até que de repente ela acaba.

Por um momento Charlie oscila na beira de uma superfície de concreto, os braços chacoalhando numa tentativa desesperada de recuperar o equilíbrio.

Um de seus pés escorrega, sem ter onde pisar.

Um grito escapa pelos lábios de Charlie enquanto ela cai, tentando se segurar no vazio, caindo no que agora ela sabe que é a piscina vazia. Ela fecha os olhos, preparando-se para o impacto contra o chão, mas, em vez de seu corpo atingir o concreto frio, Charlie cai numa boa quantidade de água de chuva acumulada no fundo da piscina. A água — escura por causa da sujeira, escorregadia por causa do lodo — a engole.

Por um momento Charlie está perdida, sem saber se ainda está caindo ou agora boiando. Seus olhos estão abertos, mas está tudo escuro. Numa tentativa de gritar, a boca se enche de água e lodo e sujeira. Um pouco desce pela garganta, sufocando-a.

Ela se levanta, emergindo da podridão, tossindo o que conseguiu chegar aos pulmões.

Então olha ao redor.

Está na parte funda, onde há pouco mais de um metro de água. Do outro lado da piscina, uma escada leva à borda. Enferrujada, mas ainda útil.

Charlie caminha em sua direção, movendo-se pela água que parece uma sopa primordial.[7] Folhas secas boiando na superfície. Ali perto, um rato morto faz o mesmo.

Na escada, Charlie tem dificuldade de subir os degraus. As mãos estão molhadas demais, e a sola dos sapatos, muito escorregadia. Outro problema é o casaco de lã, que está encharcado de água rançosa. Está mais pesado agora, como se fosse feito de chumbo, puxando-a para baixo.

Mesmo assim, ela sobe.

Os pés escorregando num degrau uma vez.

As mãos fazendo o corrimão gemer duas vezes.

Continua subindo até que seus olhos alcançam a borda da piscina, revelando a mesma passarela de pedra que tinha desaparecido debaixo de seus pés antes.

Charlie também consegue ver a fumaça pairando sobre a piscina como se fosse a névoa de um lago.

E, naquela fumaça, bem no topo da escada, há um par de tênis brancos.

Embora não tenha sangue neles, como havia em sua imaginação, Charlie sabe que eles pertencem a Marge e que dessa vez não é um de seus filmes.

Um segundo depois, ela sente o cano gelado da arma em sua testa.

— Continue subindo — diz Marge. — Ainda não terminamos.

Ela se afasta, dando a Charlie apenas o espaço necessário para subir a escada e pisar na passarela. As duas se encaram, Charlie encharcada e pingando água suja; o rosto de Marge escurecido pela fumaça.

— Onde está Josh? — pergunta Charlie.

— Num lugar seguro.

— Não acredito em você.

Os ombros de Marge sobem e descem.

---

[7] Teria sido o conjunto de elementos orgânicos que deu origem à vida na Terra (N. da R.).

— Não estou nem aí.

Ao lado, um estrondo baixo vem da pousada. Outro pedaço do telhado — maior que o primeiro — despenca. A passarela treme. Fumaça e faísca se espalham acima delas — uma nuvem tão densa que bloqueia a visão de Charlie e faz a cabeça dela girar.

Quando passa, ela ainda vê Marge diante de si, a arma agora apontada para seu peito.

— E quanto a Maddy? — pergunta Charlie, tendo um vislumbre de seu filme mais recente. Maddy em toda a sua glória. — Você se importa com ela, não é? Ela odiaria se nos visse assim.

Marge começa a falar, muda de ideia e volta a ficar em silêncio. Ela não consegue contra-argumentar o ponto de vista de Charlie. As duas sabem que é verdade. Se estivesse ali, Maddy teria nojo do que via.

— Não posso apenas deixar para lá. Eu *preciso* fazer alguma coisa. — Marge continua apontando a arma para Charlie. — Prometi...

— Que se vingaria? Me machucar não vai funcionar. Não vai trazer Maddy de volta. Ela se foi, e eu odeio isso. Fico triste e brava, mas, acima de tudo, só sinto saudade dela. Sinto tanta saudade dela. Assim como você.

— Dói tanto — diz Marge, a voz falhando. — Sentir saudade dela... Dói na alma.

— Eu sei — diz Charlie. — Dói na minha também.

— E toda essa incerteza. Não sei o que fazer. Preciso saber quem matou a minha Maddy.

Charlie sente o mesmo. Mas também sabe que a vida nem sempre funciona assim. Não é como nos filmes, onde as histórias normalmente são bem amarradinhas. No mundo real, é provável que você nunca descubra o que causou o acidente que matou seus pais ou quem matou sua melhor amiga. É difícil e doloroso e tão injusto que às vezes faz Charlie querer gritar. Mas assim é a vida, e todo mundo deve continuar vivendo.

— Me deixe ir — diz Charlie. — Me deixe ir, e podemos passar por isso juntas.

— Não posso. Me desculpe, querida. Preciso saber o máximo que conseguir. E depende de você agora. Você pode me dizer o que viu, *quem* você viu, agora mesmo. Ou podemos resolver de outro jeito.

Marge engatilha a arma.

Atrás dela, Charlie vê algo passando pela fumaça. Uma luz no fim do túnel.

Robbie.

Esgueirando-se pela fumaça, uma chave de roda nas mãos.

Charlie arregala os olhos, alertando Marge sobre a presença atrás dela.

Enquanto Marge se vira, Robbie levanta a chave de roda e a desce com tudo no ombro dela.

A arma dispara.

Um estrondo horrível.

Robbie geme e cai para trás.

Marge colapsa completamente, caindo ao chão, a arma escapando de suas mãos e deslizando pela passarela.

Charlie se apressa, pega a arma e a levanta com os braços estendidos. É a primeira vez na vida que segura uma arma e odeia como se sente ao fazer isso. Os braços tremem, o cano da arma balançando enquanto está apontado para Marge.

Atrás, Robbie se senta na passarela, a mão direita fazendo pressão no ombro esquerdo. Vaza sangue por baixo. Charlie arqueja quando vê.

— Você foi atingido?

— De raspão — diz Robbie. Ele começa a soltar uma risada baixa e descrente, mas para no meio do caminho. Com os olhos arregalados, arqueja e diz: — Charlie, cuidado!

Charlie de imediato entende o que está acontecendo. Marge se recompôs. No começo, Charlie acha que ela está vindo pegar a arma. E está, mas não da forma como Charlie espera.

Marge se arrasta na direção dela, sem parar até que a arma esteja a centímetros de distância de sua testa.

— Atire — diz ela, olhando para Charlie com uma expressão dolorosa e triste. — Puxe o gatilho. Por favor. Faça com que eu pare de sentir esse vazio. Eu ia fazer isso de qualquer jeito. Aqui mesmo. Esta noite.

Charlie segura firme a arma e pensa em todo o estrago que Marge causou esta noite. Ela merece pagar pelo que fez. Não apenas a Charlie, mas também a Josh e a Robbie. Tudo por causa de uma busca sem sentido por informação.

Mas então pensa em Maddy e em seu hábito de ligar para a vovozinha todo domingo. Charlie a imagina fazendo isso. Sentada em seu quimono de seda verde-jade, que ela preferia usar em vez do roupão, com o fio do telefone enrolado no dedo, dando risada de algo que a avó tinha acabado de dizer. A mesma mulher que a fez rir agora está ajoelhada na frente de Charlie, implorando para morrer, mas ela não consegue fazer isso.

— Não — diz ela. — Maddy não ia querer que eu fizesse isso.

Charlie joga a arma dentro da piscina. Ela pousa, levantando respingos, e então desaparece na água escura.

Marge não diz nada. Apenas olha para o lugar onde a arma afundou, os olhos vazios.

Charlie passa por ela, indo até Robbie, que ainda está com a mão pressionada no ombro. Sangue escorre pela manga da blusa dele e pinga do cotovelo.

— Temos que te levar ao hospital — diz ela, ajudando-o a se levantar.

— Primeiro precisamos cair fora desse lugar.

Outro estrondo vem de dentro pousada, seguido pelo som de madeira estalando. Charlie sabe o que isso significa. As vigas que sustentam o que restou do saguão logo vão ceder.

E eles não querem estar aqui quando isso acontecer.

Os dois se apressam pelos fundos da pousada, saindo da passarela e entrando no meio das árvores para ganhar distância dali. Quando chegam ao ponto de virar o canto da estrutura, Charlie pausa o suficiente para dar uma olhada em Marge.

Ela está perto da piscina, assistindo ao fogo que provavelmente vai engoli-la se a pousada despencar.

O que vai acontecer logo, logo.

Mas Marge não parece estar com medo. Na verdade, Charlie acha que ela parece estar em paz, banhada pela luz laranja das chamas. Talvez esteja pensando em Maddy. Talvez até mesmo a veja. Um filme só dela.

Charlie espera que isso seja verdade.

Até mesmo reza para que seja isso enquanto Robbie a pega pelo casaco e a arrasta até que Marge esteja fora de vista.

— — — — —

TRÊS DA MANHÃ

TRÊS DA MANHÃ

```
CENA EXTERNA
POUSADA — NOITE
```

Está tão barulhento.

É o que Charlie pensa conforme eles saem do meio das árvores e seguem em direção ao Volvo de Robbie.

O rugido do fogo. O rugido da cachoeira. Esses sons paralelos são ensurdecedores, como se fossem uma dupla de feras no auge da batalha. Parece até que estão brigando. Charlie vê a pousada em chamas à direita, a parte borbulhante da cachoeira à esquerda e, no meio, um lugar onde a correnteza reflete as chamas.

Apesar de todo o caos, Charlie ainda pensa em Josh.

Ele está aqui. Em algum lugar.

— Temos que encontrar Josh.

— Quem? — pergunta Robbie.

— O cara que me deu carona. Ele está aqui.

— Onde?

Charlie não sabe. Nem onde ele está nem se ainda está vivo. Marge poderia estar mentindo.

— Ele levou um tiro — diz Charlie.

— Eu também — diz Robbie, apontando para o ombro ferido com o queixo. — E estamos ficando sem tempo.

Charlie observa a pousada flamejante. Chamas altas, parecidas com dedos, saem pelo teto e se lançam em direção ao céu, trazendo consigo faíscas que dançam no ar e caem ao redor deles como se fossem lantejoulas alaranjadas e brilhantes.

O Volvo de Robbie está estacionado logo atrás do Cadillac de Marge. Embora o pórtico acima dos carros continue intacto, isso não fará diferença se a pousada desmoronar. Charlie sabe que Robbie está certo.

Eles precisam ir embora.

Agora.

No carro, Robbie se encosta no capô.

— Você está bem? — pergunta Charlie, quando claramente ele não está.

— Estou — diz Robbie enquanto passa para ela a chave do carro. — Mas você vai ter que dirigir.

Charlie tinha imaginado isso, mesmo que ela também não esteja nas melhores condições. Está tonta por causa da fumaça; seu peito, pesado, e as chamas e a cachoeira fazem muito barulho, e ela acha que vai desmaiar.

Ainda assim, conduz Robbie com cuidado até o banco do passageiro antes de dar a volta pela frente do Volvo e deslizar para trás do volante. É só quando está devidamente sentada no banco do motorista que a ficha cai.

Ela não dirige desde o dia anterior à morte dos pais.

— — — — —

CENA INTERNA
VOLVO — NOITE

Quatro anos.

É quanto tempo faz desde que Charlie se sentou no banco do motorista de um carro.

Quatro longos anos sem conduzir um veículo ou pisar num freio.

Mas isso está prestes a mudar.

Tem que mudar.

Charlie tosse. Uma rajada carregada e cortante que faz com que ela se incline para a frente. Mas depois se sente melhor. Soltar aquela última nuvem de fumaça e estar dentro do carro, onde é calmo e quieto, ativa a consciência dela. Não está mais tonta, embora a fraqueza continue.

Mas ela dá conta.

Não há nada a temer.

Dirigir um carro é como andar de bicicleta. Seu pai lhe disse isso.

Charlie liga o carro, vacilando ao ouvir o som contido gerado pelo motor ganhando vida. Ao mesmo tempo, outro estrondo vem do interior da pousada. Ao seu lado, Robbie diz:

— Charlie, a gente precisa vazar.

Ela encosta no acelerador, pisando forte demais. O Volvo vai para a frente e atinge o para-choque traseiro do Cadillac. O carro balança.

Ela pisa forte no freio, coloca na marcha à ré e começa a ir para trás. Então é hora de dirigir novamente. Dessa vez, quando Charlie pisa no acelerador, ela toma mais cuidado. O carro vai para a frente, permitindo que Charlie manobre para fora do caminho do Cadillac e saia de baixo do pórtico.

— Precisamos ir para bem longe — diz Robbie.

— É o que estou tentando fazer.

Charlie mantém o carro em movimento, passando pela rotatória em frente à pousada e indo em direção à estrada cheia de curvas que vai levá-los para perto da base da cachoeira. Depois disso, Charlie não faz ideia de aonde ir.

— Não sei onde estamos.

Ela pisa no freio de novo, coloca o carro em ponto morto e se inclina até o porta-luvas em frente a Robbie, procurando um mapa. Abre o compartimento, e uma caixinha sai de lá, quase caindo sobre o colo de Robbie.

Ele tenta pegá-la, mas não é tão rápido por causa do tiro. O que faz com que Charlie a alcance e a pegue.

É uma caixinha de joias.

Preta.

De abrir e fechar.

Grande o suficiente para uma única aliança de noivado.

Calor se espalha pelo peito de Charlie. Ela tinha suspeitado, lá no fundo, que Robbie pudesse tentar pedi-la em casamento antes que ela fosse embora. Quando ele não pediu, ela ficou mais aliviada do que decepcionada. Culpada, deprimida e perdida no próprio mundo, não estava pronta para tamanho comprometimento.

Mas agora — depois dessa noite longa e horrível — Charlie se questiona se estava errada sobre aquilo.

— Robbie, eu...

— Espera! — diz ele.

Mas Charlie já está abrindo a caixinha, a empolgação tomando conta apesar de tudo, as dobradiças gemendo levemente enquanto ela a abre e coisas começam a rolar como se fossem dados. É o que Charlie pensa que são enquanto os pega com a mão em concha.

Dados.

Três dadinhos surpreendentemente pequenos de cor marfim.

Ela só entende o que são de verdade quando eles estão fazendo barulho na palma da sua mão.

Dentes.

Um dente de Angela Dunleavy.

Um dente de Taylor Morrison.

Um dente de Maddy.

— Robbie, por que você tem essas coisas?

Ela sabe por quê.

Robbie os pegou depois de matar Angela.

E Taylor.

E Maddy.

Encarando Robbie com o dente da amiga morta ainda na mão, Charlie sente algo quebrar dentro do peito.

Seu coração.

Em seu lugar, agora há um espaço vazio. Um vácuo, onde o som do último batimento cardíaco ainda ecoa. E então ele também desaparece, e Charlie não sente nada.

Ela pensa que isso significa que está morrendo. E não seria um alívio? Sem dúvida muito melhor do que ter que *lidar* com isso.

Mesmo assim ela continua viva, ainda sem coração, mas com a cabeça girando e uma pontada de dor no estômago que faz parecer que algo dentro dela está tentando arrumar um jeito de sair.

O enjoo, quando chega, é rápido demais para ser controlado. A bile sobe rapidamente e é despejada para fora. Em pouco tempo, Charlie está curvada para a frente, vômito pingando do volante.

Ela limpa a boca com as costas da mão e pergunta:

— Por quê?

Charlie diz isso suavemente. Quase um balbucio. Tão suave que não tem certeza se Robbie chegou a ouvir. Então ela fala de novo, dessa vez aos berros, a pergunta batendo no vidro e reverberando no carro inteiro.

— *POR QUÊ?*

Robbie não responde. Apenas encara o interior do porta-luvas, olhando para algo que Charlie não tinha notado até aquele momento.

Um alicate.

As pontas cobertas de sangue seco.

Ver aquilo invoca uma imagem daquela noite no lado de fora do bar. Robbie se aproximando de Maddy, que sorri porque reconhece um rosto amigo. Ele se aproxima, a cabeça abaixada, a mão em concha ao redor do isqueiro. Ver isso é tão brutal que Charlie precisa fechar os olhos e balançar a cabeça para fazer a imagem desaparecer.

— Não acredito que eu não sabia que era você — diz ela, ainda chocada e enjoada e esperando que seu coração desaparecido finalmente pare com aquelas batidas insistentes. — Você sabia que eu estava lá? Que vi você?

— Só descobri depois — diz Robbie, como se isso fosse facilitar as coisas para ela. — Mas àquela altura eu também já sabia que você não tinha me visto de verdade. Que tinha alguma coisa acontecendo nessa sua cabecinha.

Charlie devolve os dentes à caixinha e a fecha, incapaz de continuar olhando para eles. A caixinha escapa de suas mãos enquanto ela choraminga:

— Por que Maddy?

— Porque ela se achava demais — diz Robbie, dizendo as últimas palavras como se fossem um xingamento. — Sempre escandalosa. Sempre querendo ser o centro das atenções.

— E foi por isso também que matou as outras? — pergunta ela. — Porque eram muito escandalosas? Porque se achavam demais?

— Não. Porque elas se achavam especiais demais. Achavam que mereciam a atenção pela qual estavam sempre implorando. E elas não são especiais, Charlie. Estou há um ano esperando que você entenda. A maioria das pessoas é idiota e inútil e patética. E aquelas iludidas o suficiente para achar que não são merecem a punição que receberem, seja o que for.

Charlie se recosta na porta do motorista, morrendo de medo.

— Você é doente.

— Não — diz Robbie. — Na verdade sou especial. Assim como você. Lembra da noite em que nos conhecemos? Na biblioteca?

É claro que Charlie se lembra. Foi a sua própria comédia romântica, o que significa que provavelmente foi um tanto diferente de como se lembra. Agora ela olha para Robbie, tentando ver se reconhece qualquer traço do homem que conheceu naquela noite.

Mas não consegue.

Ele é um estranho para ela agora.

— Pensei que mataria você naquela noite — diz Robbie. — Sentado com você na biblioteca e então na lanchonete e, depois, quando te levei até o dormitório. Aquele tempo todo eu só conseguia pensar em como seria matar você.

O jeito como ele diz aquilo sem nem piscar parece um soco na boca do estômago de Charlie. Por alguns segundos, mal consegue respirar.

— E por que não me matou? — pergunta ela.

— Porque tinha alguma coisa em você que me atraía. Você era tão...

— Inocente?

Robbie faz que não com a cabeça.

— Perdida. Você vê os seus filmes e acha que isso faz de você esperta. Como se soubesse como o mundo funciona. Mas tudo que conseguiu foi bagunçar a sua cabeça. Você não tem ideia de como o mundo funciona.

Ele está errado sobre isso.

Charlie sabe como o mundo funciona.

Pais saem pela manhã e nunca mais voltam.

Você briga com a sua melhor amiga e manda ela ir se foder e então tem que continuar vivendo sabendo que essa foi a última coisa que disse a ela, quando, na verdade, o que deveria ter feito é agradecê-la por estar ao seu lado, aceitando e amando você por quem você é.

Depois de ter visto tanta coisa desse mundo insensível, cruel e voraz — coisa até demais para alguém da sua idade —, Charlie escolheu se retirar para outros mundos. Mundos esses que não podem machucá-la.

A vida a deixou na mão várias e várias vezes.

Os filmes nunca fizeram isso.

— Mas então houve um momento na lanchonete em que você desligou completamente, só por um minuto. Foi aí que eu soube que você era diferente das outras. Especial. Como eu.

— Eu não sou nada como você — diz Charlie, cuspindo as palavras.

Algo toma conta dela.

Ódio.

Do mesmo tipo do qual Marge tinha falado. Flamejante e brutal.

O tipo de ódio que faz Charlie, assim como Marge antes dela, querer fazer coisas inimagináveis. A única diferença é que Marge tinha direcionado o ódio à pessoa errada.

Agora Charlie tem a oportunidade de fazer isso do jeito certo.

Ela dá a partida e começa a dirigir.

— O que você está fazendo? — pergunta Robbie.

— Dirigindo.

— Para onde?

— Longe daqui.

Charlie dá uma olhada pelo retrovisor. Sentado no banco de trás, bem atrás de Robbie, está seu pai.

— Lembre-se, nunca ultrapasse mais que dez quilômetros por hora do limite de velocidade — diz ele com aquele tom de "seu pai sabe do que está falando" que Charlie não suportava quando ele estava vivo, mas do qual agora sente muita falta. — Assim os policiais não vão incomodá-la. Não por isso.

Pelo retrovisor interno, o pai dela fica quieto, sem desviar os olhos dos de Charlie.

— Mas às vezes... — diz ele. — Às vezes a única escolha é dirigir como o diabo fugindo da cruz.

Charlie acena com a cabeça, apesar de seu pai não estar de verdade no banco de trás. Mesmo que tenha sido apenas um de seus filmes, ainda assim é um bom conselho.

Enquanto a voz do pai ecoa em sua cabeça, Charlie não apenas pisa no acelerador.

Ela pisa fundo.

```
CENA INTERNA
VOLVO — NOITE
```

O Volvo decola pela estrada sinuosa como se fosse um foguete, os pneus traseiros chiando contra o asfalto.

Quando se aproximam da primeira curva, Charlie não pisa nos freios. Em vez disso, deixa que o carro continue a pegar velocidade na via antes de virar o volante para a esquerda no último momento possível.

O Volvo derrapa pela curva antes de se ajeitar na estrada conforme ela volta a ficar reta.

— Vai devagar — diz Robbie.

Ele alcança o volante com a mão esquerda, segurando-o por pouco tempo antes de Charlie afastá-lo.

— Charlie, *vai devagar.*

Eles chegam a outra curva fechada, e Charlie faz a mesma coisa, virando o volante, deslizando, a ponto de perder o controle.

O alicate cai do porta-luvas e quica no chão.

Isso distrai Charlie apenas o suficiente para que Robbie se lance ao volante de novo. Dessa vez, ele segura firme, puxando-o. O carro quase sai da estrada.

Charlie solta a mão direita do volante e a usa para bater em Robbie, os nós dos dedos acertando a bochecha dele e mandando a cabeça para o lado.

— Vai se foder — diz ela.

O Volvo se aproxima de uma terceira curva. Aquela com o muro de pedra perto da cachoeira. Eles entram nela rapidamente, gritando pelo caminho, o rugido da queda d'água por todos os lados. Charlie vira o volante um segundo depois do que deveria, e o lado do motorista arranha o muro, ralando-se contra a pedra. Faíscas passam pela janela de Charlie.

No banco do passageiro, Robbie grita:

— Você está tentando me matar?

— Não é o que você quer fazer comigo? — pergunta Charlie.

Embora no momento o Volvo esteja voando sobre uma parte reta da estrada, à frente está a última curva antes de chegarem à ponte. Ao invés de desacelerar, Charlie acelera.

— Me diga, Robbie — diz ela. — Seu plano agora é me matar, não é? Porque eu sei quem você é. Sei o que você fez.

A curva está mais perto agora.

Quase cem metros à frente.

Logo depois há uma barreira de árvores tão densa que o carro vai ficar em pedaços se bater nela.

— Admita — diz Charlie para Robbie.

A curva está logo à frente.

Quarenta metros agora.

Vinte agora.

— Admita! — grita Charlie. — Ou vou bater esse carro bem na porra daquelas árvores!

— Sim! — grita Robbie, segurando o painel do carro em busca de apoio quando Charlie pisa no freio e, segurando o volante como se sua vida dependesse disso, derrapa o Volvo pela curva.

— Sim o quê? — pergunta ela.

— Eu vou matar você.

Charlie pisa com tudo no freio. O Volvo desliza até parar.

Quando Robbie fala, sua voz está chocantemente calma.

— Eu não quero fazer isso, Charlie — diz ele. — Preciso que saiba disso. Eu *amo* você. Talvez você não acredite em mim, mas é verdade.

E sinto muito pelo que tenho que fazer. Poderíamos ter tido uma vida maravilhosa juntos.

Charlie não suporta olhar para ele, então encara o para-brisa. Logo mais na estrada fica a ponte na base da cachoeira. Uma extensão frágil que passa pelo desfiladeiro. Embaixo, água fria e agitada. Não se compara ao medo que corre pelo corpo de Charlie. Seu terror é duas vezes mais sombrio e duas vezes mais agitado.

Pensou que só estava com medo antes. Quando saía da lanchonete com Josh. Sendo torturada por Marge. Aquilo não era nem um 1/3 do medo que sente agora.

Porque agora ela quer viver.

Viver de verdade.

Como Maddy tinha vivido. Como tinha tentado fazer Charlie viver. Maddy viu o que Charlie não era capaz: que ela tinha passado os últimos quatro anos sendo a plateia de sua própria triste existência.

Filmes são a minha vida, ela tinha dito a Josh. Deveria ter sido o contrário. Charlie deveria ter sido capaz de dizer: *Minha vida é como um filme.*

E agora que sabe disso, está morrendo de medo de que Robbie tirará dela a oportunidade de fazer algo com a própria vida.

Com as mãos ao redor do volante e o carro zumbindo embaixo de si, Charlie encara a ponte sobre o desfiladeiro. Naquele momento, ela entende que seu futuro só depende dela.

Ela é Ellen Ripley.

Ela é Laurie Strode.

Ela é Clarice Starling.

Ela é Thelma *e* Louise deixando poeira para trás num último "vai se foder" quando escolhem a liberdade em vez da vida.

Uma escolha delas. E de mais ninguém.

Agora é a vez de Charlie fazer essa escolha. Robbie não pode fazer isso por ela.

Ela alcança o cinto de segurança, passa-o sobre o peito e o prende.

Respira fundo.

Então pisa com tudo no acelerador.

O Volvo se move em direção à ponte, tremendo, fora de controle. Pneus gritando. Motor gritando. Robbie gritando. Tudo se unindo num único grito que é meio humano, meio máquina.

O carro sobe na ponte, rugindo.

Na metade do caminho, Charlie vira o volante para a direita, e o Volvo vai em direção ao corrimão de madeira da ponte.

Um segundo depois, o carro bate nele.

A madeira cede ao metal. Um atrito ensurdecedor.

A ponte desaparece sob os pneus, e o carro parece alçar voo, embora Charlie saiba que na verdade ele está caindo.

Formando um arco no ar e caindo na água abaixo.

Charlie é lançada para a frente, o peito grudado ao volante um segundo antes de ser puxada para trás pelo cinto de segurança.

Robbie, por outro lado, é jogado no painel feito uma boneca de pano.

Quando o carro atinge a água, a cabeça de Charlie bate no apoio do assento. O impacto manda um tremor por seu corpo. E, conforme uma explosão de água encobre o carro, uma onda de escuridão faz o mesmo com Charlie até que tanto ela quanto o carro afundam.

— — — — —

CENA INTERNA
VOLVO — NOITE

Água no para-brisa.

É o que Charlie vê conforme recupera a consciência.

O nível da água está bem ali no vidro. Acima está o céu noturno e os pontos das estrelas. Abaixo há água turva iluminada pelos faróis do Volvo. Charlie acha que está a quase cinco metros de profundidade e que o Volvo, afundando de frente, alcançará o chão mais cedo ou mais tarde. Água entra por baixo do carro e já está pela cintura.

Charlie olha para o banco do passageiro.

Robbie ainda está lá, desperto e observando. A batida no painel o deixou ferido e sangrando. Uma grande mancha vermelha cobre metade de seu rosto. Sangue sai da narina direita.

— Era isso que você queria? — pergunta ele. — Matar a gente?

— Não — diz Charlie. — Só você.

Sem se preocupar com como vai sair do carro, ela solta o cinto de segurança. Sabe o que precisa fazer. Esperar até que o carro esteja completamente submerso, o que altera a pressão da água contra o carro, então abrir a porta e nadar para fora.

Sabe disso porque viu num filme.

A água, agora na altura do peito, continua a subir. À medida que o carro enche, emite um barulho preocupante e se inclina ainda mais para a frente. Os faróis do Volvo iluminam o fundo do desfiladeiro antes de piscar e parar de funcionar.

Naquela nova escuridão, Charlie não vê o cotovelo dobrado de Robbie vindo bem na direção do rosto dela. Só percebe depois que acontece, quando ele acerta o dorso de seu nariz.

O golpe é forte.

Uma explosão de dor.

A cabeça de Charlie atinge o vidro do lado do motorista.

Ela vê estrelas quando Robbie se joga sobre ela.

— Quietinha — diz ele. — Logo tudo vai acabar.

Então pega Charlie pelos cabelos e enfia a cabeça dela na água.

CENA INTERNA
VOLVO — NOITE

Robbie mantém a cabeça de Charlie submersa, mesmo que não queira. Não quer fazer isso. Não com ela. Não enquanto ela está chutando e socando e se debatendo logo abaixo da superfície.

Ela é especial. Exatamente como ele — embora se recuse a admitir. E pessoas como eles são raras. Escondem suas peculiaridades atrás de máscaras, mostrando-as apenas a outras pessoas especiais.

Robbie pensou que Charlie soubesse disso.

Supôs que ela soubesse que eles eram almas gêmeas.

Mas algumas pessoas não se dão conta de que são especiais — um problema que Robbie nunca teve. Desde cedo sabia quem era. Um gênio. Atlético. Bom em tudo. Uma olhada no espelho, e não restava dúvida de que ele era uma raridade.

Charlie, porém, é diferente. Ela não sabe como é abençoada. Não sabe o dom que tem — ser capaz de desaparecer na fantasia quando a realidade fica difícil demais. Muitas pessoas pagariam para ter esse tipo de habilidade.

Ela não é como Katya, a garota do bairro dele que desfilava para cima e para baixo pela rua como se fosse grandes merdas, quando na verdade era só merda. A família dela era a mais pobre do bairro, a casa caía aos pedaços, os pais sempre berrando um com o outro no jardim da frente. Mas Katya pensava que era melhor do que os outros. Não importava que fosse cheinha e deixasse muita pele à mostra, nem que Robbie pudesse escutá-la a dois quarteirões de distância.

A polícia ainda acredita que ela fugiu de casa, porque Robbie enterrou o corpo tão no meio da mata que ele nunca foi encontrado.

Charlie não é como Angela, que se atirou para cima dele enquanto trabalhava no bar. Como se Robbie fosse se prestar ao papel de comer alguém tão medíocre. Garotas especiais não precisam se mostrar em camisetas coladas e saias curtinhas. Para chamar a atenção dele, não precisam anotar o telefone num guardanapo e deslizá-lo para o colo de Robbie com uma piscadinha.

Robbie lhe ofereceu carona de volta ao campus quando ela saiu do trabalho. Depois que estava morta, tirou um dente dela, porque se arrependia de ter enterrado Katya tão fundo e queria ter algo que lembrasse Angela.

Charlie não é como Taylor, que tirou sarro das compras que ele fez na livraria em que ela trabalhava, tentado flertar enquanto fingia ser mais inteligente que ele quando claramente não era.

— Aposto que leio mais do que você — disse ela, como se ele desse a mínima para qualquer aspecto de sua vida. Um erro comum entre aqueles que não são especiais: pensar que merecem atenção.

Mas ele fingiu estar interessado. Esperou nas redondezas depois de ela casualmente dizer que sairia do trabalho em breve. Quando chegou o fim da noite, ele tinha um segundo dente em sua coleção.

E Charlie sem dúvida não é como Maddy, aquela prostituta de atenção. No momento em que a conheceu, já não a suportava. Vestindo-se daquele jeito. Falando daquele jeito. Fazendo qualquer coisa patética só para ser notada.

O fato de Robbie tê-la encontrado da forma como encontrou foi uma feliz coincidência. Estava vagando pelas ruas, procurando, como sempre fazia, pessoas que eram especiais assim como ele e julgando as muitas que não eram. Ele desceu pelo beco, enfeitiçado pela música horrível que saía do bar.

E lá estava ela.

Segurando aquela bolsa espalhafatosa e se atrapalhando com o isqueiro.

Ela choramingou para ele sobre a noite horrível que estava tendo, mesmo que ele não ligasse. Mas então ela mencionou Charlie, como tinham brigado, como estava preocupada de ter estragado a amizade delas de vez.

Foi naquele momento que Robbie soube o que tinha que fazer. Livrar-se de Maddy. Ter Charlie todinha para si.

Ele tinha passado o último ano inteiro conhecendo Charlie melhor, aprendendo com ela, até mesmo a amando. Tinha planejado a vida deles juntos. Casamento, crianças, carreiras. Envelheceriam e seriam especiais juntos, e todo mundo teria inveja deles.

Pensando nisso, nem hesitou em matar Maddy, mesmo enquanto ela implorava pela vida.

Mas agora aquilo levou a este momento.

Agora ele está fazendo Charlie desaparecer também. Não há outra escolha. Mantê-la viva é arriscado demais. O dom dele é mais importante do que o dela.

Um pequeno consolo é que ele vai poder pegar um dente. Algo para se lembrar de Charlie. A caixinha que contém os outros boia na água, próxima ao ombro dele, como se esperasse ganhar mais um item.

O braço direito luta para manter Charlie submersa. A coluna se curva e vira para manter a cabeça dele acima d'água. As pernas pressionam contra o banco e o painel, dando-lhe vantagem.

Embaixo d'água, Charlie fica imóvel.

Não há mais chutes nem socos nem agitação.

Está tudo calmo.

Mas, conforme Robbie começa a puxar a mão de volta, algo gelado se fecha ao redor de seu pulso direito.

Olhando para baixo, vê que agora está preso por uma algema.

Então, sentindo um espanto tão profundo que congela a alma, escuta o outro lado da algema se fechando.

— — — — —

```
CENA INTERNA
VOLVO — NOITE
```

Charlie não tinha se esquecido das algemas de Josh. Nunca saíram de seus pensamentos, frias e guardadas no bolso da frente da calça. Ela só não sabia quando — ou como — usá-las.

Foi só quando Robbie a empurrou para baixo d'água que finalmente soube.

E, ao fechar o outro lado da algema no volante, Charlie está feliz por ter esperado.

Ela emerge da água para um carro que está quase completamente cheio. Há cerca de 20 centímetros de ar restantes. O suficiente para Charlie jogar a cabeça para trás e falar.

O mesmo não se aplica a Robbie.

Graças às algemas, ele não consegue manter a boca fora d'água. O nível agora está emparelhado com o seu nariz enquanto ele a encara com aqueles olhos grandes iguais aos do Bambi. Poucas horas antes, aquela expressão teria derretido o coração de Charlie. Mas, vendo-a agora, só consegue sentir raiva.

Robbie continua a encará-la, no entanto, suplicando. Está na cara que ele pensa que ela tem as chaves das algemas.

Mas ele está errado.

Mesmo se soubesse onde as chaves estão, sem sombra de dúvida não as usaria para libertar Robbie.

— Isso é por Maddy — diz Charlie, sabendo que ele ainda consegue ouvi-la.

Então ergue o alicate que tinha pegado do chão enquanto estava submersa.

— E isso é pela Marge.

MANHÃ

МАРКИ

```
CENA INTERNA
HOSPITAL — DIA
```

Está quieto no hospital. Todo mundo, desde os enfermeiros aos funcionários e até os voluntários que usam aventais natalinos, trabalha numa correria controlada, embora não esteja tão cheio assim. Há apenas uma única outra pessoa na recepção que não é uma funcionária — um homem de meia-idade com um olhar vazio jogado numa cadeira próxima à porta. Charlie espera que ele esteja apenas cansado, mas duvida que seja isso. Ele está com a aparência de alguém que foi apunhalado por más notícias. Charlie suspeita que ela esteja do mesmo jeito.

Esteve aqui mais cedo, antes de ser levada à delegacia. Uma carona de ambulância a mil por hora vinda direto da Pousada Oásis da Montanha — tamanha velocidade necessária por causa da outra pessoa que a acompanhava.

Os ferimentos de Charlie não eram graves. Alguns arranhões, hematomas e o nariz quebrado por causa da cotovelada de Robbie. Agora há uma faixa grossa de esparadrapo no dorso de seu nariz. Quando Charlie a viu pela primeira vez no espelho, não pôde fazer outra coisa senão dizer para ninguém em especial:

— *Chinatown*. Roman Polanski. 1974. Estrelado por Jack Nicholson e Faye Dunaway.

A enfermeira que tinha feito o curativo não pegou a referência.

— Você precisa ver esse filme — disse-lhe Charlie. — É um clássico.

Então foi à delegacia, onde relatou seu longo teste de sobrevivência que durou a noite inteira — deixando de lado alguns detalhes que achava que os policiais não precisavam saber. Eles não estavam muito preocupados com os pormenores de como Charlie foi parar na pousada e como começou o incêndio e o que os outros estavam fazendo lá. Tudo com que os policiais se preocuparam foi que não só o Assassino do Campus tinha sido identificado, mas também que o corpo dele fora encontrado em um Volvo, boiando, algemado ao volante.

Charlie não tentou esconder a verdade sobre aquilo.

— Foi legítima defesa — disse ela, e era verdade.

A maior parte.

Em troca por suas informações, disseram a Charlie como alguém que estava passando pela Estrada do Rio Morto viu a pousada em chamas, foi até a lanchonete e ligou para a emergência com o mesmo telefone público que Charlie tinha usado mais cedo. Quando a primeira patrulha chegou, eles a encontraram tremendo e encharcada no acostamento da estrada que levava à pousada.

Charlie acabou sendo a primeira pessoa a ser encontrada. Não foi a última.

É essa última pessoa que ela veio visitar, depois de ter sido trazida de volta da delegacia para o hospital. A maior parte de seu corpo está seca, embora o casaco de Maddy ainda esteja úmido e precisando urgentemente de uma lavagem a seco. Charlie também aceitaria um bom banho. Seu cabelo está uma bagunça, alguns pontos do corpo ainda têm resquícios da piscina, e seu cheiro parece com o de um cachorro molhado que rolou por cima de alguma coisa morta.

Agora está diante da porta de um quarto, controlando a respiração antes de entrar.

Lá dentro, Marge está deitada num leito de hospital, parecendo dez vezes menor do que poucas horas antes. Está presa a um tanque de oxigênio. Há um tubo transparente abaixo do nariz, que dá a volta ao redor das orelhas.

Charlie tinha esperado que ela estivesse dormindo, mas Marge está desperta e apoiada por vários travesseiros. Ao lado há uma mesa-bandeja, o café da manhã ainda intacto.

— Você deveria ter puxado o gatilho — diz ela quando Charlie entra no quarto.

Charlie para a alguns centímetros da cama.

— Oi para você também.

— É sério — diz Marge. — Provavelmente vou morrer aqui. Talvez nunca saia dessa cama. Foi o que o médico falou.

— Médicos já erraram outras vezes.

Não seria surpresa alguma para Charlie se Marge vivesse mais do que dois meses. Ela ainda tinha muita força em si. Deve ter, do contrário não teria durado a noite toda. Os bombeiros a encontraram ainda perto da piscina, bem depois de a pousada ter desmoronado. Apesar de ter inalado fumaça, das queimaduras de segundo grau causadas pelas chamas que a atingiram durante o colapso e do princípio de hipotermia, ela ainda estava viva.

— Suponho que os policiais passaram aqui — diz Charlie.

— Passaram. Fui surpreendida pelas coisas que disseram. Eu não sabia que tínhamos ido à pousada para relembrar o passado. E que o incêndio foi um acidente. E que aparentemente eu não atirei em ninguém, muito menos em duas pessoas.

— O que os olhos não veem o coração não sente — diz Charlie.

Marge começa a retrucar, procurando pelas palavras certas. Quando não as encontra, só diz:

— Me desculpe. As coisas que eu fiz...

— Não vim aqui em busca de desculpas — diz Charlie. — Muito menos estou aqui pelo *seu* perdão.

Marge olha para cima, curiosa.

— Então por que você está aqui?

— Para dizer que estamos quites.

Charlie se aproxima da bandeja ao lado da cama. Enfia a mão no fundo do bolso, tira de lá algo pequeno e de cor marfim e o coloca na bandeja do café da manhã.

Marge encara o dente de Robbie, os cantos da boca dela se curvando para cima e formando algo que Charlie só pode supor que seja um sorriso. Afundando de volta nos travesseiros, ela fecha os olhos e solta um suspiro longo, satisfeito.

— Boa menina — diz ela.

— — — — —

CENA INTERNA
QUARTO DE HOSPITAL — DIA

A última parada de Charlie é em outro quarto do hospital, apenas algumas portas depois da de Marge. Diferente dela, Josh está dormindo feito pedra e roncando levemente.

Não, não Josh.

Jake.

Cumprindo o que tinha dito, Marge de fato o tinha levado a um lugar seguro, arrastando-o para fora do saguão e colocando-o no banco de trás do Cadillac. Quando o pórtico cedeu junto ao resto da pousada, o teto do carro foi amassado, mas não o suficiente para esmagá-lo. Dois bombeiros o encontraram dentro do carro, inconsciente, enquanto levavam Charlie para a ambulância. Fizeram o mesmo com Josh. Charlie segurou a mão dele durante todo o trajeto até o hospital.

Agora se senta ao lado da cama dele, vendo-o dormir. Quando acorda, ele abre os olhos de um jeito que Charlie só pode descrever como cinematográfico. Apesar de ela ter enfiado uma faca nele, ele ainda sorri ao vê-la. Nem mesmo a dor consegue ofuscar aquele sorriso incandescente.

— Você me deu uma facada — diz ele.

— Você me sequestrou — rebate ela.

— Também tentei salvá-la.

Charlie acena com a cabeça em agradecimento.

— Tentou mesmo.

Josh tenta se sentar, gemendo por conta do esforço. A maior parte de seu corpo foi enrolada em ataduras. Algumas por causa da facada.

Outras por causa do tiro. E ainda há as que talvez tenham relação com a batida que Charlie deu na traseira do Cadillac quando ele estava lá dentro.

— *A Múmia* — diz ela. — 1932. Boris Karloff.

— Já ouvi falar nele — diz Josh. — Uma sabe-tudo de cinema me disse que ele estava em *A Vida Secreta de Walter Mitty*.

Charlie sorri.

— Essa sabe-tudo deve ser uma garota muito inteligente.

— Ela é mesmo — diz Josh. — Embora não deva ser muito esperta por ainda estar aqui.

— Só vim agradecer por ter me salvado. — Um caroço se forma na garganta de Charlie. Ela o engole. — Eu... eu não tenho certeza se merecia.

— Merecia — diz Josh. — Você precisa parar de ser tão dura consigo mesma.

— Eu sei. — Charlie faz uma pausa. — E você precisa arrumar outro emprego.

Josh ri até que começa a doer. Segurando a lateral do corpo, ele diz:

— Preciso mesmo. E acho que eu daria um bom chofer. Talvez eu devesse me mudar para Hollywood. Ser motorista dos famosos.

— Para mim parece um bom plano.

— Falando em dirigir... — Josh aponta para as roupas dele, cuidadosamente dobradas na mesa de cabeceira ao lado da cama, quase como se tivessem acabado de chegar de uma lavanderia que tinha esquecido de limpar as manchas de sangue. — Vá no bolso direito da frente da minha calça. Tem uma coisa lá dentro que eu quero que seja sua.

Charlie vai, enfiando a mão no bolso e encontrando a chave de um carro. Ela a pega pelo chaveiro de plástico, as chaves chacoalhando embaixo.

— É seu — diz Josh.

— Não posso ficar com o seu carro.

— Você precisa ir para Ohio de algum jeito. Além disso, é só um empréstimo. Vá para casa, passe um tempo com sua avó e o traga de volta para mim. Provavelmente ainda estarei aqui. — Josh toca a lateral do corpo. — E, quando você voltar, talvez a gente possa, sei lá, ver um filme ou algo assim.

Charlie pega a chave, um sinal de que está considerando a proposta. Não apenas pegar o carro de Josh emprestado, mas todo o resto. Pessoalmente, acha que está em dívida com ele. Ele foi salvá-la, apesar do que ela tinha lhe feito. Isso merece reconhecimento e gratidão.

E ainda tem o fato de que ela gosta desta versão de Josh. É aquela da qual teve alguns vislumbres durante a longa e estranha viagem da noite passada. Agora que não há mais suspeitas, ela acha que seria legal conhecê-lo de verdade.

Mas a verdade nua e crua é que sobreviver à noite passada fez Charlie se sentir mais sozinha do que nunca.

Maddy se foi.

Robbie também.

Agora, mais do que nunca, Charlie precisa de um novo amigo.

— Talvez — diz ela enquanto coloca a chave no bolso do casaco. — Só se eu puder escolher o filme.

CENA EXTERNA
POUSADA — DIA

Charlie precisa pegar um táxi para chegar ao Pontiac Grand Am, que ainda está estacionado no cume onde um dia esteve a Pousada Oásis da Montanha. O taxista, gentil o suficiente para não mencionar a aparência nem o cheiro de Charlie, só vai até a placa da pousada antes de ser impedido pela barreira policial.

Forçada a caminhar o resto do trajeto, Charlie por fim chega à ponte em frente à cachoeira. A parte do corrimão que ela tinha destruído com o Volvo agora está coberta pela fita da polícia — claramente um gesto simbólico, e não um substituto adequado.

O Volvo ainda está na grama ao lado do desfiladeiro. Embora o corpo de Robbie tenha sido removido e levado embora horas antes, Charlie ainda fica arrepiada quando vê o carro. Ele a lembra não apenas de como tinha chegado perto de morrer, mas também de como sabia pouco sobre Robbie.

E de como, quando necessário, ela era capaz de fazer qualquer coisa.

Enquanto atravessa a ponte, Charlie pensa se houve sinais de aviso que ela não percebeu. Acha que sim. Também acha que vai levar anos de terapia para entender quais eram.

Isso e talvez alguns comprimidinhos laranjas.

Charlie sabe que seus filmes precisam parar. Não pode passar partes de sua existência perdida num estado de inconsciência. Acha que esse é um dos motivos pelos quais julgou Robbie tão espetacularmente mal. Ele era bonito demais, inteligente demais, perfeito demais para a vida real. Os defeitos estavam lá, mas ela os ignorou, para preservar o namorado cinematográfico que ela queria em vez de olhar para o cara de verdade de que precisava.

Essa é a parte enganosa dos filmes. Eles podem ser maravilhosos, lindos e incríveis. Mas não são como a vida, que é maravilhosa, linda e incrível de um jeito diferente.

Sem falar que é uma zona.

E complicada.

E triste e assustadora e alegre e frustrante e, com bastante frequência, entediante. Charlie sabe que a noite que acabou de vivenciar é uma exceção, e não a regra.

Ela chega ao Grand Am, que está destrancado. Sentando-se atrás do volante, pega a chave que Josh lhe deu e liga o carro. Então, alcança uma fita e a coloca no rádio. Depois, aperta o play, e uma música familiar começa a sair pelos alto-falantes.

Come As You Are.

Charlie balança a cabeça, acompanhando o som. Não consegue se controlar. É uma ótima música.

Conforme ela toca e o motor do Grand Am zumbe e o sol nasce atrás das montanhas, Charlie engata a marcha.

E então dirige como o diabo fugindo da cruz.

Cena final.

Sala de projeção.

Meio da tarde.

Meio do nada.

As luzes são acesas sobre a plateia de mandachuvas espalhada pelo teatro. Charlie não sabe quem metade deles é ou por que estão ali ou o que acharam do filme que acabaram de ver. Mas ela conhece os mais importantes.

O diretor, uma cópia barata do Tarantino que usa uma camiseta de boliche comprada num brechó e um relógio de dez mil dólares. Ele ficou de óculos escuros a sessão inteira.

A atriz, alguns anos mais velha do que Charlie era à época, mas muito mais bonita. Tão bonita que era impossível esconder. Ao longo do filme, ela brilhava em meio à tristeza, brilhava em meio à loucura, brilhava em meio à raiva. Em vez de sentir inveja dela, Charlie se deleita com o fato de que uma versão melhor e mais bonita de si exista agora. O mundo verá isso e, assim espera, pensará que ela era assim naquele tempo.

Os atores principais são o oposto. Não chegam nem perto das pessoas reais que interpretaram, mesmo os dois sendo genuínos ídolos adolescentes. O malvadão daquela série famosa da Warner Bros. que servia para o papel de Josh e o bonzinho de outra série famosa da Warner Bros. fazendo o papel de Robbie. Tendo visto as versões reais, Charlie não se sente nada impressionada.

Depois de uma salva de palmas, o diretor se levanta e vira para ela, esfregando as mãos e dando-lhe um sorriso que deveria parecer caloroso, *mas acaba parecendo predatório. Charlie sabe o que está acontecendo. Ele pensa que explorar a provação dela solidificará sua carreira. E talvez solidifique. Faz tempo que Charlie deixou de tentar entender os cinéfilos de hoje em dia.*

Seu foco principal atualmente é preservar o passado, o que faz parte de seu trabalho como arquivista na Academia de Artes e Ciências Cinematográficas. Ela ama o que faz. Ser a guardiã da real história cinematográfica é seu emprego dos sonhos. Ela até mesmo pode ir à cerimônia do Oscar todo ano, embora fique lá no fundo, nas poltronas baratas. E, quando volta para casa à noite, deixa tudo para trás. Não há mais filmes na cabeça dela. Esses acabaram na noite retratada no filme de verdade que ela acabou de ver.

— O que você acha? — pergunta o diretor.

Ele quer que ela diga que amou. Charlie consegue ver nos olhos dele, que ardem mesmo através daquelas lentes escuras.

Mas eis o seguinte: ela não sabe como se sente.

O problema de Charlie com o que acabou de ver é que o filme ironicamente tem tudo de que ela normalmente gosta em filmes. É a vida ampliada, senão melhor. O problema está no fato de que foi sua própria vida que foi aumentada. Essa não é a história daquela noite. Não a verdadeira. E ela tem dificuldade de ver além das liberdades criativas que foram tomadas.

Para começar, era primavera. Não houve nenhum arrepio, nenhuma neve pitoresca, nenhum casaco vermelho, embora Charlie consiga perdoar isso, porque nas telas a cor se destaca lindamente. A maior parte das locações foi inventada ou alterada. Não há nenhuma Olyphant University — isso aconteceu porque a universidade verdadeira não queria sua imagem atrelada ao filme. A Chapa do Horizonte era menos uma lanchonete e mais uma parada de caminhão, suas mesas coloridas de um marrom triste, os bancos desgastados pela forma como os fregueses se sentavam.

Quanto à Pousada Oásis da Montanha, Charlie quase explodiu numa crise de riso quando ela apareceu na tela. Era tão exagerada que parecia absurda. O trabalho de um cenógrafo com muito dinheiro e uma queda por vigas à mostra. A verdadeira pousada era um motel cafona — um prédio no meio e um punhado de cabanas que formavam uma ferradura ao redor da piscina.

Mas ela gostou muito de alguns efeitos. O fogo — que não aconteceu — adicionou uma ação muito necessária ao terceiro ato. A cachoeira — que não existia — adicionou um bom plano de fundo à cena do Volvo afundando.

Por falar nisso, essa parte aconteceu. Tudo até o delicioso clique das algemas sendo presas ao volante.

Ainda assim, a parte favorita de Charlie foi o desfecho, em grande parte porque mostrava como poderia ter sido. Marge morreu na Pousada Oásis da Montanha. De acordo com a polícia, ela se jogou na piscina, encontrou a arma e puxou o gatilho.

Não houve nenhuma conversa em quarto de hospital.

Nenhuma trégua tácita entre as duas.

Nenhum momento triunfante com um dente.

Ver tudo aquilo na telona fez Charlie torcer para que fosse verdade. Nesse caso, ela não se incomodou com o desfecho hollywoodiano. Na verdade, está feliz por ele.

Magia de cinema. É algo palpável.

E Maddy teria amado.

E é por isso que Charlie retribui o sorriso do diretor e diz:

— Eu amei.

Depois disso, ela pode ir embora.

A sala de exibição fica num prédio no centro da cidade, e não num estúdio. O que é uma vergonha, na verdade. Charlie ama quando consegue visitar estúdios durante o trabalho. São mágicos e mundanos ao mesmo tempo. Fábricas onde sonhos são criados.

O lado positivo de sua localização atual é que um sedan Lincoln Town Car a espera do lado de fora. Em vez de entrar no banco de trás, ela desliza pelo banco do passageiro.

— Oi — diz ela.

O motorista lhe lança um sorriso de matar.

— Oi para você também.

Aquela parte do filme, por mais improvável que pareça, é verdade. Josh lhe emprestou mesmo o carro. Charlie dirigiu direto para Ohio e vovó Norma. Quando devolveu o carro duas semanas depois, Josh perguntou mesmo se ela queria ir ao cinema.

A resposta dela foi simples:

— Nunca recuso uma ida ao cinema.

Eles foram. Josh pagou os ingressos.

Foram de novo na noite seguinte. Charlie retribuiu o favor.

Na terceira ida, Josh tinha aprendido que ela preferia se sentar no meio da sexta fileira. Na quarta, Charlie tinha aprendido que Josh gostava de colocar passas cobertas de chocolate na pipoca. Na quinta, ela finalmente aprendeu a chamá-lo de Jake.

Isso foi há seis anos.

— *Como foi o seu dia?* — pergunta ela.

— *Bom* — responde ele. — *Levei Sharon Stone ao aeroporto.*

— *Como ela era?*

— *Como uma das loirinhas do Hitchcock.*

— *Exatamente o que eu queria ouvir.*

Ele espera um pouco antes de fazer a pergunta que ela sabe que ele está se segurando para fazer:

— *E como foi o filme?*

— *Não foi ruim. Também não foi bom, mas com certeza não foi horrível. Foi um filme comum. Mas a vida real...* — Charlie solta um suspiro de felicidade enquanto alcança a mão do marido. — *A vida real é muito melhor.*

CRÉDITOS FINAIS

Embora seja adequado comparar a escrita de um romance a uma longa viagem solitária pela escuridão, isso não é exatamente verdade. Publicar um livro é um esforço coletivo, e tenho que agradecer a muitas pessoas por terem me ajudado a chegar ao meu destino.

A Maya Ziv, por ser uma editora incrível e, mais ainda, sempre alegre.

A Emily Canders, Katie Taylor, Christine Ball e literalmente todo mundo na Dutton, por me ajudar a fazer o que faço. Tenho muita sorte por ter achado um lar criativo tão incrível e todo dia me surpreendo com o apoio e entusiasmo de vocês.

A Michelle Brower, por ser uma agente maravilhosa, uma defensora feroz e um ser humano incrível.

A todos da Aevitas Creative Management, por fazer a parte comercial funcionar como um relógio suíço e me deixar focar a escrita.

A Mike Livio, por, bem, tudo.

Às famílias Ritter e Livio, pelo encorajamento, pelo apoio e por trazer uma normalidade silenciosa a esse mundo que pode ser doido às vezes.

A Sarah Dutton, por ser a melhor leitora beta que um escritor pode ter.

A Ben Turrano, por responder às muitas perguntas que fiz sobre dirigir um Pontiac Grand Am do fim dos anos 1980.

Aos cineastas que me inspiram e para os quais sempre retorno: Alfred Hitchcock, Orson Welles, Billy Wilder, Steven Spielberg, David Fincher, Vincente Minnelli, Wes Craven, Brian De Palma, Walt Disney.

Por fim, *Sobreviva à Noite* é uma declaração de amor ao cinema, sim, mas também a um intervalo de tempo específico. Em novembro de 1991, eu estava no último ano do ensino médio, que foi um período particularmente difícil, mágico e memorável da minha vida. E, se vocês perdoarem um último momento de nostalgia, eu gostaria de agradecer às pessoas que eram muito especiais para mim à época: Jenny Beaver, Jason Davis, Christine Fry, Marta McCormick, Marsha McKinney, John Paul, Sarah Paul, Brian Reedy, Jeff Richer, Seema Shah e Kelly Jo Woodside. Obrigado a todos pelas muitas viagens noturnas.

SOBRE O AUTOR

Sobreviva à Noite é o quinto thriller de Riley Sager, pseudônimo de um autor que vive em Princeton, Nova Jersey. O primeiro livro de Riley, *As Sobreviventes*, foi best-seller nacional e internacional, publicado em mais de 24 países e vencedor do prêmio ITW Thriller Award na categoria Best Hardcover Novel. Os livros *A Última Mentira que Contei*, *Lock Every Door* e *Home Before Dark* foram todos best-sellers do *New York Times*.

CONHEÇA OUTROS LIVROS DO SELO

Autora Best-seller

Um Thriller apaixonante

UM THRILLER APAIXONANTE SOBRE PODER, PRIVILÉGIO E A PERIGOSA BUSCA PELA PERFEIÇÃO

Um thriller apaixonante sobre poder, privilégio e a perigosa busca pela perfeição dos jovens do ensino médio. Tudo na vida de Jill Newman e de seus amigos parece perfeito. Até que a memória de um evento trágico ameaça ressurgir... Três anos antes, a melhor amiga de Jill, Shaila, foi morta pelo namorado, Graham. Ele confessou, o caso foi encerrado e Jill tentou seguir em frente. Mas quando começa a receber mensagens de texto anônimas proclamando a inocência de Graham, tudo muda.

Todas as imagens são meramente ilustrativas.

FÚRIA E COMPAIXÃO, BEM E MAL, CONFIANÇA E TRAIÇÃO...

O advogado Martin Grey, um homem negro, inteligente e talentoso, que comanda um pequeno escritório de advocacia no Queens, faz amizade com alguns dos homens negros mais poderosos, ricos e respeitados nos Estados Unidos, e descobre um segredo perturbador que desafia algumas de suas convicções mais irrefutáveis...

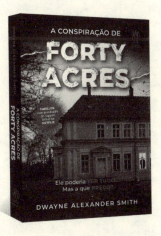

Um suspense arrebatador

Produção de Jay-Z para Netflix

 /altanoveleditora   /altanovel

Este livro foi impresso nas oficinas gráficas da Editora Vozes Ltda.,
Rua Frei Luís, 100 – Petrópolis, RJ.